CŒURS DANS LA MER BLEU PROFONDE

JEULIA HESSE

DEEP CREEK PUBLISHERS

CONTENTS

Autres Œuvres de Jeulia Hesse

La Série de l'Auberge de la Maison de Pierre

- Héritage Mortel

- Plat Fatal

- Sentinelle de l'Âme

La Série de la Mer Bleue Profonde

- Secrets Dans la Mer Bleue Profonde

- Péchés Dans la Mer Bleue Profonde

- Fantômes Dans la Mer Bleu Profonde

- Malédictions Dans la Mer Bleu Profonde

- Trésors Dans la Mer Bleu Profonde

- Cœurs Dans la Mer Bleu Profonde

La Trilogie de l'Île de Widow's Point

- Le Mariage du Dernier Vœu (À venir à l'automne

2025)

PROLOGUE

*M*ars 2006

Le déclencheur cliqua, capturant une autre éclaboussure rouge contre le papier peint blanc. La voix du détective Murphy flottait le long du couloir.

Mike Bradley ajusta les réglages de son appareil, s'efforçant de se concentrer sur les ouvertures et les temps d'exposition plutôt que sur ce que documentait son objectif. Vingt ans comme photographe de scènes de crime à New York lui avaient appris à compartimenter.

D'habitude.

Le grésil martelait les fenêtres, le vent se déchaînant en hurlant contre les vitres. Les lumières de Noël pendaient encore des avant-toits, leurs couleurs joyeuses se reflétant sur la glace qui recouvrait le jardin. À l'intérieur, la maison offrait son propre spectacle de lumière terrible tandis que son flash illuminait pièce après pièce.

Il se déplaçait méthodiquement dans la maison, évitant de marcher dans les taches rouge foncé qui s'infiltraient le long des plinthes. La température intérieure n'était guère plus élevée qu'à l'extérieur. Tout semblait figé dans le temps, comme une exposition de musée macabre.

Un autre clic.

Le service à thé de la petite fille, toujours disposé pour une fête qui n'aurait jamais lieu.

Clic.

Une feuille d'exercices de mathématiques à moitié terminée sur la table de la cuisine, le crayon roulé dans le pli.

Clic.

Le journal du père, plié à la grille de mots croisés qu'il ne terminerait jamais.

— Le sous-sol est prêt pour le photographe, appela un officier.

Les doigts de Mike se crispèrent sur son appareil. Il avait entendu leurs chuchotements. À propos de ce qu'ils avaient trouvé en bas.

À propos du garçon.

Les marches du sous-sol grincèrent sous son poids. Son flash illumina l'obscurité par saccades, révélant un espace inachevé encombré de cartons de rangement et de vieux meubles. Et là, dans le coin...

Le garçon était assis en tailleur sur le sol en béton, disposant soigneusement des poupées en demi-cercle. Ses vêtements étaient raidis par le sang séché. Ses mains bougeaient avec une précision délicate, son visage montrait une concentration totale à sa tâche.

Au bruit de l'appareil de Mike, il leva les yeux.

Le doigt de Mike se figea sur le déclencheur.

Il avait photographié des meurtriers auparavant, avait capturé le vide dans leurs yeux, les ténèbres qui y vivaient. Mais ça... c'était différent.

Le garçon sourit, doux et serein. — Elles dorment, chuchota-t-il, en désignant ses poupées. Il faut être silencieux sinon tu vas les réveiller.

Clic.

Le flash saisit ces yeux bleu glacier, cette expression béatifique. Mike sut instantanément que ce serait la photo qui le hanterait. Pas les murs peints de sang à l'étage ou les corps qui refroidissaient.

Cette simple image d'innocence transformée en quelque chose d'inhumain.

— Tu as ce qu'il te faut ? demanda Murphy depuis l'escalier.

Mike hocha la tête, incapable de parler. Son appareil photo lui semblait lourd entre les mains.

Tandis qu'ils le conduisaient en haut des escaliers, la voix du garçon les suivit, douce et suave : — Bonne nuit tout le monde. Faites de beaux rêves.

Mike Bradley quitta son emploi trois mois plus tard, après être venu dans le Maine pour semi-prendre sa retraite, à la recherche d'une paix qu'il n'avait jamais trouvée.

Dans ses cauchemars, ces yeux bleus le fixaient toujours à travers son viseur, conservés à jamais dans une clarté numérique parfaite.

Le visage d'un monstre masqué en enfant, arrangeant ses poupées tandis que le sang de sa famille séchait sur ses mains.

Le mal portant le masque de l'innocence.

CHAPITRE I

Pendant un instant, la main tenant le stylo hésita. Vendre sa maison dans le Maine signifiait tourner la page de cette période de sa vie, abandonner ce qu'elle avait construit par elle-même.

De l'autre côté du bureau de l'agent immobilier, Janessa vibrait presque d'excitation. Son visage s'illuminait à l'idée d'acheter sa première maison, serrant son propre stylo comme un talisman. Lizzie força sa main à bouger, à laisser le crissement de l'encre finaliser la vente. Étrange comme des années de souvenirs pouvaient se condenser en quelques traits d'encre noire. Alors que sa vie avait radicalement changé, faisant de la maison dans le Maine plus un fardeau qu'autre chose, elle devenait un nouveau départ pour quelqu'un d'autre.

Lizzie et Janessa avaient travaillé ensemble à la clinique d'Ellsworth depuis que Dani, la fille de Lizzie, était bébé. Quand Lizzie avait décidé de s'installer définitivement en Floride, Janessa avait sauté sur l'occasion de louer sa maison. Et aujourd'hui, elle en était la fière propriétaire.

C'était doux-amer. La maison avait besoin de travaux quand Lizzie l'avait achetée, et elle y avait mis son sang et ses larmes, transformant ce petit deux-pièces en un foyer chaleureux pour elle et sa petite fille.

Elle soupira. La vie avait certainement changé depuis. Jetant un regard paniqué à sa montre, elle se leva. Elle devait attraper son vol depuis Bangor.

— Je dois y aller, dit-elle en serrant la main de l'agent immobilier. Tout cela aurait pu être accompli par procuration, rendant ce voyage inutile. Mais Lizzie avait voulu jeter un dernier regard, un dernier aperçu de sa vie d'il y a moins de deux ans. Pour dire au revoir à la version maine-oise d'elle-même.

Damen avait supposé que c'était à cause du prochain mariage que Lizzie avait repoussé jusqu'à présent, ne voulant pas être la mariée enceinte clichée. Mais dans son cœur, elle savait que c'était plus que ça. Elle n'était simplement pas prête.

Maintenant, avec une enfant de presque six ans et un bébé de neuf mois qui commençait à se déplacer, il était temps. Sans parler de tout ce qui s'était passé depuis qu'elle et Damen s'étaient retrouvés. Maintenant, elle était vraiment prête.

Janessa bondit sur ses pieds. —Merci, merci Lizzie ! Je ne sais vraiment pas comment te remercier assez pour tout ce que tu as fait pour m'aider.

— Mais non, tu as tout fait toute seule, dit Lizzie en la serrant dans ses bras. J'étais juste ta propriétaire.

— Tu m'as loué sans références de crédit. Et puis tu m'as aidée à l'acheter ! Sans parler de ta vieille voiture que tu m'as donnée. C'était un cadeau du ciel quand la mienne est tombée en panne et que je ne pouvais plus aller au travail ou en cours. Vraiment Lizzie, merci.

Elle était contente d'avoir pu aider, sachant elle-même comme c'était parfois difficile quand on était seule. C'était une façon de rendre ce qu'elle avait reçu, car elle avait eu ses propres anges gardiens qui l'avaient aidée dans les moments sombres.

Ces temps semblaient très lointains maintenant qu'elle allait officiellement devenir Mme Lizzie Wisler, épouse d'un tout nouveau milliardaire. C'était au-delà de tout ce qu'elle avait jamais imaginé, et elle était reconnaissante pour chaque jour.

Les deux femmes sortirent ensemble sur le parking. —Avant que tu partes, Lizzie. J'ai quelque chose pour toi. Eh bien, une chose est de ma part, l'autre a été laissée à la clinique pour toi. Je pense que c'est de ton ancien admirateur.

Souriant, Lizzie prit les paquets de Janessa, un frisson froid parcourant sa peau. —Mon Dieu, je n'ai pas pensé à lui depuis des années. Je croyais qu'il avait été placé quelque part ?

Janessa haussa les épaules. —Oui, eh bien, tu sais comment ça se passe. Tous ces programmes de réintégration communautaire, pas assez de financement...

Elle le savait. Tant de patients semblaient passer entre les mailles du filet, avec insuffisamment de services de santé mentale ou de ressources communautaires. Tout ce qu'ils pouvaient faire à la clinique était de gérer leurs médicaments et leur santé physique, et d'être une main secourable et bienveillante quand c'était nécessaire. Ils avaient vu de nombreux patients pris entre des soins insuffisants et des besoins écrasants passer par la clinique. Souvent, le personnel de la clinique était les seuls visages amicaux que certains patients rencontraient.

— Tu n'aurais pas dû. Lizzie ouvrit le cadeau de Janessa, qui était un photomontage encadré des moments qu'elle et Janessa avaient partagés, avec d'autres amis. Leurs visages souriants brillaient vers elle, touchant son cœur. Elles avaient de bons souvenirs.

— Je sais. Mais je voulais trouver un moyen de te remercier.

S'étreignant une dernière fois, Lizzie fit ses adieux à Janessa. Jetant le sac avec sa valise, elle se mit en route. De retour vers sa nouvelle vie en Floride.

La clé dans la porte d'entrée ne fit presque aucun bruit tandis qu'elle l'ouvrait doucement, retirant ses chaussures et laissant sa valise de nuit dans le vestibule. Avec toute la sécurité dans leur résidence, elle savait que Damen était au courant de son arrivée. Ça et le fait qu'elle lui avait envoyé des textos tout au long du voyage.

La lumière de la lune filtrait à travers les fenêtres, projetant des ombres familières dans leur vestibule. Même la maison dormait profondément à cette heure, mais Lizzie était encore tendue. Le sprint effréné à travers l'aéroport de Charlotte pour attraper sa correspondance à temps avait pompé suffisamment d'adrénaline pour rendre le sommeil insaisissable cette nuit. En tant que mère au foyer depuis presque deux ans, elle n'avait pas souvent droit à autant d'excitation pour elle-même.

Ses pieds nus chuchotaient contre le parquet tandis qu'elle montait furtivement à l'étage, s'arrêtant dans la première chambre. La douce veilleuse projetait une lueur tendre sur le berceau d'Ethan. Sa petite poitrine se soulevait et s'abaissait dans un rythme paisible, un petit poing potelé replié contre sa joue. Elle se pencha, respira son doux parfum de poudre et de lait, et pressa ses lèvres sur sa tête duveteuse.

Au bout du couloir, Dani avait encore repoussé ses couvertures. La petite fille était étalée en diagonale sur son lit, ses boucles blondes cascadant sur son oreiller. Lizzie remonta soigneusement la couverture sur les épaules de sa fille et écarta une mèche de cheveux qui ressemblait tant à ceux de son oncle dont elle portait le nom. Dani marmonna quelque chose à propos de dauphins et s'enfonça plus profondément dans son oreiller.

La lumière de la salle de bain principale semblait agressive après l'obscurité. Mais elle avait tellement besoin de cette douche, besoin de la chaleur pour soulager la tension de ses épaules et atténuer l'excitation de la nuit. Le parfum familier de son shampooing remplaça lentement l'air vicié de l'avion qui s'accrochait à sa peau.

Leur chambre était sombre lorsqu'elle se glissa entre les draps frais. Le matelas s'affaissa tandis que Damen roulait vers elle et glissait son bras autour de sa taille avec une aisance familière. Il l'attira contre sa poitrine, son souffle chaud contre ses cheveux. Ses doigts tracèrent des motifs paresseux sur son dos, et elle sentit les derniers fils de stress du voyage fondre.

— Tu m'as manqué, murmura-t-il, la voix rauque de sommeil.

Elle se pressa davantage contre lui pour se blottir dans la protection de son corps. Le battement régulier de son cœur contre sa joue évoquait la notion de foyer plus clairement que n'importe quels mots. Quelques instants plus tard, à sa surprise, elle se sentit glisser dans un sommeil bienheureux.

Un petit doigt lui tapota la joue. — Maman ? Tu m'as rapporté quelque chose ?

Lizzie ouvrit les yeux pour trouver le visage de Dani à quelques centimètres du sien, ses boucles blondes lui chatouillant le nez. Le côté du lit de Damen était déjà froid. Un coup d'œil à l'horloge indiquait qu'il était à peine sept heures. Elle savait qu'il avait une réunion tôt ce matin.

— Il y a peut-être une surprise dans ma valise en bas, chuchota-t-elle. Cherche un petit sac en papier brun.

Les pieds de Dani tonnèrent dans le couloir alors qu'un son différent attira l'attention de Lizzie — les gazouillis matinaux d'Ethan à travers le babyphone. Elle s'étira et se dirigea vers sa chambre, le trouvant debout dans son berceau, rayonnant d'un sourire édenté à sa vue.

— Bonjour, mon petit cœur. Elle le souleva. Il sentait le sommeil et avait besoin d'être changé. Tandis qu'elle l'habillait d'une salopette bleue douce, ses petits doigts s'emmêlèrent dans ses cheveux. — Doucement, l'encouragea-t-elle, couvrant son petit visage de bisous pendant qu'il éclatait de rire.

En bas, la cuisine était étrangement silencieuse. Aucun bruit de Dani fouillant dans les sacs ou bavardant à propos de son cadeau. Avec Ethan sur sa hanche, Lizzie contourna l'angle pour trouver sa fille à sa petite table d'art pour enfants dans la cuisine, étudiant attentivement quelque chose.

— Tu as trouvé ton cadeau, ma puce ? Les mots moururent dans sa gorge lorsqu'elle aperçut ce qui retenait l'attention de Dani. Elle avait complètement oublié le paquet supplémentaire que Janessa lui avait donné.

Soudain, Maria fit irruption par la porte arrière, des sacs de courses à la main. — *¡Buenos días!* Comment était le voyage dans le nord ? Mademoiselle Dani était tellement excitée... Elle continua de parler en posant les paquets sur l'îlot de la cuisine.

Lizzie attacha rapidement le bébé dans sa chaise haute, s'adressant précipitamment à Dani. La lèvre inférieure de la petite fille tremblait tandis que Lizzie retirait doucement la coupure de journal de ses mains. Sa propre photo de fiançailles la fixait. Le visage de Damen était violemment barré d'un trait d'encre rouge.

— Ma chérie, dit Lizzie, gardant sa voix stable malgré son cœur qui battait la chamade. Ce n'était pas ton cadeau. Le voici. En récupérant sa valise dans l'entrée, elle sortit un petit macareux en peluche portant un t-shirt du Maine et un paquet emballé avec un nœud étincelant. Le visage de Dani s'illumina tandis que Lizzie mettait de côté la coupure de journal et le sac qui la contenait, hors du champ de vision de la petite fille.

— C'est pas bien, dit Dani, pointant du doigt le journal. Les gens ne devraient pas gribouiller sur les pages des autres.

— Tu as raison, ma chérie, dit Lizzie alors que Dani déchirait l'emballage du petit cadeau qu'elle lui avait apporté. C'était un ensemble de crayons de couleur et de pastels contenus dans un étui scintillant.

L'heure suivante fut consacrée à trouver du papier pour que Dani puisse dessiner et à nourrir les deux enfants affamés. Ils furent tous divertis par les nombreux dessins que Dani fit de leur famille, et par un joli portrait de Maria, qu'elle plaça fièrement sur le réfrigérateur.

Le paquet de son ex-patient resta hors de vue et loin des pensées.

CHAPITRE 2

L es vitrines du bijoutier brillaient sous un éclairage précis, chaque pièce valant plus que l'ancienne maison de Lizzie dans le Maine. Damen passa son doigt sur la vitrine, étudiant la gamme de colliers de diamants. N'importe lequel d'entre eux serait magnifique sur Lizzie, mais il savait qu'elle porterait rarement quelque chose d'aussi ostentatoire. Elle portait toujours la simple croix d'émeraude qu'ils avaient récupérée de l'*Atocha* il y a une éternité.

— Peut-être quelque chose de plus... subtil ? suggéra la vendeuse, remarquant son hésitation.

Il hocha la tête. La femme qu'il allait épouser avait construit sa vie à partir de rien, s'était payé ses études et avait élevé leur fille seule. Elle n'avait pas besoin de bijoux clinquants pour démontrer ses accomplissements.

Sortant son téléphone, il envoya un message à Ashley : *Besoin d'aide pour cadeau de mariage pour Lizzie. Disponible pour un café ?*

La réponse arriva rapidement : *Enfin ! La bête admet qu'elle a besoin d'aide. Rendez-vous au Java Junction dans 15 minutes ?*

En entrant dans sa cuisine plus tard cet après-midi, Damen pensait encore au délicat pendentif vintage en diamant qu'Ashley l'avait aidé à choisir. Quelque chose avec une histoire, très similaire à leur propre relation. Ses yeux se posèrent sur un sac en papier brun froissé sur l'îlot de la cuisine – probablement quelque chose que Lizzie ou Maria avait eu l'intention de jeter.

Il tendit la main pour le jeter, mais un éclair rouge le fit hésiter, une coupure de journal à l'intérieur du sac. En lissant le papier froissé, sa respiration se bloqua. Leur photo de fiançailles le fixait, son propre visage violemment barré. Les mots griffonnés en rouge lui glacèrent le sang : *Ça devrait être moi.*

Le guerrier en lui évalua instantanément la menace. Quelqu'un qui connaissait Lizzie, quelqu'un d'assez instable pour menacer. Il froissa le papier dans son poing.

Le son du rire de Dani flottait depuis l'étage, suivi par la voix douce de Lizzie.

Sa famille. Tout ce qu'il n'avait jamais pensé avoir, tout ce qu'il ne pouvait pas supporter de perdre.

Prenant la coupure avec lui, il se glissa dans son bureau et ferma silencieusement la porte derrière lui pour se ressaisir. Il avait besoin d'une minute pour comprendre ce qu'il voyait et pourquoi c'était dans sa maison. Exiger des réponses et interroger Lizzie comme il le voulait ne serait pas approprié maintenant. Il devait se calmer et aborder cette situation rationnellement.

Damen suivait du doigt le pied de son verre de vin, observant Lizzie se blottir dans le coin de leur canapé surdimensionné. Dehors, les grandes fenêtres surplombant leur crique privée affichaient les restes dorés et rouges du coucher de soleil précédent. Les lumières tamisées du salon projetaient une lueur chaleureuse sur eux qui ne parvenait pas tout à fait à dissiper le froid qui s'était installé dans ses entrailles depuis qu'il avait trouvé la coupure. Il avait passé des heures dans son bureau plus tôt, essayant de se distraire avec du travail, attendant d'avoir cette conversation avec Lizzie.

Maintenant, avec les enfants au lit, c'était le moment. Lizzie n'avait pas été surprise qu'il ait découvert la coupure et qu'il veuille en discuter. Elle le connaissait bien.

— Parle-moi de lui, dit-il finalement, gardant sa voix soigneusement neutre. La coupure de journal reposait sur la table basse entre eux, le visage barré de Damen, un rappel violent du danger potentiel.

Lizzie soupira et replia ses pieds sous elle. — Leland était un patient à la clinique, reconnaissant pour les soins et l'attention. Il passait de temps en temps. Déposait des bonbons, des fleurs, ce genre de choses. Grand gaillard. Calme, toujours poli.

La mâchoire de Damen se crispa à cette description. Grand gaillard. Il se força à prendre une lente gorgée de vin au lieu de parler. — Ils étaient pour tout le monde ? Les cadeaux. Ou juste pour toi ?

Elle traça le bord de son verre. — J'étais la seule à le recevoir à la clinique. Les autres étaient... mal à l'aise... avec lui. Janessa disait qu'il lui donnait la chair de poule. Mais la communauté n'avait pas vraiment de soutien en santé mentale, donc nous étions sa seule ressource pour tout ça. Il avait besoin de notre aide.

— En y repensant, j'aurais dû remarquer son affection pour moi plus tôt. Mais tu sais comment c'est dans les soins de santé communautaires — parfois tu es la seule personne qui leur témoigne une véritable gentillesse. Et ils n'ont personne d'autre.

— Est-ce que tu avais des contacts avec lui en dehors du travail ? Les mots sortirent plus sèchement qu'il ne l'avait voulu.

Elle soutint son regard fermement, visiblement agacée par sa question. — C'est une petite ville. Je le croisais ici et là, en faisant des courses ou des démarches. Son appartement n'était pas loin de chez moi, alors je le voyais passer ou aller quelque part. Ce n'était pas inhabituel. Au-delà de ça, il n'y avait aucune relation.

— Quel était son passé ? Tu as fait des vérifications sur lui ? demanda-t-il.

Lizzie renifla et prit une autre gorgée de vin. — Damen. Elle secoua la tête. — Je suis une soignante, pas une flic. On fait un historique médical et un examen physique. On ne vérifie pas les casiers judiciaires de nos patients.

— D'accord, d'accord, mais est-ce qu'il a déjà fait quelque chose comme ça avant ? demanda-t-il en ramassant la coupure de presse froissée sur la table basse.

— Non, rien de tel, dit Lizzie, se serrant dans ses bras tout en fixant la photo défigurée dans sa main. — Son état s'est dégradé malgré nos soins. Il a eu des épisodes où ses cauchemars empiraient et se mêlaient à la réalité quotidienne, mais nous l'avons fait admettre dans un établissement de santé mentale pour un traitement en hospitalisation. La dernière chose que je savais avant de revenir aux Keys, c'est qu'il se débrouillait bien dans le programme. Janessa m'a dit qu'il y avait eu des coupes budgétaires dans les programmes d'État et qu'il avait été libéré. C'est... inattendu.

Damen se força à rester assis. Il avait envie de se lever et d'arpenter la pièce. Mais il savait qu'en faisant cela, il montrerait à Lizzie à quel point toute cette situation l'agitait. — On devrait aller voir la police.

Lizzie secoua la tête. — Pourquoi ? Il est dans le Maine, Damen. Qu'est-ce qu'ils pourraient faire ?

Il sortit son téléphone. — Ou au moins Jackson...

Lizzie se leva de sa position en face de lui et s'assit à côté de lui, tendant la main vers la sienne.

— Je parlerai à Jackson, céda-t-elle. Elle lui prit son téléphone des doigts. — Pour l'instant, on a de meilleures choses à faire.

Avant que ses lèvres ne puissent rencontrer les siennes, un petit bruit provenant de l'entrée les fit se retourner tous les deux. Dani se tenait là dans son pyjama licorne, le visage pâle dans la lumière tamisée.

— Ma puce ? Qu'est-ce qui ne va pas ? Lizzie commença à se lever.

— Mon ventre se sent... Les mots de Dani s'interrompirent alors qu'elle se pliait en deux, du vomi éclaboussant le plancher en bois.

Damen bougea instantanément, prenant leur fille dans ses bras avant qu'elle ne puisse glisser dans le désordre. Contre sa poitrine, elle se mit à pleurer. — C'est bon, princesse. On va te nettoyer tout ça.

Alors qu'il montait Dani à l'étage, il pouvait entendre Lizzie lui donner des instructions, sa personnalité de maman/soignante prenant le dessus.

— Papa ? gémit Dani. Je ne me sens pas bien.

— Je sais, ma puce. Il embrassa son front brûlant, mettant de côté ses craintes pour se concentrer sur le besoin immédiat. Mais dans un coin de son esprit, l'image de son visage barré persistait, ainsi que la conscience que quelque part là-bas, un homme potentiellement perturbé était obsédé par Lizzie. Cela devrait attendre, mais il n'avait pas l'intention de laisser tomber.

La pièce tournait légèrement alors que Damen bougeait dans le lit, ses muscles abdominaux protestant même contre ce petit mouvement. Il avait survécu à un crash d'hélicoptère, à des semaines d'évasion face aux Talibans alors qu'il était gravement blessé, mais ce virus gastrique l'avait mis à genoux. Littéralement. Il avait passé la plupart des deux derniers jours sur le sol de la salle de bain.

Quelque part dans la maison, il pouvait entendre le babillage d'Ethan. Le bébé s'était remis le plus vite, terrorisant déjà ses jouets après seulement vingt-quatre heures de maladie. Dani commençait enfin à garder ses biscuits salés, recroquevillée devant des dessins animés dans le salon. Et Lizzie...

Son admiration pour sa fiancée grandissait d'heure en heure. Bien qu'elle fût malade elle-même, elle avait géré l'hydratation, les médicaments et le confort de chacun tout en combattant ses propres symptômes. Elle avait même insisté pour tout désinfecter afin de prévenir une réinfection. Cette femme était inarrêtable.

Maria avait succombé aussi, appelant misérablement de chez elle. La maison portait les traces de leur maladie collective : bouteilles de Gatorade vides, crackers éparpillés et le léger parfum citronné persistant des produits de nettoyage que Lizzie avait utilisés entre ses crises de nausée.

Enfin capable de penser clairement pour la première fois depuis des jours, son esprit revint à la coupure de journal. Il savait que Lizzie avait dit qu'elle contacterait Jackson une fois que les choses se calmeraient à la maison. Son téléphone lui semblait lourd lorsqu'il le souleva, plissant les yeux vers l'écran :

Jackson, j'ai besoin de ton avis sur une situation avec L. Un type de la clinique du Maine montre un comportement inquiétant. Impossible de se voir pour l'instant. Toute la maison est clouée au lit avec une gastro.

La réponse arriva rapidement : *À une conférence de police à Atlanta. De retour en fin de semaine. Envoie ce que tu as – nom, antécédents, etc. Je ferai des vérifications préliminaires.*

Damen commença à taper les détails mais s'arrêta lorsqu'une nouvelle vague de nausée le frappa. Plus tard. Il s'en occuperait plus tard.

Après des haut-le-cœur à sec pendant ce qui semblait une éternité, Damen se traîna jusqu'au lit et s'évanouit immédiatement, succombant à un sommeil doux et engourdissant.

Plus tard, beaucoup plus tard, Damen se réveilla au grincement de la porte de la chambre qui s'ouvrait et Lizzie qui se glissait à l'intérieur, l'air épuisée mais enfin sans fièvre. Sans un mot, elle se faufila sous les couvertures et se blottit contre lui. Sa main fraîche trouva la sienne et la serra doucement.

— Les enfants ? marmonna-t-il.

— Ils dorment enfin. Ils ont tous les deux gardé leur dîner.

Sa voix était rauque d'avoir été malade.

Il voulait lui parler, discuter de la coupure de presse, de ce qu'ils devraient faire. Mais il ne pouvait simplement pas rester éveillé. Elle non plus.

La dernière chose qu'il enregistra fut la respiration douce de Lizzie qui se régularisait tandis qu'elle s'endormait à côté de lui.

Le grand Navy SEAL, terrassé par un virus d'estomac de maternelle. Au moins, ils étaient tombés ensemble, en famille.

Sa dernière pensée consciente fut qu'il préférerait affronter à nouveau des combattants talibans plutôt qu'un autre virus d'estomac. Au moins, on pouvait tirer sur les terroristes.

La lumière du soir filtrait à travers les érables entourant la maison, projetant des ombres sur l'allée où cette femme avait garé la voiture de Lizzie. Ses doigts se crispèrent sur son volant. Elle ne méritait pas de vivre dans la maison de Lizzie, de dormir dans les chambres de Lizzie, de conduire la voiture de Lizzie. Cette Janessa était une imposteuse, une voleuse qui avait dérobé la vie destinée à lui et Lizzie.

Il l'observait depuis des semaines maintenant. L'emploi du temps de cette femme était prévisible : elle partait pour la clinique chaque matin comme Lizzie le faisait avant, et revenait chaque soir. Mais elle ne s'occupait pas du jardin comme Lizzie le faisait. Les rosiers étaient envahis, non taillés. Lizzie ne les aurait jamais laissés devenir aussi sauvages.

Lizzie l'avait compris. Pas comme les autres, avec leurs questions cliniques et leurs regards suspicieux. Lizzie avait vu au-delà de sa taille, au-delà des murmures qui le suivaient depuis le nord de l'État. Elle se souciait de lui.

Ils avaient été si près d'être ensemble pour toujours. Une rage s'alluma dans ses entrailles. S'il n'était pas tombé malade, cela aurait bouleversé tous ses plans. Cet homme en Floride n'aurait jamais mis la main sur elle, et rien de tout cela ne serait arrivé.

Janessa sortit de la voiture de Lizzie, jonglant avec des sacs d'épicerie. Elle ne l'avait pas remarqué – elles ne le remarquaient jamais. Il était doué pour rester invisible quand il le fallait, tout comme lorsqu'il était plus jeune.

Il avait envoyé son message à Lizzie par l'intermédiaire de cette femme. Bientôt, Lizzie comprendrait qu'elle avait besoin d'être sauvée de cet homme riche qui la retenait prisonnière en Floride.

Son téléphone vibra – un rappel pour prendre ses médicaments du soir. Il l'écarta d'un geste méprisant. Les pilules émoussaient tout, rendaient ses pensées confuses. Il avait besoin de rester vif maintenant. Il y avait tant à accomplir.

— Bientôt, murmura-t-il en regardant Janessa disparaître dans la maison. La maison de Lizzie. Bientôt, je remettrai tout en ordre. Exactement comme lorsqu'il avait libéré sa famille de leur souffrance. Ils n'avaient pas compris à l'époque, mais Lizzie comprendrait. Elle comprenait toujours.

Les feuilles d'érable bruissaient dans la brise et, pendant un instant, il put revoir Lizzie assise sur la balancelle du porche, en train de lire avec sa petite fille. C'était ce qu'elle aimait faire, il le savait.

L'obscurité envahissait peu à peu la cour. Il était temps de retourner à son appartement sombre, pour ajouter les observations du jour à son mur. Les photos de Lizzie, les coupures de journaux, ses plans méticuleusement documentés — tout cela l'aidait à se rappeler pourquoi il devait la sauver. Pourquoi il devait réparer les choses.

Demain, il suivrait Janessa jusqu'à la clinique de nouveau. Il la regarderait prendre la place de Lizzie, prétendant qu'elle y appartenait. Mais bientôt, très bientôt, il lui montrerait ce qui arrivait aux personnes qui essayaient de voler ce qui devait lui revenir.

CHAPITRE 3

Jackson changea de position, ajustant sa cravate tandis qu'il s'appuyait contre le mur à l'extérieur de la salle de conférence. Le bourdonnement régulier des conversations provenant de l'intérieur lui rappelait que dans quinze minutes, il s'adresserait à une salle remplie de professionnels des forces de l'ordre au sujet de l'affaire Cami Legard. Une affaire qui avait tout changé — l'avait amené à Key West, à Lizzie, et finalement à Ashley.

Son téléphone lui semblait lourd dans la main alors qu'il fixait à nouveau le message cryptique de Damen. Pas de suivi, même après que Jackson lui ait envoyé trois messages demandant des détails. Ce n'était pas du tout dans les habitudes de Damen.

Mais c'était le message d'Ashley qui lui nouait l'estomac : *Il faut qu'on parle. Important.*

Quatre mots qui pouvaient tout détruire.

Les choses allaient bien entre eux — trop bien. C'était ça le problème. Chaque matin où il se réveillait à ses côtés, chaque fois qu'elle lui adressait ce sourire en coin qui n'était destiné qu'à lui, chaque moment calme qu'ils partageaient... tout cela lui semblait être du temps emprunté. Comme un rêve qu'il ne méritait pas.

La voix de son père résonnait dans sa tête : *Tu es faible, mon garçon. Tout comme moi.*

Le souvenir d'une haleine imprégnée d'alcool et de poings levés lui fit serrer la mâchoire. Il avait passé toute sa vie à essayer d'être différent, d'être meilleur. Mais si ce n'était pas suffisant ? Si cette obscurité, cette capacité de violence et de destruction, coulait dans son sang ?

Ashley méritait mieux qu'un homme hanté par ses démons. Elle méritait quelqu'un d'entier, quelqu'un capable de l'aimer sans cette peur constante de devenir le monstre qui avait terrorisé son enfance.

— Monsieur Peters ? Un jeune organisateur de la conférence apparut à son coude. Nous sommes prêts pour vous.

Jackson acquiesça, redressant les épaules et glissant son téléphone dans sa poche, laissant les deux messages sans réponse. Il pouvait sentir leur poids, comme des pierres dans sa poche, l'entraînant vers le bas alors même qu'il se préparait à se présenter comme le professionnel accompli qu'il avait tant travaillé à devenir.

— Donnez-moi juste une minute, dit-il, d'une voix ferme malgré le tumulte intérieur. L'organisateur hocha la tête et disparut à nouveau dans la salle de conférence.

Jackson prit une profonde inspiration et chassa les pensées concernant Ashley, son père, et toutes les façons dont il pourrait décevoir les personnes qui lui faisaient confiance. Pour l'instant, il avait un travail à faire.

Mais même en redressant sa cravate une dernière fois et en saisissant la poignée de la porte, il savait qu'il ne faisait que retarder l'inévitable. Tôt ou tard, il devrait faire face à ces messages — et aux vérités sur lui-même qu'il essayait si fort de fuir.

Jackson se tenait à la tribune, sa présence captivant l'attention alors qu'il faisait face à une salle remplie de professionnels des forces de l'ordre. Jackson Peters, ancien Ranger de l'armée décoré et enquêteur privé respecté, s'avançait pour partager son histoire de réussite. Le PowerPoint derrière lui affichait une photo de Cami Legard — figée à jamais à dix-huit ans. Sa voix, posée et professionnelle, résonnait clairement dans la salle de conférence. Pendant tout ce temps, l'homme sous la façade soigneusement construite se demandait combien de temps encore il pourrait continuer à prétendre qu'il méritait tout cela.

— Quinze ans avant la résolution de son affaire, Cami Legard a disparu d'une plage de Key West, en Floride. Les forces de l'ordre locales ont mené des recherches approfondies, mais aucun corps n'a été retrouvé, aucune preuve concrète n'est apparue. C'était comme si elle avait disparu de la surface de la terre. Finalement, l'affaire s'est refroidie. Il passa à la diapositive suivante, montrant la plage où Cami avait été vue pour la dernière fois.

— Sa sœur cadette, Lizzie Legard, n'a jamais cessé de chercher des réponses.

Il fit une pause, laissant l'impact de ces mots s'installer. Chaque policier dans la salle connaissait des affaires comme celle-ci — celles qui hantaient les familles, qui laissaient des plaies purulentes pendant des années.

— Ce qui a rendu cette affaire unique, c'est l'intersection de multiples entreprises criminelles opérant dans les Keys à l'époque. Un autre clic, une autre diapositive. Celle-ci montrait un réseau complexe de relations et d'activités criminelles. Le trafic de drogue, le blanchiment d'argent et les dynamiques familiales ont tous joué des rôles cruciaux pour obscurcir la vérité.

Jackson aborda les aspects techniques avec précision — les opérations du cartel, les figures clés, et finalement un meurtre brutal récent d'individus qui étaient liés au moment de la disparition de l'adolescente.

— La percée n'est pas venue quand nous avons identifié des schémas dans les opérations du cartel, là où nous pensions tous que l'enquête nous mènerait, mais plutôt lorsque des membres de la famille ont exposé les secrets les uns des autres. Il mit en évidence plusieurs propriétés sur une carte. — Plus important encore, ils ont révélé des failles fatales dans l'enquête initiale. Des endroits où la richesse, le statut social et les dynamiques familiales ont probablement influencé l'orientation des enquêteurs.

La salle était maintenant silencieuse, tous les yeux fixés sur lui. C'étaient ses pairs – des policiers qui avaient travaillé sur des affaires similaires, qui comprenaient la frustration de voir des criminels s'échapper par des failles juridiques.

— Cami n'était pas ciblée par le cartel. Elle s'est simplement trouvée au mauvais endroit au mauvais moment. Sa voix prit un ton grave. — Un différend familial qui a mal tourné. La victime visée était son oncle, mais c'est Cami qui en a payé le prix.

Il fit défiler des photos de la scène de crime : un crâne sur une plage isolée, des restes enterrés à l'arrière d'un véhicule disparu, des déclarations de témoins. Toutes les pièces qui avaient finalement révélé la vérité.

— En collaboration avec le département de police de Key West, nous avons pu non seulement résoudre le meurtre de Cami, mais aussi découvrir un vaste réseau criminel toujours actif dans les Keys. La coopération entre les témoins prêts à témoigner, notre société de sécurité et les forces de l'ordre locales a été cruciale pour continuer à démanteler les réseaux criminels de la région.

Tandis qu'il parlait, Jackson pouvait sentir le poids de son téléphone dans sa poche. Le message d'Ashley pesait sur sa conscience. Mais ici, maintenant, il était dans son élément. Faisant ce pour quoi il était doué, où il avait confiance en lui.

— Les leçons tirées de cette affaire sont claires, poursuiv-it-il, passant à sa conclusion. — Premièrement, ne sous-estimez jamais la valeur d'un regard neuf sur une affaire classée. Deuxièmement, il fit une pause, balayant la salle du regard, — ne négligez jamais le pouvoir de quelqu'un qui refuse d'abandonner la recherche de la vérité.

L'image du visage souriant de Cami revint à l'écran. — Le meurtre de Cami Legard est resté non résolu pendant quinze ans. Sa famille a vécu avec cette incertitude, cette douleur, ce manque de réponses. Aujourd'hui, son meurtrier est derrière les barreaux, et sa famille a enfin des réponses.

Alors que les applaudissements remplissaient la salle, Jackson s'autorisa à se sentir fier. Il avait contribué à rendre justice dans cette affaire et des dizaines d'autres. Mais tandis qu'il répondait aux questions de l'audience, une partie de lui se demandait : comment pouvait-il être si doué pour résoudre les problèmes des autres alors qu'il semblait incapable d'affronter les siens ?

Jackson était assis au bar de l'aéroport, fixant le liquide ambré dans son verre. Il observait une mère et ses deux jeunes garçons. La mère arborait un œil au beurre noir et d'autres contusions mal dissimulées par du maquillage. Les garçons semblaient maigres et anxieux.

Il savait ce que ces enfants ressentaient.

Il n'avait pas encore bu une gorgée de son bourbon, mais l'odeur suffisait à le transporter vingt-cinq ans en arrière – quand il se cachait sous son lit, les mains pressées contre ses oreilles, essayant de couvrir le bruit du verre brisé et des pleurs de sa mère.

Combien de fois avait-il juré qu'il ne serait jamais comme son père ? Jamais perdre le contrôle, jamais laisser l'alcool le transformer en monstre, jamais lever la main sur quelqu'un qu'il aimait.

Il avait construit sa vie autour de cet objectif, ne jamais être comme lui. Développant son esprit et son corps dans l'armée, faisant de lui-même un homme d'honneur. Il était propriétaire d'une entreprise professionnelle, respecté dans son domaine.

Mais il savait qu'il ne pouvait ni se cacher ni échapper aux statistiques qui ne mentaient pas. Les enfants de parents abusifs étaient plus susceptibles de devenir des abuseurs eux-mêmes. C'était là, dans son ADN, une bombe à retardement qui n'attendait que d'exploser.

Et Ashley... Mon Dieu, Ashley. L'idée de lui faire du mal le rendait physiquement malade. Elle représentait tout ce qu'il y avait de bon et de pur dans sa vie, tout ce qu'il ne méritait pas.

Il faut qu'on parle. Important.

Peut-être qu'ils devaient effectivement parler. Peut-être que la chose la plus gentille – la plus aimante – serait de partir maintenant, avant qu'il n'ait la chance de la détruire comme son père avait détruit sa mère.

Son estomac se révolta à l'odeur âcre du bourbon.

Son téléphone vibra, le nom de Damen s'affichant sur l'écran. Jackson accueillit avec soulagement cette interruption de ses sombres pensées.

— Peters, répondit-il en repoussant le verre auquel il n'avait pas touché.

— Hé, désolé d'avoir été si peu disponible, fit la voix de Damen, qui paraissait fatigué. On a tous été terrassés par une gastro. Lizzie, Dani, même Maria l'a attrapée. Comment s'est passée la conférence ?

— Désolé d'entendre ça, mon vieux. Les gastros, c'est vraiment pénible.

— Je crois que j'ai supplié qu'on abrège mes souffrances à un moment donné. Mais les enfants se sont remis sur pied en un rien de temps.

— Ils ont la jeunesse de leur côté. Content que tu ailles mieux. La conférence s'est bien passée. J'ai fait de bons contacts, des contrats potentiels. Jackson se redressa sur son siège, adoptant naturellement son attitude professionnelle. C'est quoi cette situation pour laquelle tu as besoin d'aide ?

— Oui, à propos de ça. La voix de Damen baissa d'un ton. Un des anciens patients de Lizzie dans le Maine. Un certain Leland Gates lui a envoyé une coupure de journal avec l'annonce de nos fiançailles, et mon visage était tout griffonné.

Les instincts d'enquêteur de Jackson s'éveillèrent. — Elle connaît bien ce type ? Dis-moi tout.

— C'était un patient à la clinique où Lizzie travaillait. Damen résuma ce que Lizzie lui avait raconté : comment elle était la seule à la clinique qui acceptait de recevoir Leland, ses cadeaux, et le fait qu'il avait été récemment libéré d'un hôpital psychiatrique.

Jackson sortait déjà son ordinateur portable. — Des infos sur ses antécédents ?

— C'est justement ça le problème — on n'a pas grand-chose. Lizzie connaît seulement son dossier médical, rien sur son passé. Mais cette coupure... ça ressemble à une menace. Tu peux faire une vérification de ses antécédents, voir ce que tu peux découvrir ?

— Quels détails as-tu à part son nom ? demanda Jackson, en cliquant son stylo, prêt à prendre des notes.

— La trentaine. Grand type, selon Lizzie. Poli en apparence, mais il fichait la trouille à tout le monde. Damen fit une pause. Écoute, c'est peut-être rien, mais avec Lizzie et les enfants... On a déjà eu assez de drames pour le restant de nos jours.

— Je vais examiner ça, le coupa Jackson, comprenant l'inquiétude profonde de Damen. Il avait vu suffisamment de cas où des fixations innocentes devenaient mortelles.

— Je t'enverrai tout ce que je pourrai trouver, mais peut-être pas avant demain soir. J'attends toujours mon vol. On a déjà eu deux retards ; je n'arriverai probablement pas à Key West avant bien après minuit.

— Pas de souci. Merci, mon pote. Je te revaudrai ça. Bon voyage. J'espère que tu rentreras avant le matin.

Après avoir raccroché, Jackson fixa à nouveau le verre devant lui. Il était là, à s'inquiéter de devenir comme son père, alors qu'il y avait une menace potentielle pour ses amis qui réclamait son attention. Peut-être ne pouvait-il pas se faire confiance en matière d'amour, mais ceci — le travail d'enquête, apporter de l'ordre au chaos — ça, il savait faire.

Il fit signe au barman et pointa son verre intact. — Pourriez-vous me débarrasser de ça ? Je prendrai plutôt un soda. Puis il ouvrit son ordinateur et se mit au travail, utilisant ce temps pour commencer à fouiller sur Leland Gates. Tandis qu'il entamait le processus familier de recherches d'antécédents et de requêtes dans les bases de données, il repoussa les pensées concernant Ashley et son père au fond de son esprit. En ce moment, Lizzie et sa famille avaient besoin de son aide.

L'ironie ne lui échappait pas — avec quelle facilité il pouvait se concentrer sur la résolution des problèmes des autres tout en fuyant les siens.

Demain, il devrait faire face à Ashley et à son message « il faut qu'on parle ». Mais pour l'instant, il pouvait se perdre dans le travail qui avait toujours été son salut.

MAINE, CINQ ANS PLUS TÔT

Les néons de la clinique bourdonnaient au-dessus de lui tandis que Leland ajustait sa posture, se faisant plus petit sur sa chaise malgré sa grande carrure. Il avait appris cela à Bridgewater – comment paraître inoffensif. Épaules détendues, mains visibles et immobiles sur ses genoux, regard baissé mais sans éviter le contact. L'image parfaite du patient docile.

Le stylo de Lizzie grattait contre son dossier pendant qu'elle examinait ses dernières analyses sanguines. Ce son résonnait dans son esprit comme une mélodie.

— Tes niveaux sont vraiment bons, Leland. Elle sourit, cette douce courbe de ses lèvres qui lui serrait la poitrine. Tu as été très régulier avec tes médicaments.

— Je veux faire les choses bien, dit-il doucement, modulant soigneusement sa voix pour adopter le ton qui avait convaincu le personnel hospitalier qu'il « s'améliorait ». Ni trop enthousiaste, ni trop plat. Juste comme il faut. La routine aide. Les prendre au petit-déjeuner, comme tu l'as suggéré.

Elle hocha la tête, satisfaite. Tout comme les médecins avaient été satisfaits. Si facile de leur montrer ce qu'ils voulaient voir.

— Des effets secondaires dont nous devrions discuter ? Changements dans ton sommeil ? Appétit ?

Leland permit à ses mains de se tordre légèrement, une démonstration calculée de vulnérabilité. —Quelque s... quelques rêves. Mais plus les mauvais. Il leva les yeux, croisant ses chaleureux yeux bruns juste un instant avant de détourner le regard. Ça aide, de te parler.

Le mensonge glissa facilement de sa langue. Il n'avait pas pris correctement ses médicaments depuis des semaines. Il avait appris comment maintenir les bons niveaux sanguins avec des doses minutieusement programmées avant les tests, mais rien de plus. Les rêves étaient toujours là, mais pas comme elle le pensait. Des rêves d'elle, d'eux ensemble.

Bientôt.

— Je suis contente que tu te sentes à l'aise ici, dit Lizzie en prenant une autre note. Ses cheveux tombèrent en avant, captant la lumière. La même couleur que l'oiseau en bois qu'il avait sculpté pour elle. Beaucoup de patients ont du mal à s'ouvrir.

— Tu es différente, chuchota-t-il, puis baissa la tête comme s'il était gêné par cet aveu. Laisse-la croire qu'elle voyait sous son extérieur timide. Je veux dire... tu écoutes. Tu écoutes vraiment.

Son sourire s'élargit légèrement. Je la tiens.

— Les autres, hésita-t-il, n'écoutent pas aussi bien. Je pense qu'ils... ont peur de moi. Tu comprends.

— La peur vient souvent de l'incompréhension, dit-elle, exactement comme il savait qu'elle le ferait. Si prévisible dans sa compassion. La maladie mentale porte des stigmates injustes.

Leland hocha la tête, gardant une expression sincère tandis que son esprit cataloguait chaque détail de ses mouvements, son parfum, la façon dont sa montre captait la lumière pendant qu'elle écrivait. Ajoutant chaque élément à sa collection privée.

— Même heure le mois prochain ? demanda-t-elle en fermant son dossier.

— Je serai là. Ses doigts se crispèrent sur ses genoux, mais son visage resta paisible. Des années de pratique avaient rendu le masque parfait. Merci, Lizzie.

Elle ne le corrigea pas sur l'utilisation de son prénom. Une autre petite victoire. Comme chaque pas prudent qui avait conduit à sa libération, cela aussi exigeait de la patience. Mais il était doué pour attendre.

En se levant, il s'assura de bouger lentement, sans menacer. Comme un prédateur trompait sa proie.

— Oh, fit-il une pause à la porte, l'image même de la sincérité maladroite. J'ai... j'ai fait ceci. Ce n'est pas grand-chose, mais... Il plaça le petit oiseau en bois sur son bureau. Le grain m'a rappelé tes cheveux.

Sa légère inspiration fut tout ce qu'il avait espéré. —Leland, je ne peux pas accepter...

— S'il te plaît. Ça aide de créer des choses. Comme tu l'as dit – l'art-thérapie ? Il mit juste ce qu'il fallait d'insistance douce dans sa voix. Ça signifierait beaucoup pour moi.

Elle hésita, puis sourit. —C'est magnifique. Merci.

En sortant, Leland laissa son masque glisser légèrement, juste pour un instant. Son reflet dans la vitre de la salle d'attente montrait le même visage calme qu'il avait perfectionné. Mais derrière ses yeux, dans ce reflet familier, quelque chose de plus sombre s'agitait.

Bientôt, se promit-il. Bientôt elle comprendrait à quel point ils pourraient être parfaits ensemble. Mais d'abord, plus de rendez-vous. Plus de cadeaux soigneusement choisis. Plus de confiance à bâtir.

Il était bon pour attendre. Après tout, il n'avait fallu que quinze ans pour les convaincre qu'il était « guéri ».

Lizzie prendrait beaucoup moins de temps à convaincre qu'elle était à lui. Elle viendrait comme une mouche dans sa toile d'araignée.

Lizzie se frotta les yeux, essayant de se concentrer pour terminer ses derniers dossiers. Le soleil de fin d'après-midi traversait obliquement la fenêtre de son bureau. Plus que trois patients à documenter et elle pourrait rentrer chez elle retrouver Dani.

Un coup à sa porte lui fit lever les yeux. Carol se tenait là, la tension évidente dans sa façon d'agripper l'encadrement.

—Je suis désolée, Lizzie, dit Carol en jetant un coup d'œil par-dessus son épaule, baissant la voix. Leland Gates est dans la salle d'attente. Ce type vraiment grand ? Il n'a pas l'air bien.

Lizzie se redressa. —Il n'a pas rendez-vous aujourd'hui.

—Je sais. J'ai essayé de le rediriger vers les urgences, mais il refuse d'y aller, dit Carol en se tordant les mains. Il est gris, en sueur. Il dit qu'il ne veut voir que toi. Laisse-moi chercher Dr. Matthews pour qu'il t'accompagne. Cet homme me donne la chair de poule.

—Pas besoin. Dr. Matthews est déjà avec un autre patient, dit Lizzie en attrapant son stéthoscope. Quelle salle ?

—La trois. Laisse-moi au moins rester à proximité ? Il y a quelque chose chez lui qui n'est pas normal.

Lizzie toucha le bras de Carol en passant, sachant qu'elle était bien intentionnée mais pas à l'aise avec les patients souffrant de troubles mentaux. La stigmatisation persistait même à la clinique.

Les lumières fluorescentes de la salle d'examen trois rendaient la pâleur de Leland encore plus frappante. Il était assis voûté sur la table d'examen, son corps imposant replié sur lui-même, le visage luisant de sueur. Carol avait raison, il aurait dû aller aux urgences. Cela semblait grave.

—Leland ? dit-elle d'une voix stable et calme. Je suis surprise de vous voir aujourd'hui. Que se passe-t-il ?

—Je suis désolé, haleta-t-il. Je ne savais pas... où aller... Ses mots s'évanouirent avec un grognement de douleur.

Lizzie remarqua sa respiration rapide et superficielle et la façon dont il protégeait son côté droit. —Depuis combien de temps avez-vous cette douleur ?

—Par intermittence. Ça a empiré... ce matin. Je pensais que ça passerait.

—Où exactement ? demanda-t-elle en s'approchant avec prudence. Puis-je vous examiner ?

Il acquiesça, les yeux fermés. Quand elle appuya ses doigts dans le quadrant inférieur droit de son torse, tout son corps se raidit.

—Bon sang, s'étrangla-t-il.

Lizzie recula. Sa peau était brûlante, son abdomen dur comme une planche. Présentation classique d'une appendicite aiguë. —Température 39,5, nota-t-elle en vérifiant le thermomètre temporal. Leland, nous devons vous emmener à l'hôpital. Je vais appeler les secours.

—Non ! Sa main jaillit, saisissant son poignet avec une force écrasante. Une vague de peur traversa son corps tandis que ses doigts s'enfonçaient dans sa peau. La douleur déforma ses traits et il la relâcha. —Désolé... c'est juste que... je déteste les hôpitaux.

Lizzie recula rapidement, le cœur battant. — Ça pourrait être ton appendicite. Si elle se rompt... Elle tendit la main vers le téléphone de la chambre, gardant le bureau entre eux. — Tu as probablement besoin d'une opération, maintenant.

Une nouvelle vague de douleur le frappa. Cette fois, il se plia en deux, un son comme celui d'un animal blessé s'échappant de sa gorge.

— Carol ! appela Lizzie, quand Carol décrocha à la réception, sa voix plus tremblante qu'elle ne l'aurait voulu. — S'il te plaît, appelle le SAMU. Leland a une appendicite.

— Déjà fait, apparut Carol dans l'embrasure de la porte. — Ils seront là dans cinq minutes.

— Leland, dit fermement Lizzie, maintenant ses distances. — C'est grave. Tu pourrais mourir sans traitement. Et je ne veux pas que cela t'arrive.

Son visage était désormais gris cendre, des larmes coulaient sur ses joues. Pendant un instant, quelque chose vacilla dans ses yeux qui lui donna des frissons. Mais ensuite, un autre spasme le frappa et il se recroquevilla avec un sanglot.

Le hurlement des sirènes qui approchaient filtrait par la fenêtre. Le corps massif de Leland frissonna.

— S'il te plaît... Lizzie... parvint-il à dire entre deux halètements, tendant à nouveau la main vers elle. Elle recula davantage.

— Les ambulanciers vont bien s'occuper de toi, dit-elle professionnellement alors qu'ils faisaient irruption par la porte. Elle énuméra les signes vitaux et les symptômes à l'équipe, les regardant le transférer sur la civière.

Ses yeux ne quittèrent jamais son visage, même lorsqu'ils l'emmenèrent.

Les mains de Lizzie tremblaient pendant qu'elle documentait la rencontre. Carol lui apporta une tasse de thé et resta à proximité.

— Ça va ? C'était un peu tendu.

— Je vais bien. C'est juste qu'on ne voit pas ça tous les jours, Lizzie se frotta le poignet là où ses doigts s'étaient enfoncés.

— Il avait mal, il avait peur.

— Peut-être, dit Carol d'un air dubitatif. — Mais il y a quelque chose qui ne va pas chez cet homme, au-delà de l'évident.

— J'appellerai l'hôpital plus tard pour prendre de ses nouvelles, dit Lizzie, changeant de sujet alors qu'elle terminait ses dossiers.

Plus tard ce soir-là, après avoir mis Dani au lit, Lizzie appela l'hôpital pour prendre des nouvelles de son patient et fut surprise d'apprendre qu'il était en soins intensifs. Son appendice s'était rompue, et il avait un long chemin vers la guérison devant lui.

Lizzie raccrocha, se frottant inconsciemment le poignet à l'endroit où de légères ecchymoses commençaient à se former.

Trois semaines après l'opération d'urgence de Leland, Lizzie était assise à examiner ses messages du matin. Son poignet avait guéri, les ecchymoses depuis longtemps estompées.

Dr. Matthews frappa à sa porte ouverte, un fax à la main.

— Vous avez une minute ? Beaucoup de paperasse de l'hôpital. Je pense que certains de ces documents concernent vos patients.

— Bien sûr. Elle fit un geste vers la chaise en face de son bureau, remarquant l'en-tête de l'hôpital. — Qu'y a-t-il ?

— Des nouvelles de Leland Gates. Il lui passa le papier. — Il a été transféré en psychiatrie pour ajustement de médicaments.

Lizzie parcourut le document. — Ses niveaux sanguins étaient significativement déréglés après l'hospitalisation prolongée. C'est logique - l'infection, la chirurgie, les antibiotiques. Tout cela peut affecter le métabolisme des médicaments.

— Oui, on dirait qu'ils veulent le stabiliser dans un environnement contrôlé. Dr. Matthews se leva. — Ils nous le renverront probablement une fois que tout sera régulé.

Carol est apparue dans l'encadrement de la porte avec une pile de dossiers. — M. Gates ? Celui avec l'appendicite perforée ?

— Il est au Centre médical du Maine pour ajuster ses médicaments, a expliqué Lizzie en prenant des notes dans son dossier. Après tout ce que son corps a enduré, ils doivent recalibrer son traitement.

— Le pauvre, a dit Carol en déposant les dossiers.

Lizzie a hoché la tête, pensant à son teint grisâtre ce jour-là dans la salle d'examen. — L'infection s'était déjà propagée quand il est venu nous voir. Il a de la chance qu'il n'y ait pas eu plus de complications.

Elle a terminé la mise à jour de son dossier, notant le transfert aux soins hospitaliers et les ajustements de médicaments prévus. Juste une journée ordinaire, un autre patient nécessitant un suivi. Pourtant, en fermant son dossier, elle s'est frotté inconsciemment le poignet, là où ses doigts l'avaient agrippée.

Juste de la douleur et de la peur, s'est-elle rappelé. N'importe qui aurait réagi de la même façon.

CHAPITRE 4

Bien après minuit, Ashley reposait paisiblement dans les bras de Jackson, qui restaient tendus malgré ses efforts pour la tenir délicatement. Sa respiration n'avait pas trouvé le rythme régulier du sommeil, révélant que son esprit était encore agité par son voyage. Il avait marché sur la pointe des pieds dans la maison pour ne pas la réveiller.

Le clair de lune filtrant à travers les fenêtres projetait des ombres sur leur lit. La main d'Ashley se dirigea instinctivement vers son ventre encore plat, mais elle se ravisa et la posa plutôt sur le cœur de Jackson. Ses battements réguliers sous sa paume contredisaient le tumulte qu'elle percevait en lui.

Elle avait prévu de lui annoncer ce soir. Elle avait planifié exactement comment lui annoncer la nouvelle du bébé. Leur relation était à un stade où ils parlaient de leur avenir ensemble. Ils vivaient déjà ensemble. Les prochaines étapes se profilaient à l'horizon, à la fois exaltantes et terrifiantes. Mais dès qu'il était entré, les épaules lourdes, elle avait su que ce n'était pas le bon moment.

— Tu es réveillée, murmura-t-il dans ses cheveux, en resserrant légèrement ses bras autour d'elle.

— Mmm, fredonna-t-elle en se blottissant plus près. À travers leur contact, des images défilèrent dans son esprit : Jackson debout à un podium, discutant de la disparition de Cami Legard, un verre de liquide ambré posé devant lui, resté intact. L'odeur d'alcool et une femme à l'œil au beurre noir, réveillant des souvenirs qu'il préférerait oublier.

Son cœur se serrait pour lui. Il n'était en rien comme son père—elle avait vu sa douceur, sa nature protectrice, la façon dont il prenait instinctivement soin de ceux qui l'entouraient. Mais il ne pouvait pas voir ces qualités en lui-même. Tout ce qu'il voyait, c'était l'ombre de la violence de son père, un héritage qu'il craignait inscrit dans son ADN.

— J'ai reçu ton message, dit-il doucement. À propos de cette discussion dont tu avais besoin.

Ashley déglutit difficilement, regrettant son texto impulsif. Elle avait voulu partager immédiatement la nouvelle. Maintenant, elle choisissait ses mots avec précaution. — Rien d'important. Ça peut attendre demain.

Elle le sentit se crisper légèrement, supposant probablement le pire. Voilà ce que faisait le traumatisme—il vous faisait attendre la douleur à chaque tournant. Elle devait l'aider à comprendre que l'amour ne finit pas toujours par faire mal, qu'il méritait le bonheur. Qu'il était assez fort pour briser le cycle de violence qui le hantait. Qu'ensemble, ils étaient suffisamment forts.

La petite vie qui grandissait en elle devrait rester son secret un peu plus longtemps. Elle devait aider Jackson à se voir à travers ses yeux, non pas comme une menace potentielle, mais comme le protecteur qu'il était vraiment. L'homme qui l'avait soutenue lors de possessions surnaturelles, qui avait affronté d'anciennes malédictions pour aider leurs amis, qui traitait chaque personne qu'il rencontrait avec respect et dignité.

Elle sentit une partie de la tension quitter son corps à ses mots, bien qu'elle sût que ses doutes n'étaient pas si facilement dissipés. Percevant qu'il y avait davantage dans son esprit, quelque chose qui impliquait leurs amis, elle en resta là. La nouvelle du bébé pouvait attendre encore un peu.

Alors que sa respiration commençait enfin à ralentir vers le sommeil, Ashley permit finalement à sa main de s'égarer vers son abdomen, s'accordant un moment pour s'émerveiller du miracle qui grandissait en elle. Elle pensa à sa dernière grossesse, quand elle était adolescente. La peur écrasante qui entourait cette période de sa vie était si différente de maintenant, où elle était une femme adulte, capable de prendre soin d'elle-même et de son bébé. Bientôt, se promit-elle. Bientôt elle trouverait le bon moment pour partager leur miracle.

Ashley adressa une prière silencieuse à ses guides spirituels pour obtenir la sagesse d'aider cet homme qu'elle aimait, de lui montrer que l'avenir ne devait pas être défini par le passé. Que parfois, les choses que nous craignons le plus peuvent devenir nos plus grandes bénédictions.

La lumière du soleil inondait les fenêtres de la chambre tandis qu'Ashley se glissait silencieusement hors du lit, prenant soin de ne pas déranger le sommeil dont Jackson avait tant besoin. Les nausées matinales qui l'avaient tourmentée pendant la semaine passée étaient miraculeusement absentes, bien qu'elle sût qu'il ne fallait pas compter sur leur disparition durable.

Des sentiments troublants l'avaient réveillée. Quelque chose n'allait pas chez les Wisler — elle le sentait aussi clairement que la chaleur du soleil sur sa peau. Cette impression n'était pas précise, juste une accumulation de ténèbres autour de Lizzie et du mariage à venir. Comme des nuages d'orage à l'horizon, menaçant de submerger ce qui devrait être une joyeuse célébration.

Elle saisit son téléphone sur la table de nuit, vérifiant ses messages. Rien de Lizzie, mais cela ne l'apaisait pas. Son amie avait traversé suffisamment de drames pour toute une vie ; elle méritait ce bonheur avec Damen et les enfants.

Dans la cuisine, elle griffonna un mot rapide pour Jackson : « Partie voir Lizzie. Tu nous rejoins plus tard ? Bisous, A. » Elle savait qu'il s'y rendrait à son réveil — ses dons lui donnaient des aperçus de lui partageant des paroles inquiètes avec Damen, et des questions qu'il devait poser à Lizzie.

La route vers la propriété des Wisler était magnifique, le soleil matinal projetant une lumière dorée sur l'eau.

En franchissant les grilles de sécurité chez Lizzie, elle aperçut Dani qui jouait dans le jardin, ses cheveux blonds rebondissant tandis qu'elle courait. Sa propre fille serait maintenant adolescente, vivant sa vie sans sa mère biologique.

Ashley sortit de ses pensées lorsque Lizzie apparut sur le porche, lui faisant signe en guise de salut, mais Ashley put immédiatement percevoir la tension dans le sourire de son amie. Quelque chose n'allait définitivement pas. Entre son intuition accrue due à sa grossesse et ses années d'expérience à lire les énergies des gens, Ashley pouvait presque voir les sombres nuages d'inquiétude entourant son amie.

— J'allais justement t'appeler... dit Lizzie, sa voix s'estompant tandis qu'Ashley montait les marches avec un regard entendu.

La façade de Lizzie se fissura légèrement, les larmes montant à ses yeux. — Damen est inquiet. Ce n'est probablement rien de grave.

Mais Ashley sentait que c'était plus que cela. La même obscurité qui avait troublé le sommeil de Jackson était présente ici, projetant des ombres sur l'éclat du soleil.

— Maria, peux-tu surveiller Dani pendant que je parle avec Ashley ? Elle joue devant. Le bébé dort, lança Lizzie à leur gouvernante, qui était plus une famille qu'une employée, tout en guidant Ashley vers le bureau de Damen.

— Je pensais que ce n'était pas inquiétant, mais Damen est vraiment bouleversé.

Lizzie lui tendit une coupure de journal froissée avec des griffonnages à l'encre rouge incrustés dans ses fibres. Ashley la tint délicatement entre ses ongles.

Des objets comme celui-ci, imprégnés des émotions des personnes qui les avaient touchés, devaient être manipulés avec précaution. Une leçon qu'elle avait apprise à ses dépens.

— Ça vient d'un ancien patient dont je me suis occupée dans le Maine.

— Tu as été gentille avec lui, affirma Ashley. Elle pouvait ressentir un profond désir et un sentiment de trahison intense émanant de la coupure de presse. Je voudrais te demander de me parler de lui, mais tu dois savoir que Jackson te posera les mêmes questions, alors nous pouvons l'attendre si tu ne veux pas te répéter.

Une ride apparut entre les sourcils de Lizzie. — Il vient aujourd'hui ?

— Oui. Il est rentré tard hier soir et dormait encore quand je suis partie. Mais dès qu'il sera levé, je suis sûre qu'il te contactera.

Se levant pour regarder par la fenêtre, Lizzie secoua la tête. — Bon sang, Damen. J'avais dit que je m'en occuperais.

— Il s'inquiète pour toi. Ne crois-tu pas que tu as déjà eu assez de problèmes ? Je dois dire, Lizzie, que je m'inquiète aussi. J'ai l'impression que c'est plus grave que tu ne le penses, dit Ashley en posant soigneusement la coupure sur le bureau comme si elle pouvait la mordre.

Lizzie vint s'asseoir aux côtés d'Ashley tandis que les deux femmes fixaient l'image détruite du visage de Damen. La coupure de journal leur rendait leur regard. De l'encre rouge profond avait été creusée dans le papier avec une telle force qu'elle l'avait déchiré par endroits, créant des blessures déchiquetées et des boursouflures à la surface du papier. Pas des gribouillages désinvoltes, mais des traits délibérés qui suggéraient une rage lente et méthodique. L'encre rouge avait même coulé et s'était diffusée dans le papier environnant comme du sang répandu s'infiltrant dans un tissu.

À côté de l'image intacte de Lizzie, les mots « Ça devrait être moi » avaient été gravés dans la marge — non pas écrits mais tracés avec une telle pression que les lettres ressortaient en relief profond sur le verso, comme du braille fait de fureur.

— Eh bien, je peux jouer avec le petit Ethan pendant que nous attendons l'arrivée de Jackson et Damen, dit Ashley en s'éloignant du bureau.

— Il fait la sieste, répondit Lizzie, juste au moment où le son d'un bébé qui pleure résonna de l'étage. Elle secoua la tête en souriant à son amie.

— Plus maintenant, rit Ashley en se dirigeant vers la chambre d'enfant à l'étage.

Ashley observait depuis son perchoir sur l'accoudoir du canapé du salon tandis que Jackson interrogeait doucement

Lizzie au sujet de Leland Gates. Son comportement d'enquêteur était professionnel mais bienveillant, prenant soin de ne pas alarmer son amie tout en recueillant des informations cruciales, même si ses épaules étaient tendues et ses questions particulièrement précises.

Lizzie était assise en face d'eux, tripotant son carnet de planification de mariage tandis qu'elle décrivait son ancien patient. « Les autres membres du personnel l'évitaient, mais je ne me suis jamais sentie menacée. Il semblait juste seul. Il avait besoin d'aide, et personne ne lui procurait les soins nécessaires. J'ai fait ça pour lui. Finalement, nous l'avons fait admettre dans un établissement hospitalier, ce dont il avait besoin à ce moment-là. »

— Qu'est-ce qui t'a poussée à lui demander d'arrêter de t'apporter des cadeaux ? demanda Jackson.

Lizzie se leva de son siège pour se diriger vers la fenêtre, regardant l'eau au loin. « Honnêtement, je n'y ai pas vraiment prêté attention à l'époque. Je lui ai demandé d'arrêter parce que je savais qu'il ne pouvait probablement pas se permettre les fleurs et les petites gâteries. Depuis qu'il a été admis en hospitalisation, je n'ai plus eu de nouvelles de lui jusqu'à ce que Janessa me donne la coupure de journal. »

Jackson hocha la tête, prenant des notes. Pour Ashley, il était clair que Jackson avait appris des informations inquiétantes sur ce Leland qu'il n'avait pas encore partagées. C'était aussi suffisamment grave pour temporairement faire passer au second plan ses problèmes personnels concernant leur relation. D'une certaine façon, c'était un soulagement — Jackson retrouvait toujours ses repères dans sa carrière d'enquêteur et de protecteur des autres.

Le bruit de petits pas dans le couloir interrompit la conversation tendue. Dani fit irruption dans la pièce, les bras chargés de poupées, son visage s'illuminant à la vue de Jackson. « Tonton Jackson ! Tu veux voir mes bébés ? »

Sans hésiter, Jackson mit de côté son carnet et se laissa glisser au sol, guidé par la petite main de la fillette sur son bras. « Bien sûr, ma puce. Montre-moi ce que tu as là. »

Le cœur d'Ashley se gonfla en le regardant s'installer en tailleur sur le tapis, accordant toute son attention à Dani qui présentait chaque poupée avec des histoires élaborées. Ses grandes mains étaient d'une douceur impossible lorsqu'il accepta un minuscule bébé en plastique, le berçant avec une précaution exagérée qui fit glousser Dani.

C'était le véritable Jackson Peters. Pas l'ombre de son père qu'il craignait de devenir, mais l'homme qui pouvait passer d'enquêteur sérieux à oncle joueur en un instant. L'homme qui pouvait faire sentir à une petite fille qu'elle était la personne la plus importante au monde.

La scène devant elle fit naître une idée dans l'esprit d'Ashley. Peut-être que la clé pour aider Jackson à voir sa propre capacité à être père ne résidait pas dans les mots ou les réassurances, mais dans ces moments naturels avec les enfants de Lizzie. Son père ne se serait jamais mis à quatre pattes pour jouer aux poupées, n'aurait jamais traité les jeux d'un enfant avec un tel respect sincère.

— Celle-ci, c'est la maman, expliqua Dani, en plaçant une autre poupée dans les mains de Jackson. Elle s'occupe de tous les bébés.

— C'est un travail important, répondit sérieusement Jackson. Heureusement qu'elle a de l'aide, n'est-ce pas ?

Ashley intercepta le regard complice de Lizzie, et elles partagèrent un moment silencieux de compréhension.

Le moment fut interrompu par le bruit de la voiture de Damen dans l'allée. Ashley sentit l'attention de Jackson se déplacer, bien qu'il continuât à jouer avec Dani. Les rides d'inquiétude réapparurent sur son visage — quelles que soient les nouvelles qu'il avait à propos de Leland, il fallait les partager.

Mais Ashley avait vu ce qu'elle avait besoin de voir. Les instincts de Jackson avec les enfants étaient naturels et magnifiques, à l'opposé total de la violence qu'il craignait d'avoir héritée. Elle l'aiderait à voir cette vérité, lui montrerait ces moments comme preuves de sa propre bonté.

Et quand le moment serait venu de lui annoncer sa grossesse, elle lui rappellerait ce jour. Ces poupées en plastique manipulées avec un soin infini et la confiance totale d'une petite fille en sa nature douce.

— Dani, ma chérie, interrompit Lizzie. C'est l'heure du déjeuner. Pourquoi toi et Maria n'iriez pas préparer des sandwichs pour tout le monde ?

Pendant que Dani rassemblait ses poupées, elle jeta ses bras autour du cou de Jackson pour une rapide étreinte. — On jouera encore après ?

— Bien sûr, princesse, promit-il en l'aidant à ramasser les derniers jouets.

Ashley le regarda se relever, aidant Dani avec sa collection de poupées. Toujours gentil et attentionné, pensa-t-elle. Jamais le destructeur qu'il craignait devenir.

CHAPITRE 5

Jackson faisait tourner ses pâtes dans son assiette, son téléphone soigneusement positionné à côté de son verre d'eau. L'écran restait obstinément sombre. Le détective Morrison aurait déjà dû le recontacter. C'était en fin de soirée, ce qui signifiait qu'il était peu probable d'avoir des nouvelles ce soir.

La vie avançait parfois trop lentement à son goût. Il savait qu'il devait travailler sa patience concernant les choses qu'il ne pouvait pas contrôler.

— Tu étais si bien avec Dani aujourd'hui, dit Ashley d'une voix chaleureuse. La façon dont tu t'es assis par terre avec ses poupées, la laissant te donner des ordres.

— Hmm ? Jackson leva les yeux, enregistrant tardivement les paroles d'Ashley. Ah, oui. Dani est une chouette gamine. Je la connais depuis qu'elle était toute petite, depuis que Lizzie m'a engagé pour enquêter sur l'affaire de Cami.

Son téléphone vibra. Juste une alerte d'actualité. Jackson se retint de le saisir, sachant qu'Ashley avait remarqué sa distraction. Elle méritait mieux que la moitié de son attention pendant le dîner.

— Tu as un don naturel avec les enfants, poursuivit Ashley, sa fourchette s'arrêtant à mi-chemin de sa bouche. As-tu déjà pensé à avoir une famille à toi ?

— Non, répondit Jackson automatiquement, son esprit encore fixé sur les dossiers judiciaires scellés. Puis il prit conscience du silence soudain et leva les yeux.

Le visage d'Ashley s'était figé. Cette expression soigneusement neutre qu'elle utilisait quand elle essayait de cacher ses sentiments venait de s'installer. Mais il avait capté l'éclair de douleur dans ses yeux avant qu'elle ne puisse complètement le masquer, il avait vu la légère tension dans ses épaules lorsqu'elle avait reposé sa fourchette.

Son estomac se noua. Stupide. Tellement stupide. Ils étaient ensemble depuis des mois maintenant. Les choses devenaient sérieuses. Bon sang, elles *étaient* sérieuses et il venait de rejeter l'idée d'un avenir sans même y réfléchir.

La voix familière dans sa tête – celle qui ressemblait à son père – murmurait qu'il ne serait jamais assez bien pour quelqu'un comme Ashley, de toute façon. Il avala difficilement sa salive malgré la boule dans sa gorge. Cela ne signifiait pas qu'il pouvait la blesser négligemment.

— Ashley, je ne voulais pas..., commença-t-il, mais elle secouait déjà la tête, se levant pour débarrasser la table.

— C'est bon, dit-elle d'une voix tendue. Simple curiosité. Tu es si bon avec Dani, c'est tout.

Mais ce n'était pas bon. Il sentait qu'elle érigeait ces murs qu'elle utilisait quand elle avait besoin de se protéger pendant les consultations pour ses clients. Ceux qu'elle avait baissés avec lui.

Un froid s'insinua dans la pièce. Ses pensées s'embrouillaient, se bousculant les unes contre les autres, incertaines de ce qu'il devrait faire ou dire ensuite pour arranger les choses.

Son téléphone vibra à nouveau. Cette fois, c'était le numéro de Morrison, mais Jackson ne pouvait se résoudre à détourner le regard du visage d'Ashley, du mal qu'il venait de lui infliger par négligence.

— On devrait parler de…, commença-t-il, mais Ashley haussa un sourcil vers lui, rassemblant leurs assiettes à moitié vides.

— Tu devrais répondre, dit-elle doucement. Ça pourrait être important.

Elle avait raison, bien sûr. L'affaire devait avoir la priorité. Mais alors que Jackson la regardait disparaître dans la cuisine, il savait au fond de lui qu'il venait de gâcher quelque chose de bien plus important que n'importe quelle enquête.

Le téléphone vibra une troisième fois, insistant. Avec un profond soupir, Jackson le prit. « Peters. »

— Morrison à l'appareil. Je n'ai pas encore de nouvelles concernant le dossier de Gates. On entre dans le week-end. Je sais que demain c'est vendredi, mais les restrictions budgétaires ont donné les vendredis de congé aux archives. Donc on n'aura rien d'officiel avant la semaine prochaine au plus tôt. Mais j'ai pu trouver un officier à la retraite qui était en service à l'époque où Gates est entré à Bridgewater la première fois. Il est en croisière en Europe pour la semaine prochaine, mais il sera disposé à vous parler à son retour. Il est connu pour prendre quelques verres le soir, donc je vous conseille de le contacter dans la journée.

— Est-il fiable ? demanda Jackson. Des visions d'un alcoolique assis dans son fauteuil lui vinrent à l'esprit, alimentées par ses propres souvenirs.

— Très. Un type formidable, qui profite simplement de sa retraite.

Jackson secoua la tête tout en notant les coordonnées du contact. Il n'était pas ravi que cela prenne autant de temps, et ce serait à lui de juger si ce contact était fiable.

Il remercia Morrison, qui promit de le tenir au courant dès qu'il aurait du nouveau.

Terminant l'appel, Jackson se dirigea vers la cuisine, observant Ashley qui chargeait méthodiquement le lave-vaisselle. Ses mouvements étaient précis, contrôlés — comme elle le devenait quand elle essayait de maintenir une distance émotionnelle. Le tintement des assiettes semblait anormalement fort dans ce silence tendu.

— Laisse-moi t'aider, dit-il doucement, en tendant la main vers un verre. Leurs doigts se frôlèrent lorsqu'elle le lui tendit, et il ressentit cette étincelle familière de connexion, même à travers son retrait.

— Je suis désolé, dit-il après un moment. Pour tout à l'heure. Je n'étais pas vraiment attentif.

Ashley s'arrêta, une cuillère à servir à mi-chemin du lave-vaisselle. — C'est rien, répéta-t-elle, mais plus doucement cette fois. Tu t'inquiètes, je comprends. Moi aussi.

— Ce n'est pas une excuse. Jackson ferma le lave-vaisselle, se tournant pour lui faire face. Pourquoi as-tu demandé ? À propos d'avoir une famille ?

Ashley s'appuya contre le comptoir, les bras croisés de manière protectrice sur sa poitrine. — En te regardant avec Dani aujourd'hui... tu es si naturel avec elle. Et j'ai commencé à penser à... Elle s'interrompit, mais Jackson savait où ses pensées l'avaient menée — à un bébé abandonné quand elle avait seize ans, un choix fait trop jeune qui la hantait encore.

— À ta fille, termina-t-il doucement.

Ashley acquiesça, clignant rapidement des yeux alors qu'ils se remplissaient de larmes. — Je sais que ce n'est pas quelque chose dont nous avons vraiment discuté. Mais te voir avec des enfants, ça me fait me demander si peut-être... un jour.

Jackson s'approcha, décroisant délicatement ses bras pour prendre ses mains dans les siennes. — J'ai dit non sans réfléchir parce que je ne me suis jamais permis d'y penser. Il prit une profonde inspiration. Mais avec toi, j'envisage beaucoup de choses que je n'aurais jamais pensé vouloir.

— Vraiment ? La voix d'Ashley était à peine un murmure.

— Vraiment. Il l'attira plus près, elle se détendit contre lui. Je t'aime, tu le sais ?

Il sentit son sourire contre sa poitrine. — Je sais. Je t'aime aussi.

Leur baiser commença doucement mais s'approfondit rapidement, guérissant les blessures de la journée avec un feu familier. D'une manière ou d'une autre, ils se retrouvèrent à l'étage, laissant une traînée de vêtements derrière eux, redécouvrant le réconfort et la connexion dans les bras l'un de l'autre.

Plus tard, Jackson resta éveillé tandis qu'Ashley dormait paisiblement à côté de lui. Ses doigts traçaient des motifs paresseux sur son épaule nue alors que son esprit vagabondait.

Il pensa au rire lumineux de Dani lorsqu'elle lui donnait des ordres en jouant avec ses jouets. Serait-ce pareil ou mieux avec ses propres enfants ?

Puis il pensa à sa propre enfance. Il n'y avait aucune façon qu'il puisse soumettre un enfant, quelqu'un comme Dani, à ce qu'il avait vécu, lui et ses petits frères.

Cette pensée lui donnait la chair de poule.

La vieille lampe du porche vacilla tandis que Janessa tâton-
nait avec sa clé, son sac à dos chargé de manuels de son cours
du soir. 21h47.

L'obscurité pesait contre son dos alors qu'elle parvenait
enfin à faire tourner la serrure collante — elle avait toujours
l'intention de la faire réparer.

Quelque chose lui parut anormal dès qu'elle franchit le
seuil.

La maison avait ses propres sons et odeurs familiers après
y avoir vécu pendant deux ans. Mais ce soir, l'air semblait
différent.

Perturbé.

Comme si quelqu'un y était passé récemment, modifiant
les habitudes usuelles.

Elle resta immobile dans l'entrée, aux aguets. Le chauffage
ronronnait. Le réfrigérateur bourdonnait. Des bruits nor-
maux.

La batte de baseball restait appuyée contre la porte, une
habitude qu'elle avait prise après avoir emménagé seule. Ses
doigts se refermèrent sur le bois lisse, son pouls s'accélérant
tandis qu'elle cherchait l'interrupteur. Une lumière chaude
inonda le salon.

Tout semblait normal.

Le plaid était drapé exactement là où elle l'avait laissé
ce matin. Sa tasse de café était toujours posée sur la table
d'appoint.

Pas à pas, prudemment, elle traversa le rez-de-chaussée.
Les chaises de la salle à manger étaient parfaitement
alignées. La cuisine étincelait, la vaisselle séchant sur l'égout-
toir. La dernière copie de son emploi du temps, habituellement maintenue par un aimant sur le réfrigérateur, était
maintenant légèrement de travers.

Avait-elle fait ça ?

Et n'avait-elle pas laissé ce store légèrement de travers ce matin après avoir chassé le chat du rebord de la fenêtre ? Maintenant, il pendait parfaitement droit.

La porte de la cave était fermée. Elle la laissait toujours ouverte pour que le chat puisse accéder à sa litière.

La main de Janessa tremblait légèrement quand elle tourna la poignée, allumant la crue lumière fluorescente. Miaulant bruyamment, visiblement contrarié, son chat tigré orange Max glissa à ses pieds en se précipitant vers la cuisine.

Les marches craquèrent sous son poids – une, deux, trois. Elle balaya l'espace d'un arc de sa batte, examinant les coins remplis de cartons qu'elle n'avait toujours pas déballés. La machine à laver et le sèche-linge se tenaient silencieux.

Personne.

De retour en haut, elle grimpa vers le premier étage, batte tendue. La quatrième marche gémit – comme toujours. Une voiture passa dehors, ses phares projetant brièvement des ombres sur le mur. Son cœur sursautait à chacune d'entre elles.

La salle de bain d'abord.

Le rideau de douche ondulait légèrement dans le courant d'air provenant de la bouche de chauffage.

Janessa tendit lentement la main, ses doigts attrapant le plastique. D'un mouvement vif, elle tira le rideau, ne révélant rien d'autre que sa rangée de shampoings aux senteurs tropicales.

La porte de sa chambre était légèrement entrouverte. Elle ne la laissait jamais comme ça. N'est-ce pas ? Elle la fermait toujours pour empêcher Max de dormir sur ses oreillers toute la journée pendant son absence.

Sa précipitation matinale semblait remonter à des siècles, mais elle aurait pu la laisser ouverte.

Le poids de la batte n'offrait que peu de réconfort tandis qu'elle la poussait complètement avec son pied.

La lumière de la lune se déversait sur son lit défait. La porte du placard était hermétiquement fermée. Elle se souvenait distinctement de l'avoir fermée après avoir choisi ses vêtements ce matin. Mais c'était une excellente cachette pour un tueur, attendant patiemment qu'elle s'endorme, sans défense dans son propre lit.

Sa gorge était sèche tandis qu'elle s'en approchait, atteignait la poignée, tirait...

Vide.

Juste ses vêtements suspendus en rangées ordonnées.

Elle expira un souffle tremblant.

Janessa essaya de se moquer d'elle-même. De toute évidence, elle écoutait trop de podcasts sur les crimes réels pendant ses trajets vers l'école à Bangor. C'était un excellent moyen de rester éveillée après beaucoup trop de nuits passées à étudier tard.

La maison était vide. Elle était en sécurité.

Janessa secoua la tête devant sa propre nervosité en sortant des restes de lasagnes du frigo. — Tu es ridicule, marmonna-t-elle en glissant le récipient dans le micro-ondes.

Max se faufila entre ses jambes, miaulant avec insistance. Apparemment, il lui avait pardonné de l'avoir enfermé dans la cave toute la journée. — Oui, oui, je sais. C'est l'heure du dîner pour toi aussi. Elle versa des croquettes sèches dans son bol, le regardant les dévorer comme s'il n'avait pas mangé depuis des jours.

Le micro-ondes sonna. Elle s'installa sur son canapé — celui qu'elle avait acheté d'occasion lors de son emménagement — et lança le dernier épisode du *Meilleur Pâtissier Britannique*. Les voix familières remplissaient son salon tandis que les concurrents s'inquiétaient pour leurs pâtisseries.

À mi-chemin de sa lasagne, elle se rappela qu'elle voulait vérifier le coût du voyage pour le mariage de Lizzie. Il était un peu tard pour commencer à chercher maintenant, mais si elle trouvait des vols assez bon marché, ce serait peut-être possible. Elle devait évaluer ses options, mais d'abord, elle devait vérifier les dates.

Janessa posa son assiette et se dirigea vers son tableau d'affichage accroché dans la cuisine. Elle fronça les sourcils en scrutant le comptoir. L'invitation n'était pas là, bien qu'elle se souvienne distinctement de l'avoir placée sous sa boule à neige préférée du phare du Maine quelques jours auparavant.

Elle déplaça les menus de plats à emporter, le rappel de rendez-vous chez le médecin, la photo scolaire de sa nièce. Pas d'invitation.

— Max, l'as-tu fait tomber ? Elle regarda derrière le frigo, en dessous.

Rien que des moutons de poussière.

Étrange. Elle pouvait se visualiser, debout ici même, la lisant en prenant son café du matin, la remettant soigneusement à sa place. Le carton était épais, couleur crème, avec de délicates lettres bleues.

Bizarre qu'elle ait disparu comme ça.

Peut-être était-elle simplement fatiguée.

Entre le travail et les cours du soir, elle avait à peine le temps de respirer ces derniers temps. L'invitation réapparaîtrait bien.

Max sauta sur le comptoir et lui donna un coup de tête pour attirer son attention. — Tu as raison, dit-elle en lui grattant derrière les oreilles. Il est temps d'aller au lit. On la cherchera demain.

Leland était assis dans son appartement sombre, l'invitation au mariage éclairée par une seule lampe. Ses doigts parcouraient l'élégante écriture, s'arrêtant au nom de Lizzie. Le papier crissa légèrement sous sa prise.

— Tu te crois si intelligente, murmura-t-il en étudiant les détails. Un mariage sur la plage. En Floride.

C'était si facile de se glisser chez elle pendant qu'elle travaillait. Sa clé de secours était juste sous cette fausse pierre près de la porte arrière.

Amateur.

Ce maudit chat avait failli tout gâcher, cependant, en miaulant après lui depuis le comptoir de la cuisine. Il avait dû le pousser dans les escaliers de la cave malgré sa résistance.

La créature lui avait griffé les bras, et il avait failli l'étrangler, mais il s'était retenu, sachant qu'un chat mort révélerait qu'il, ou quelqu'un, s'était introduit dans la maison.

Personne ne savait ce qu'il avait fait.

Ses mains tremblaient tandis qu'il se levait, s'efforçant de contrôler la rage qui lui brûlait les entrailles, traversant la pièce jusqu'au mur où il gardait ses plans.

Avec un soin révérencieux, il épingla l'invitation au mariage au centre de tout. La pièce finale. Sa preuve que Lizzie avait besoin qu'il agisse.

L'invitation de Janessa était le lien. Bien sûr, Janessa serait invitée. Elle était l'amie de Lizzie et Lizzie était sa protectrice, son bouclier. Elle ne voudrait pas qu'il lui arrive malheur.

Cette pensée le fit découvrir ses dents dans la faible lumière. Douce et attentionnée Lizzie, s'inquiéterait pour son amie si quelque chose devait lui arriver, ferait tout ce qu'elle pourrait pour l'aider.

Oui. C'était la solution.

Un plan commençait à se cristalliser dans son esprit. Fini l'observation et l'attente. Janessa le conduirait directement à Lizzie.

Il commença à rassembler ce dont il aurait besoin, ses mouvements précis et contrôlés. Sa patience allait enfin porter ses fruits.

Le faire-part de mariage brillait comme un phare depuis sa position centrale sur le mur. Tout menait à cela. Tout menait à elle.

CHAPITRE 6

Lizzie sentit la chaleur solide de Damen tandis qu'il s'installait à côté d'elle sur le canapé, ses doigts s'entremêlant automatiquement aux siens. Ce geste familier aurait dû être réconfortant, mais il ne faisait qu'intensifier son anxiété concernant les nouvelles que Jackson s'apprêtait à leur annoncer. Elle avait su que quelque chose n'allait pas dès qu'elle avait vu le visage de Damen quand il était entré — cette expression soigneusement contrôlée qu'il arborait quand il essayait de ne pas l'alarmer.

— Tu sais ce que Jackson va nous dire ?

Damen la regarda, secouant la tête. Ainsi, la préoccupation sincère dans ses yeux n'était que de l'instinct. Lizzie avait appris à ses dépens qu'ignorer les instincts de Damen finissait généralement mal.

Ils en avaient fait l'expérience suffisamment pour toute une vie.

Jackson s'assit en face d'eux, se perchant au bord du fauteuil et se penchant en avant, les coudes sur les genoux. Cette posture était familière — sa position d'interrogatoire, celle qu'il adoptait quand il devait annoncer des nouvelles difficiles.

L'estomac de Lizzie se serra. L'appréhension emplissait la pièce.

Son regard dériva vers Ashley, la lumière de la fenêtre où elle se tenait faisait scintiller les reflets dans ses cheveux. Le visage de son amie était troublé, et quand leurs regards se croisèrent, Ashley fit un léger signe négatif de la tête.

Elle ne savait rien non plus.

Damen dessinait de petits cercles sur la paume de Lizzie avec son pouce, essayant de la garder calme et de rester lui-même centré.

— Bon, Jackson, dit-elle, d'une voix plus assurée qu'elle ne se sentait. Dis-nous ce que tu as découvert sur Leland.

— Mes premières recherches ont révélé que Leland Gates a été détenu à l'hôpital d'État de Bridgewater pendant quinze ans avant d'être libéré et de finalement te rencontrer, Lizzie. Il a été interné sur ordre du tribunal suite à un incident survenu quand il était enfant. Cependant, ces dossiers de mineurs sont scellés, commença Jackson.

Lizzie sentit sa tension s'apaiser légèrement. « Donc, ça pourrait être n'importe quel type de délit. Des infractions mineures, des problèmes relevant du tribunal de la fa mille... » Ses pensées s'interrompirent quand la main de Damen se resserra autour de la sienne. Le regard significatif qu'il échangea avec Jackson fit disparaître son optimisme.

— En fait, dit Jackson avec précaution, Bridgewater est un établissement psychiatrique à sécurité maximale, Lizzie. Les gens n'y sont pas envoyés pour des incidents mineurs.

L'air sembla quitter la pièce. Lizzie sentit Damen se rapprocher, sa cuisse contre la sienne sur le coussin du canapé.

Elle repensa à ses interactions avec Leland : son comportement discret, son empressement à lui plaire, et la façon dont le reste du personnel l'évitait.

Avait-elle manqué quelque chose d'essentiel ?

— J'utilise tous les moyens à ma disposition, poursuivit Jackson en se penchant en avant. Mais le Maine garde ces dossiers fermement verrouillés, surtout quand ils passent des affaires de mineurs aux affaires d'adultes. Selon les décisions du tribunal à l'époque, les dossiers pourraient même ne plus exister. Ce que je peux te dire, c'est que sa libération était assortie de conditions de surveillance communautaire périodique et de contrôles — des conditions qui ne sont probablement plus surveillées attentivement en raison des mêmes réductions budgétaires qui ont provoqué sa libération.

Ashley quitta son poste près de la fenêtre pour se percher sur l'accoudoir du fauteuil de Jackson. « Pas assez stable pour être réintégré dans la société, mais pas assez malade pour rester enfermé », ajouta Ashley.

Jackson toucha la main d'Ashley. « C'est exact. Mais ce qui m'inquiète le plus, c'est son état psychologique actuel, dit Jackson, son masque d'enquêteur glissant pour révéler une préoccupation sincère. Sa fixation sur toi n'est pas aléatoire, Lizzie. Tu as été gentille avec lui quand il traversait des difficultés. Tu as plaidé pour lui. Dans son esprit, cela a créé entre vous deux un lien qui n'existe pas en réalité. »

— Mais je ne faisais que mon travail, protesta Lizzie, se rappelant les innombrables emails et appels qu'elle avait passés pour essayer d'obtenir un soutien adéquat pour Leland.

— Pour toi, oui, intervint doucement Damen. Mais pour lui...

— Il a probablement construit tout un fantasme autour de toi, termina Jackson. Tu as maintenant disparu de sa vie en déménageant ici. L'annonce du mariage n'était probablement pas qu'une simple nouvelle pour lui, Lizzie. Ça pourrait avoir été un déclencheur.

Lizzie se sentit mal en se souvenant des cartes de remerciement de Leland, des fleurs, des petits bibelots et des mots. Elle regarda Ashley, espérant que son amie pourrait lui offrir un peu de réconfort, mais l'expression troublée d'Ashley ne fit que confirmer l'évaluation de Jackson.

— Alors tu penses qu'il pourrait tenter quelque chose ? Ça me semble vraiment contraire à sa personnalité. Je veux dire, il aurait besoin des moyens pour le faire, et je suis certaine qu'il n'a pas l'argent pour voyager jusqu'ici. D'après ce que je sais de lui, il vit de l'allocation d'invalidité de la sécurité sociale, ce qui n'est pas suffisant pour couvrir les besoins de base, argumenta Lizzie. Tu ne crois pas qu'on fait toute une histoire pour rien ?

Jackson s'adossa à sa chaise. — Je ne suis pas en désaccord, Lizzie. Cependant, le potentiel est là. Il était suffisamment informé pour voir la coupure de journal. Ce qui est vraiment old school, soit dit en passant.

— Mon père voulait que ce soit dans le journal du Maine, haussa les épaules Lizzie. Il voulait que ses amis le voient. La plupart d'entre eux reçoivent encore le journal livré à leur porte quand il est imprimé.

— La date du mariage et le lieu sont dans l'annonce, ajouta Damen. À partir de là, nous sommes assez faciles à localiser, du moins moi. Une simple recherche sur internet donnera suffisamment d'informations pour déterminer où je travaille, et probablement le lieu du mariage.

— Le mariage serait un endroit où il pourrait probablement apparaître s'il pouvait venir par ses propres moyens. Ou vraiment n'importe quel autre endroit où il pourrait te joindre.

— Le mariage, murmura Lizzie, comprenant soudain.

— Nous renforcerons la sécurité, dit immédiatement Damen. Nous changerons de lieu si nécessaire.

Mais Lizzie l'entendait à peine, voyant chaque interaction qu'elle avait eue avec Leland sous un jour nouveau. Elle était censée être douée pour lire les gens, pour les aider. Comment avait-elle pu manquer le comportement qui inquiétait Jackson ?

— Ce n'est pas ta faute, dit soudainement Ashley, faisant réaliser à Lizzie qu'elle avait diffusé ses pensées assez fort pour que son amie les capte. Tu as essayé d'aider quelqu'un qui en avait besoin. Sa réaction face à cette gentillesse lui appartient, pas à toi.

Lizzie hocha la tête, reconnaissante pour la perspicacité de son amie, mais une peur glaciale s'installa dans son estomac. Cette situation semblait différente. Plus personnelle. Plus volatile.

— Que faisons-nous maintenant ? demanda-t-elle, regardant tour à tour Jackson et Damen, les deux hommes qui avaient probablement sauvé sa vie plus d'une fois grâce à leurs instincts surprotecteurs.

— Nous allons découvrir autant que possible à son sujet, dit Jackson d'un air sombre. Et nous ne le sous-estimons pas. Ce qui l'a conduit à Bridgewater était suffisamment grave pour l'y maintenir pendant quinze ans. Il aurait dû s'agir de quelque chose de significatif, un crime pour lequel il aurait dû plaider la folie. Nous devons traiter cette situation avec la gravité qu'elle mérite. Lui et Damen échangèrent à nouveau des regards. Par précaution, bien sûr.

Lizzie sentit le bras de Damèn se resserrer de façon protectrice autour de ses épaules tandis que Jackson expliquait la situation. Elle pouvait lire la tension dans le corps des deux hommes, leur inquiétude partagée lui nouant l'estomac. Après tout ce qu'ils avaient traversé, elle avait appris à faire confiance à leurs instincts concernant le danger.

— Parle-moi de tes pistes dans le Maine, dit Damèn à côté d'elle, sa voix calme malgré son inquiétude évidente.

Lizzie observa Jackson passer la main dans ses cheveux — un signe révélateur qu'elle reconnaissait après leurs années de travail ensemble. — J'ai un détective à Portland qui y travaille. Le problème, c'est que si ça a commencé comme une affaire de mineur puis s'est transformé en soins psychiatriques pour adultes, nous avons affaire à plusieurs systèmes sous scellés.

— La coupure de journal et le mot, suggéra Damèn, et Lizzie le sentit se pencher légèrement en avant. Nous devrions les transmettre à la police locale là-bas. Au minimum, ça établit un schéma de comportement dont ils devraient être conscients. Peut-être qu'ils pourront l'empêcher de quitter la ville ou au moins garder un œil sur ses allées et venues.

Tandis que Jackson parlait à Damèn de son contact — le Détective Morrison — l'esprit de Lizzie vagabonda vers ses interactions avec Leland. Avait-elle manqué les signes avant-coureurs ? Sa détermination à l'aider l'avait-elle aveuglée face aux dangers potentiels ? Chaque souvenir semblait maintenant entaché, vu à travers ce nouveau prisme de menace et d'obsession.

La discussion sur sa situation actuelle la ramena au présent. — Le surveiller est un peu plus compliqué, disait Jackson. Les réductions budgétaires des services sociaux signifient qu'il est pratiquement sans surveillance maintenant.

Plus de visites obligatoires, plus de travailleur social pour le suivre. Il pourrait quitter le Maine demain et nous ne le saurions que lorsqu'il apparaîtrait ici.

Lizzie frissonna en entendant ces mots, se rappelant combien de ses anciens patients étaient tombés dans les mailles du filet lorsque les services avaient été réduits. Elle s'était battue si fort pour éviter exactement cette situation.

La voix douce d'Ashley interrompit ses pensées. — Je pense qu'il prépare quelque chose. Je ne vois pas exactement quoi, mais il y a une obscurité autour de lui.

Lizzie se crispa. Tout comme pour celles de Damen, Lizzie avait appris à ses dépens à ne pas écarter les intuitions d'Ashley. Par la fenêtre, elle pouvait voir Dani jouant dans la cour, insouciante et innocente. Il n'était pas question qu'elle laisse quoi que ce soit arriver à sa famille.

Quand Damen suggéra de changer le lieu du mariage, quelque chose en elle se brisa.

— Non, dit-elle fermement. Nous pouvons renforcer la sécurité, prendre des précautions, mais je ne laisserai pas cela changer nos plans. Si nous savons où il se trouve, ce ne sera pas nécessaire.

Elle sentit la fierté de Damen face à sa force, même si elle percevait son besoin impérieux de la protéger. Son compromis concernant les mesures de sécurité était typique de lui — trouvant un juste milieu entre sécurité et normalité.

— Je peux mettre une équipe en place, les assura Jackson. Suffisamment discrète pour ne pas déranger les invités, mais assez efficace pour repérer tout problème potentiel. Morgan sera disponible d'ici là.

Voyant l'échange inquiet entre Damen et Jackson, Lizzie tendit la main pour serrer celle de Damen. — On trouvera une solution, dit-elle doucement, essayant d'apaiser sa tension. On y arrive toujours.

Il lui embrassa la tempe en réponse, mais elle pouvait encore sentir son inquiétude. Ce qui s'était passé il y a quinze ans avait été suffisamment grave pour maintenir Leland enfermé pendant plus d'une décennie. Et maintenant, ce même homme était fixé sur elle.

CHAPITRE 7

L e réveil numérique sur sa table de chevet affichait 2 h 47. Lizzie se glissa hors du lit, prenant soin de ne pas réveiller Damen. Sa respiration régulière l'accompagna tandis qu'elle avançait à pas feutrés dans le couloir, vérifiant d'abord Ethan, puis Dani, les deux enfants perdus dans des rêves paisibles.

Se glissant dans la pièce devenue son bureau personnel où elle passait des heures à planifier leur mariage, elle s'installa doucement dans le fauteuil, le cuir frais contre ses jambes nues.

La maison se calait autour d'elle avec les bruits familiers de la nuit — le bourdonnement du réfrigérateur, le léger cliquetis de la climatisation qui se mettait en marche. Elle ouvrit le tiroir de son bureau et attrapa la petite boîte en bois où elle gardait les cartes et les mots d'amis et d'anciens patients qui l'avaient particulièrement marquée.

Sa carte se trouvait près du fond, les bords adoucis à force d'être manipulés. Un simple carton blanc, son écriture précise à l'encre noire : *Chère Lizzie, merci de m'avoir aidé à retrouver mon chemin vers moi-même. Votre confiance en moi a fait toute la différence. Leland Gates.*

Elle traça du doigt les mots, se souvenant de sa présence silencieuse dans son bureau. Comment il s'asseyait, les mains soigneusement pliées sur ses genoux, parlant doucement mais directement. Jamais en colère, jamais agressif. Il avait travaillé si dur sur son plan de traitement, avait montré une telle perspicacité face à ses propres défis.

Cela ne pouvait pas avoir été simulé, n'est-ce pas ?

Jackson et Damen pourraient-ils avoir raison ? Peut-être voulait-il simplement renouer le contact, retrouver la relation qu'ils avaient eue en tant que patient et clinicienne, et avait été surpris d'apprendre qu'elle avait déménagé.

Et si, en le traitant comme une menace, ils en créaient une ? Sa formation clinique se rebellait contre cette présomption de danger sans preuve. Les personnes ayant des antécédents de santé mentale faisaient déjà face à tellement de préjugés. Certes, Leland était une silhouette imposante, mais elle ne s'était jamais sentie menacée ou mal à l'aise avec lui comme d'autres avaient pu l'être.

Le numéro du bureau administratif de la clinique était toujours dans ses contacts. Un appel et elle pourrait obtenir ses coordonnées depuis son dossier. Juste pour le contacter, pour clarifier la situation. Pour faire confiance à son propre jugement sur l'homme qu'elle avait aidé pendant d'innombrables heures. Ce devait être une erreur, une réaction excessive qu'il comprendrait une fois qu'elle le lui aurait expliqué.

Son téléphone semblait lourd dans sa main tandis qu'elle recherchait le numéro. Ce serait si facile. Juste un appel rapide, une brève explication à quiconque répondrait. Sa demande n'était pas exactement conforme aux protocoles de confidentialité des patients, mais elle ne demandait rien de plus que son numéro de téléphone pour le remercier de son cadeau. Ils le lui donneraient.

Le bruit d'eau qui coulait à l'étage ramena brusquement Lizzie à la réalité, probablement Dani qui utilisait la salle de bain. Elle avait sa famille à considérer dans tout cela.

Elle posa le téléphone, la carte de Leland toujours ouverte sur son bureau. Elle croyait que Leland était le même homme qu'elle avait connu à la clinique, doux et gentil, au fond de lui. Mais elle savait aussi combien les choses pouvaient changer, combien la santé mentale pouvait être fragile.

La climatisation se remit en marche, faisant légèrement bouger la carte. Lizzie la remit dans sa boîte.

Elle avait bâti sa carrière pour aider les gens. Devenir assistante médicale avait été son alternative à l'école de médecine quand Dani était arrivée de façon inattendue. Même si elle n'exerçait plus maintenant, elle devait décider si son instinct d'aider risquait de mettre sa famille et elle-même en danger.

Mais après tout, cela ne pouvait pas faire de mal de simplement contacter Leland pour évaluer son état mental du mieux possible, et l'aider à comprendre que ses actions n'étaient pas acceptables.

Elle appellerait pour obtenir son numéro dès lundi matin. Janessa l'aiderait certainement si le bureau faisait des difficultés.

L'horloge indiquait 3 h 23 quand elle se glissa enfin dans son lit. Damen remua, l'enveloppant d'un bras sans se réveiller. Elle se blottit contre sa chaleur, essayant d'apaiser son esprit. Mais le sommeil restait insaisissable.

Le soleil de ce lundi en fin de matinée traversait la fenêtre du bureau de Lizzie tandis qu'elle composait le numéro administratif de la clinique. Elle avait dû attendre d'avoir déposé Dani à un rendez-vous de jeu et d'avoir couché Ethan pour sa première sieste. Elle voulait être tranquille pour cet appel.

— Acadia Health Partners, Carol à l'appareil. Cette voix familière fit immédiatement sourire Lizzie.

— Carol, c'est Lizzie Legard.

— Lizzie ! Comment vas-tu, ma chérie ? J'ai ton faire-part de mariage affiché sur mon bureau, je suis si heureuse pour toi, ma belle ! Le papier est magnifique. Même si je doute que nous puissions tous venir en Floride, du moins pas tous en même temps. Tu sais comment sont les plannings ici, mais c'était tellement attentionné de ta part de penser à nous.

Lizzie faisait tournoyer un stylo entre ses doigts. « Bien sûr, je comprends. En fait, j'espérais pouvoir parler à Janessa ? »

— Oh, elle est absente aujourd'hui, bien que je n'aie pas eu de ses nouvelles directement. Elle a dû se signaler malade auprès de quelqu'un d'autre. Le ton de Carol devint complice. Certaines choses ne changent jamais, n'est-ce pas ? Toujours à profiter un peu plus longtemps des week-ends.

Lizzie fronça les sourcils, se rappelant comment l'ancienne Janessa aurait effectivement appelé pour se déclarer malade à cause d'une gueule de bois. Mais elle se souvint alors combien Janessa avait été fière d'acheter sa maison, à quel point elle prenait au sérieux ses nouvelles responsabilités et ses études. Ce n'était plus son genre de simplement ne pas se présenter, surtout sans prévenir Carol directement. Carol était la responsable du cabinet et la supérieure directe de Janessa.

— Écoute, dit Lizzie, mettant de côté son inquiétude concernant Janessa, j'ai besoin d'un service. J'ai reçu un cadeau d'un ancien patient, Leland Gates. J'aimerais le contacter pour le remercier, mais je n'ai pas ses coordonnées actuelles.

— Je n'ai pas entendu ce nom depuis un moment, sauf quand il est passé déposer quelque chose pour toi. Attends une seconde. Lizzie entendait les doigts de Carol taper sur son clavier. Voilà. J'ai un numéro de portable... laisse-moi vérifier s'il est toujours d'actualité. Plus de frappes. Oui, le dernier rendez-vous date d'il y a trois mois. Il ne s'est pas présenté, mais les coordonnées étaient correctes.

Pendant que Carol lui dictait le numéro, Lizzie l'écrivait soigneusement sur son bloc-notes, chaque chiffre lui semblant lourd de sens.

— Merci, Carol. Et je comprends parfaitement pour le mariage. Mais j'espère vous y voir si vous le pouvez. Ce serait agréable de tous se retrouver.

Après avoir raccroché, Lizzie fixa le numéro qu'elle avait écrit. Une chose si ordinaire, juste dix chiffres sur du papier. Mais ils représentaient une opportunité qui pourrait aider à dissiper un malentendu.

Ou pas.

Elle jeta un coup d'œil à la photo encadrée sur son bureau, montrant Damen, Dani et elle à la plage l'été dernier, tous bronzés et rieurs. Puis revint au numéro.

Quelque part se trouvait la vérité sur Leland Gates. La preuve qu'il ne représentait pas une menace pour elle ou sa famille.

Elle devait juste découvrir quelle version de lui était réelle — le patient doux et en convalescence qu'elle avait connu, ou la menace que craignaient Damen et Jackson.

Son doigt resta en suspens au-dessus du clavier de son téléphone. Peut-être était-ce l'instinct maternel qui l'emportait sur son jugement, ou peut-être était-ce la peur qui la faisait hésiter. La peur de ce qu'elle découvrirait en creusant davantage.

Elle posa le téléphone, laissant le numéro non composé. Pour l'instant.

Lizzie poursuivait sa routine de l'après-midi, son esprit revenant périodiquement à l'absence inhabituelle de Janessa. Elle triait le linge, pensant à quel point son amie était devenue responsable depuis qu'elle la connaissait.

En rangeant les courses, elle se rappela que Janessa avait probablement simplement parlé au Dr Matthews ou à l'un des autres médecins.

En nettoyant après le déjeuner, Lizzie repoussa cette petite voix qui lui disait que quelque chose clochait dans cette situation.

Ethan s'est endormi facilement pour sa sieste, épuisé par une matinée au parc. Dani a demandé plus de persuasion.

— Je ne suis pas fatiguée, protesta Dani, tout en se frottant les yeux.

— Ma chérie, tu es encore en train de te remettre de ta maladie. Un peu de repos te fera du bien. Lizzie repoussa les cheveux de Dani de son front. Tu veux bien t'allonger un petit moment ? Je te frotterai le dos.

Finalement, la respiration de Dani s'est régularisée dans le sommeil.

Lizzie est restée un moment sur le seuil, observant le visage paisible de sa fille avant de tirer doucement la porte presque fermée.

Elle a décidé de profiter de ce moment de calme pour trouver les réponses dont elle avait besoin.

Dans son bureau, elle a sorti le numéro qu'elle avait obtenu de Carol. Son cœur battait un peu plus vite tandis qu'elle composait le numéro, répétant mentalement ce qu'elle dirait.

Le téléphone a sonné quatre fois avant de basculer sur la messagerie vocale, le message générique répétant le numéro que Carol lui avait donné. Avec un peu de chance, le numéro était toujours en service et correct. Elle avait constaté dans son travail à la clinique à quel point les patients changeaient souvent de numéros. Ils achetaient probablement des téléphones jetables, étant tout ce qu'ils pouvaient se permettre.

Lizzie a pris une profonde inspiration avant de laisser son message, voulant s'assurer que ses mots ne puissent pas être mal interprétés.

— Bonjour Leland, c'est Lizzie Legard. Je voulais vous remercier pour le cadeau. Elle a fait une pause, choisissant soigneusement ses mots suivants. J'espère que vous vous portez bien. J'ai quitté la clinique, comme vous le savez probablement, et je suis très heureuse. J'espère qu'il en est de même pour vous. Elle a hésité, puis ajouté : J'espère que vous continuez à prendre soin de vous et à maintenir les progrès que vous avez réalisés. Merci encore d'avoir pensé à moi.

Après avoir raccroché, Lizzie s'est assise à son bureau, fixant le téléphone du regard.

Avait-elle trop dit ? Pas assez ?

La maison était silencieuse à l'exception du bourdonnement lointain de la climatisation. Normalement, elle chérissait ces moments paisibles de l'après-midi, mais aujourd'hui le silence semblait lourd de mots non exprimés et de questions sans réponses.

CHAPITRE 8

Leland réécouta le message de Lizzie pour la septième fois, ses doigts tremblant en appuyant sur les boutons du téléphone. Chaque mot était chargé de significations cachées. Pour lui, il était évident que Lizzie lui lançait un appel à l'aide. Qu'elle lui envoyait des messages que lui seul pourrait comprendre.

— Je voulais te remercier pour le cadeau. Bien sûr, elle reconnaissait leur connexion, leur amour. Elle avait compris ce qu'il voulait dire avec la coupure de journal et manifestement, elle était d'accord que ce devrait être lui et non l'homme sur la photo.

Il arpentait son appartement, l'esprit en ébullition. « J'ai quitté la clinique » était clairement un appel au secours. Elle était retenue contre son gré, forcée d'abandonner son travail. Et « Je suis très heureuse », prononcé avec ce léger tremblement dans la voix.

Il était évident qu'elle mentait. Comment pourrait-elle être heureuse ?

— J'espère que tu continues à prendre soin de toi — un autre message codé. Leur relation avait évolué, et c'était maintenant elle qui comptait sur lui.

Il ouvrit son carnet, ajoutant le message d'aujourd'hui à sa collection soigneusement documentée de signes. Les photos d'elle avec ces enfants — clairement mises en scène.

L'homme qui apparaissait constamment dans les images — une sorte de gardien, sans aucun doute. Ils la retenaient prisonnière dans cette maison luxueuse en Floride, mais elle tendait la main vers lui. Uniquement vers lui.

— Merci encore d'avoir pensé à moi. Son cœur s'emballa. Elle savait qu'il viendrait la chercher.

— Bientôt, Lizzie, murmura-t-il au téléphone silencieux. Je ne les laisserai pas continuer à te faire du mal. Je te le promets.

Il se tourna vers son mur de recherches : cartes des Keys de Floride, coupures de journaux et articles téléchargés à la bibliothèque.

Le moment était venu de planifier le sauvetage. De la libérer de la prison qu'ils avaient construite autour d'elle.

Ses flacons de médicaments restaient intouchés sur le comptoir de la cuisine, se couvrant de poussière.

CHAPITRE 9

Damen se tenait devant le mur de fenêtres de son bureau du dernier étage, observant les bateaux glisser sur les eaux cristallines du canal en contrebas. Le soleil de fin d'après-midi transformait l'eau en or liquide, se reflétant sur les coques polies des yachts de plusieurs millions de dollars amarrés le long du front de mer impeccable de son complexe.

Il était difficile d'imaginer qu'ils avaient créé tout cela à partir du terrain pratiquement à l'abandon laissé par la Marine. Les bassins en calcaire sculpté avaient été conçus, bien avant sa naissance, pour abriter des sous-marins. Mais ils étaient restés vides, laissant les sédiments recouvrir les objets jetés dans ces bassins. Y compris une voiture qui contenait les restes de la sœur de Lizzie.

Il chassa cette pensée. C'était une tout autre histoire.

La présence des investisseurs flottait encore dans l'air climatisé, ainsi que leur enthousiasme à peine dissimulé pour le plan d'affaires qu'ils venaient d'examiner. Une chaîne d'hôtels haut de gamme s'implantait dans le complexe, et ce plan allait tous les enrichir davantage.

Il expira profondément. Ce n'était pas comme s'il avait besoin de plus d'argent ; il était désormais plus riche qu'il n'aurait jamais pu l'espérer.

Paradise Port avait dépassé même sa vision la plus ambitieuse — le mélange de condos de luxe, de commerces haut de gamme et de restaurants de classe mondiale avait transformé cette section de Key West en quelque chose d'extraordinaire.

Il desserra sa cravate, pensant à Lizzie et aux enfants. Bientôt, les réunions du conseil et les projections de profits seraient les préoccupations de quelqu'un d'autre. Il garderait suffisamment d'implication pour rester engagé, mais sa vraie vie — sa vie de famille — l'attendait.

Si seulement cette situation avec Leland n'était pas apparue.

Il se dirigea vers son bureau, le doux ronronnement des moteurs de bateaux montant d'en bas. Ancien patient... Rien de concret à signaler aux autorités, mais suffisamment pour déclencher toutes les sonnettes d'alarme dans l'esprit de Damen.

Lizzie insistait que Leland était inoffensif, piégé dans les froides étendues du Maine pendant qu'ils étaient ici au paradis. Que la distance et le temps résoudraient tout malentendu ayant provoqué ses actions.

Mais il savait qu'elle était inquiète. Il savait qu'elle n'avait pas bien dormi la nuit précédente, qu'elle s'était glissée hors du lit après des heures à se retourner. Qu'elle avait passé du temps dans son bureau.

Ils avaient tous deux beaucoup de choses en tête.

L'ascenseur sonna au bout du couloir. Des voix familières approchaient : le ton mesuré de Jackson, le grondement plus profond de Morgan.

Ils avaient prévu une réunion pour discuter de leur contrat de sécurité et des projets sur lesquels travaillait l'entreprise de sécurité de Jackson pour la société.

Morgan, le frère de Jackson, venait de rentrer d'un voyage avec Valentina, l'anthropologue responsable de l'équipe scientifique chargée du sauvetage du navire jumeau de l'*Atocha*. Leur découverte d'un trésor aztèque avait propulsé la carrière de Valentina, et elle était partie pour s'adresser à des donateurs et des scientifiques, emmenant Morgan avec elle.

Damen rit intérieurement. L'héritage de l'*Atocha* n'avait pas seulement réuni Lizzie et lui, mais aussi Jackson et Ashley. Et son navire jumeau avait réuni Morgan et Valentina. *Curieux les chemins que peut prendre la vie*, pensa-t-il en secouant la tête.

Il voulait entendre les rapports des deux hommes, mais il voulait aussi utiliser ce temps pour planifier, pour mettre en place des mesures de protection. Le mariage était dans moins de deux semaines, et il ne voulait prendre aucun risque qui pourrait mettre Lizzie ou les enfants en danger.

Damen rassembla les dossiers dont il avait besoin, son esprit déjà en train d'élaborer des plans d'urgence. Dehors, une volée d'oiseaux marins se dispersait dans le ciel. Il avait construit toute cette vie en protégeant ce qui comptait — d'abord son entreprise, maintenant sa famille. Leland Gates était peut-être à des milliers de kilomètres dans le Maine, mais la distance ne signifiait rien pour l'obsession. Et l'instinct de Damen lui disait que ce n'était que le début.

— Bonjour messieurs. Parlons sécurité, dit-il quand Jackson et son frère entrèrent. C'était son style d'aller droit au but. Il y aurait du temps plus tard pour déguster du mérou fraîchement pêché et prendre un verre. Pour l'instant, ils avaient du travail à faire.

— Qu'as-tu appris du Maine ? demanda Damen tandis que Jackson et Morgan s'installaient dans les fauteuils en cuir face à son bureau.

Jackson se pencha en avant, passant une main dans ses cheveux. — Le détective Morrison a retrouvé un autre détective qui a travaillé sur le crime que Gates a commis pour se retrouver à Bridgewater. Le problème, c'est qu'il est à la retraite maintenant et en croisière. Il ne sera pas de retour avant la fin de la semaine.

— Et les dossiers officiels ? Les doigts de Damen tambourinaient sur son bureau.

— Obtenir quoi que ce soit d'officiel va prendre du temps, si c'est encore disponible, dit-il en secouant la tête. Ça pourrait prendre des semaines.

— Nous n'avons pas des semaines, intervint Morgan. Le mariage est dans treize jours.

— À quoi penses-tu pour la cérémonie ? demanda Damen, se levant pour arpenter la pièce près des fenêtres.

Jackson sortit un papier plié, l'étalant sur le bureau de Damen. — J'ai cartographié tout le lieu. Nous aurons des équipes ici, ici et ici. Son doigt traçait les différents points. En civil pour se fondre parmi les invités. Couverture complète du périmètre, plus surveillance maritime.

— Le ponton est vulnérable avec juste de la surveillance, nota Morgan en pointant du doigt. Nous devrions avoir au moins deux bateaux en patrouille.

— Déjà prévu, acquiesça Jackson.

— Nous devons aussi parler de la sécurité au quotidien. Pour Lizzie et les enfants. Damen se détourna de la fenêtre. Elle n'aimera pas ça. Elle est convaincue que Leland n'a aucun moyen de faire le voyage depuis le Maine.

— Je suis d'accord avec toi, Damen, dit Morgan en se penchant en avant. Nous ne savons pas encore assez de choses sur ce type. C'est ce qui le rend plus dangereux, pas moins. Jusqu'à ce qu'on obtienne des informations solides.

— Je veux deux gardes à la maison, dit Damen en faisant un signe à Morgan. Une unité mobile suivant Lizzie et les enfants. Mais je dois d'abord lui parler. Elle doit comprendre pourquoi.

— J'ai déjà sélectionné l'équipe, l'assura Jackson. Tous d'anciens Forces Spéciales, expérimentés dans la protection familiale. Ils savent comment rester invisibles sauf si nécessaire.

— Et l'école de Dani ? demanda Morgan.

— Je parlerai au directeur demain, répondit Damen. Je mettrai à jour leur liste des personnes autorisées. Ajouterai des protocoles de sécurité.

Jackson se leva, rassemblant ses papiers. — Je te remettrai le plan de sécurité complet pour le mariage demain matin. Dès que le détective sera de retour, j'irai là-bas moi-même s'il le faut. Nous devons savoir à quoi nous avons affaire.

Damen hocha lentement la tête, regardant un yacht s'amarrer en contrebas. — Je parlerai à Lizzie ce soir. Il se retourna vers les deux hommes. Vous avez faim ? J'ai raté le déjeuner et j'ai besoin de me sustenter. Et honnêtement, je pourrais boire un verre. Ça vous tente ?

Les frères se regardèrent, et l'estomac de Morgan gronda bruyamment. — Je meurs de faim en fait, rit Morgan, tapotant son ventre et se levant.

Les trois hommes marchèrent le long de la marina, passant devant des boutiques haut de gamme et des galeries d'art qui se préparaient à fermer pour la journée. Le soleil de fin d'après-midi scintillait sur l'eau, projetant de longues ombres sur l'allée.

— Essayons ce nouvel endroit, Harbor Tides, suggéra Damen, désignant d'un signe de tête le restaurant récemment ouvert. J'avais l'intention d'y aller.

À l'intérieur, ils s'installèrent dans un box d'angle avec vue sur l'eau. L'happy hour battait son plein, le bar était animé par la foule d'après-travail.

— Trois Islamorada IPA, commanda Damen quand le serveur arriva. Et je prendrai le burger maison. Sans fromage, s'il vous plaît.

Après que les autres eurent passé leur commande et que leurs bières furent arrivées, Damen se tourna vers Morgan.

— Alors, comment se passe la vie avec notre archéologue préférée ?

Le visage de Morgan s'illumina. — Valentina est incroyable. Elle est à Mexico cette semaine, donnant une série de conférences sur les artéfacts aztèques. L'université essaie de la convaincre de reprendre son poste à temps plein.

— C'est un sacré trajet depuis toi et le site de l'épave, commenta Jackson, prenant une gorgée de sa bière.

— Ouais, on essaie de comprendre ça. Elle voyage énormément, mais je l'accompagne quand je peux. J'adore ça, tous ces endroits différents, a admis Morgan. Mais honnêtement ? Je la suivrais n'importe où. Je n'aurais jamais cru dire ça de quelqu'un, mais... Il haussa les épaules, un doux sourire flottant sur ses lèvres.

— Attention, Damen, le taquina Jackson. On dirait que tu ne seras peut-être pas le seul à planifier un mariage bientôt.

Morgan ne le nia pas. — Quand on sait, on sait, non ?

— En parlant de savoir, dit Damen en se tournant vers Jackson, quand est-ce que tu vas franchir le pas avec Ashley

? Ça fait combien, deux ans que vous êtes ensemble maintenant ?

Le sourire de Jackson se crispa de façon presque imperceptible tandis qu'il grattait l'étiquette de sa bouteille de bière. — On est bien comme on est pour l'instant.

— Allez, mec, insista Morgan. Tu ne peux pas laisser ton petit frère te devancer à l'autel.

— Laisse tomber, Morgan, dit Jackson doucement, son ton portant un poids qui fit relever brusquement la tête de Damen.

Un moment gênant passa entre les deux frères.

— On dirait qu'ils font de bonnes affaires ici, non ? dit Damen, essayant de détourner l'attention de ce qui causait la tension dans les épaules de Jackson. Il se fit une note mentale de demander à Lizzie si elle savait si quelque chose n'allait pas entre leurs deux amis. Ashley se confiait généralement à elle, ayant été meilleures amies pendant presque toute leur vie.

Damen but longuement sa bière, se sentant étrangement contemplatif. — Tu sais ce qui est drôle ? Il y a dix ans, si quelqu'un m'avait dit que je serais là — promoteur immobilier, père, marié — je lui aurais ri au nez. J'étais plutôt engagé dans mon truc de loup solitaire. J'étais convaincu que c'était ma voie. Damen secoua la tête, regardant la condensation couler le long de son verre. — Forces spéciales, missions classifiées, peut-être mourir héroïquement dans un désert quelconque. C'était le plan.

Morgan se pencha en arrière sur son siège. — Ça me dit quelque chose.

— Maintenant je compte les jours jusqu'à ce que je puisse passer les week-ends avec les enfants, faire des dîners en famille. Il laissa échapper un petit rire. — Bon sang, j'ai même aimé accompagner la sortie scolaire de Dani la semaine dernière. Moi, entouré d'une vingtaine de petits gosses qui hurlent au musée.

— L'amour t'a ramolli, le taquina Morgan.

— Peut-être. Damen resta silencieux un moment, tournant sa bouteille de bière entre ses mains. — Parfois je me réveille au milieu de la nuit, et Lizzie est là, et les enfants sont au bout du couloir, et ça me frappe. C'est réel. C'est ma vie maintenant. Et pendant une fraction de seconde, ça me terrifie.

— Des doutes ? demanda Jackson avec précaution.

— Non, répondit immédiatement Damen, puis il fit une pause. — Qu'est-ce que je ferais si je perdais tout ça ?

Tous les trois prirent de longues gorgées de leurs boissons.

— Quand il y a une menace comme celle à laquelle nous faisons face maintenant, ça met tout ça au premier plan. Toi et Lizzie avez déjà traversé assez d'épreuves, répondit Jackson.

Damen sourit légèrement, se redressant sur son siège. — Oui, je suppose que c'est vrai. Il leva sa bière. — À en avoir assez vu. Merci à vous deux de m'aider à tous les garder en sécurité.

Comme sur commande, leurs repas arrivèrent. La conversation dériva vers des sujets plus légers pendant qu'ils mangeaient — les nouveaux locataires du complexe immobilier, le prochain programme de plongée de Morgan, plus de détails sur la sécurité du mariage.

Pendant tout ce temps, Damen observait Jackson. Quelque chose n'allait pas chez lui, son ami habituellement si stable semblait quelque peu perdu. C'était clairement lié à sa vie personnelle.

Alors qu'ils réglaient l'addition, Damen vit Jackson vérifier son téléphone pour ce qui devait être la vingtième fois, son expression indéchiffrable.

CHAPITRE 10

L izzie se tenait sur l'estrade surélevée, entourée de miroirs tandis que Collette, la propriétaire de la boutique, ajustait la délicate dentelle de son ourlet. La lumière du soleil entrait à flots par les fenêtres du sol au plafond, faisant scintiller les perles de sa robe. Elle se sentait comme Cendrillon.

— Juste un petit ajustement ici, murmura Collette, des épingles entre les lèvres. Nous voulons qu'elle flotte quand vous marchez.

Ashley émergea de derrière un paravent en soie dans sa robe de demoiselle d'honneur vert émeraude, tenant le devant dans ses mains tandis que son dos restait ouvert. « J'adore la couleur de cette robe. Elle fait ressortir mes yeux. Mais je ne suis pas sûre que les retouches soient exactement comme il faut. »

— Plus de champagne, mesdames ? L'assistant apparut avec une nouvelle bouteille de Veuve Clicquot.

— Pourquoi pas ? sourit Lizzie, acceptant une flûte. Ce n'est pas tous les jours qu'on est traitée comme une princesse.

— Tu le mérites, dit Ashley, montant sur sa propre estrade tandis qu'une autre couturière commençait à vérifier l'ourlet. Bien que je n'arrive toujours pas à croire que tu portes du blanc. Quelle rebelle.

Lizzie rit. « Je t'en prie. Je sais qu'avec deux enfants, on est bien au-delà de ça, mais la robe... » Elle passa ses mains sur le corsage ajusté. « Elle me semblait juste parfaite. »

— Elle te va à merveille, dit doucement Ashley, tandis que la couturière qui s'occupait d'elle tirait sur la fermeture éclair.

— Madame, excusez-moi... mais avez-vous pris du poids depuis votre dernier essayage ?

Lizzie détourna le visage à ces mots, essayant de donner un peu d'espace à son amie. Ashley rougit. « Bien sûr que non. Peut-être que l'essayage n'était pas correct ? »

La couturière tira sur le tissu et fit claquer sa langue. « Je vais devoir élargir ce buste. »

En entendant cela, Lizzie ne put résister à une petite taquinerie pour détendre l'atmosphère que son amie de longue date ressentait probablement. « Eh bien, au moins c'est le buste et pas les fesses. »

Ashley sourit et la regarda, ses yeux riant avec un léger embarras.

Cette femme qui avait du mal à entrer dans sa robe de demoiselle d'honneur était en réalité une image de santé. Lizzie était habituée à voir Ashley plus pâle et stressée, principalement à cause de son travail de médium qui avait tendance à interrompre son sommeil. Sa peau radieuse et ses yeux pétillants la rendaient encore plus belle. « Tu as l'air en forme, Ash. Ça doit être l'amour de Jackson combiné au facteur bonheur. Tu rayonnes littéralement ! »

Belle comme une femme amoureuse, pensa-t-elle.

Ashley sourit, mais ensuite son expression changea, devint concentrée.

Lizzie reconnut ce regard - c'était le même qu'Ashley avait quand elle percevait quelque chose par voie psychique.

— Quoi ? demanda Lizzie, essayant de garder un ton décontracté.

Ashley plissa les yeux. « Tu as fait quelque chose. Quelque chose que tu ne dis à personne. »

Le cœur de Lizzie fit un bond. Elle se força à rester immobile pendant que Collette continuait d'épingler. « Je ne vois pas de quoi tu parles. »

— Si, tu le sais. La voix d'Ashley baissa d'un ton. Ça a quelque chose à voir avec Leland, n'est-ce pas ?

Le champagne devint soudain aigre dans l'estomac de Lizzie. « Ashley. »

— Tu l'as contacté. Ce n'était pas une question.

Collette se leva, rassemblant ses épingles. « Je vais chercher le voile pour que vous l'essayiez, d'accord ? »

Dès qu'elles furent seules, Ashley s'approcha. « Dis-moi que tu ne l'as pas fait. »

Lizzie fixa son reflet, la belle mariée qui la regardait. « J'ai juste... j'ai pensé que je pourrais lui parler, lui faire comprendre. »

Un silence s'installa entre elles. Le front d'Ashley se plissa.

— Je ne lui ai pas parlé directement. J'ai seulement pu lui laisser un message vocal. Il est peu probable qu'il le reçoive, ou s'il le reçoit, qu'il l'écoute même.

— Qu'est-ce que tu lui as dit ?

— Je l'ai remercié pour le cadeau. Je lui ai dit que j'avais déménagé et que j'étais très heureuse maintenant.

— Est-ce que Damen est au courant ?

— Non ! Et tu ne peux pas lui dire. Ni à Jackson. S'il te plaît, Ashley.

Lizzie se tourna vers son amie. « C'était probablement une erreur. Je le sais maintenant. Mais ce qui est fait est fait. »

Ashley ferma brièvement les yeux. « As-tu eu de ses nouvelles ? »

— Non.

— Je n'arrive pas à voir clairement ce qui va se passer ensuite... Tu ne penses pas que ça va avoir des conséquences.

Le silence de Lizzie était une réponse suffisante. « Non. Je ne pense pas. Je ne le vois simplement pas me menacer ou menacer Damen. L'homme que j'ai connu avait du mal à se rappeler de prendre ses médicaments ou de faire des activités basiques comme acheter de la nourriture. Je doute qu'il fasse près de trois mille kilomètres pour venir jusqu'ici. »

— Bon sang, Lizzie, dit Ashley en secouant la tête. Y a-t-il une seule période sans agitation dans ta vie ?

Lizzie souffla. « J'aimerais bien. Ce serait agréable d'avoir une vie tranquille. Pas de trésors engloutis ou maudits, pas de cartels, pas de sœurs disparues ni d'esprits tourmentés. Juste une vie de famille paisible. »

Les deux femmes se sourirent tandis que Lizzie exprimait son souhait à voix haute.

— Mesdames ! Collette revint précipitamment, tenant un voile cathédrale. Voyons comment celui-ci vous va, d'accord ?

Ashley croisa le regard de Lizzie dans le miroir pendant que Maria arrangeait le voile. « On n'a pas fini de parler de ça. »

Lizzie hocha légèrement la tête, observant le tulle qui s'installait autour d'elle comme un nuage. Elle avait tout à fait l'allure de la mariée dont elle avait toujours rêvé. Alors pourquoi avait-elle soudain l'impression qu'une étrangère la fixait dans le miroir ?

— Parfait, déclara Collette en reculant d'un pas.

— Parfait, répéta Ashley, mais son regard était préoccupé.

Lizzie força un sourire, essayant de retrouver la joie qu'elle avait ressentie quelques instants auparavant.

Plus que deux semaines, se dit-elle. Après le mariage, tout se calmerait.

Elle devait y croire.

L'air parfumé à l'eucalyptus du spa les enveloppait tandis qu'elles se détendaient dans la salle de relaxation pour leur après-midi de soins, un verre d'eau au concombre à la main. Une douce musique instrumentale jouait en fond et la lumière du soleil de l'après-midi filtrait à travers les rideaux vaporeux.

— Est-ce qu'on pourrait, Lizzie fit un geste vague avec son verre, ne plus parler de Leland ? J'aimerais profiter de ce moment.

— D'accord, dit Ashley, en ajustant son peignoir moelleux et en s'installant sur la chaise longue à côté d'elle.

Elles venaient de recevoir des massages et prenaient un moment de détente avant leurs pédicures. Le spa les traitait comme des reines. C'est ici que, dans deux semaines, elles reviendraient pour se faire coiffer et maquiller avant le mariage.

Ce serait un grand événement en ville.

Lizzie jeta un coup d'œil à la flûte intacte de son amie. En y réfléchissant, Ashley n'avait pas bu de champagne non plus à la boutique de mariée. En regardant de plus près maintenant, elle remarqua d'autres petits changements — le visage plus plein d'Ashley, la façon dont son peignoir était légèrement tendu au niveau de sa poitrine, la qualité lumineuse de sa peau. La robe de demoiselle d'honneur qui avait besoin d'être ajustée.

— Oh mon Dieu, chuchota Lizzie en se redressant. Tu es enceinte ?

Le visage d'Ashley pâlit instantanément alors que sa main se posait instinctivement sur son ventre. Un léger sourire se dessina sur ses lèvres tandis qu'elle observait la réaction de Lizzie. — Je l'ai découvert la semaine dernière.

— Et Jackson ?

Le sourire s'effaça. — Je ne lui ai pas encore dit.

Lizzie posa son verre, l'inquiétude envahissant son esprit. — Pourquoi pas ?

Ashley soupira, tiraillant un fil qui dépassait de sa robe de chambre. — Personne ne le sait. Il fallait que ce soit toi qui le remarques. C'est compliqué. Nous n'avions pas prévu ça. On n'a même pas vraiment parlé de notre avenir ensemble.

— Mais il serait sûrement content, non ?

— C'est justement ça, je n'en sais rien. La voix d'Ashley baissa d'un ton. — Les choses ont été... bizarres ces derniers temps. Il est distant, il travaille tard. Même quand on est ensemble, j'ai l'impression qu'il est ailleurs.

Lizzie tendit la main et serra celle de son amie. — Tu as essayé de lire en lui ?

— Il affronte ses propres démons. Ce ne serait pas juste. Ashley cligna rapidement des yeux. — Mon Dieu, ces hormones. Je pleure devant des pubs maintenant.

— Eh bien, tu vas devoir lui dire tôt ou tard. Moi, j'ai deviné, et on ne couche même pas ensemble.

Ashley tapota son ventre légèrement arrondi. — Deuxième bébé, apparemment ton corps se dit juste « oh, on sait comment faire » et accélère tout le processus.

Lizzie prit la main de son amie et la serra. — C'est différent maintenant.

Une employée du spa apparut, interrompant leur conversation. — Mesdames, vos massages sont prêts.

En se levant, Lizzie serra son amie dans ses bras. — Quoi qu'il arrive, je suis là pour toi. Pour vous deux, ajouta-t-elle en tapotant le ventre d'Ashley.

— N'en parle à personne, prévint Ashley. Même pas à Damen. Je dois d'abord trouver comment l'annoncer à Jackson.

— Ton secret est bien gardé avec moi. Lizzie passa son bras sous celui de son amie tandis qu'elles avançaient dans le couloir. — Cela dit, garder le secret de quelqu'un d'autre pour changer, c'est plutôt rafraîchissant.

Ashley rit, mais il y avait une pointe de nervosité dans son rire. — J'espère juste... j'espère qu'il est prêt pour ça.

Lizzie observa le visage de son amie, y voyant ce mélange de joie et de peur. Elle reconnaissait cette expression – elle-même l'avait eue autrefois. — Parfois, les meilleures choses de la vie sont celles qu'on n'a pas prévues. Je suis la preuve vivante que la vie a le don de chambouler même les plans les mieux établis. Lizzie sourit. — Et Dieu merci pour ça.

Elles s'arrêtèrent devant les salles de pédicure. — Tu seras une mère formidable, dit doucement Lizzie.

Les yeux d'Ashley se remplirent à nouveau de larmes. — Fichues hormones, marmonna-t-elle, mais elle souriait à travers ses larmes.

Lizzie s'installa dans son fauteuil de bureau à domicile, enfin seule après avoir couché les deux enfants pour la nuit. Damen était sorti pour une réunion du conseil d'administration d'une œuvre caritative qu'ils parrainaient.

L'après-midi au spa semblait remonter à plusieurs jours plutôt qu'à quelques heures. Son téléphone était posé sur le bureau, laissé là à son retour, hors de portée des bébés rampants et des petites filles curieuses.

Quatre appels manqués d'un numéro du Maine qu'elle ne reconnaissait pas.

Son estomac se noua. Son père vivait toujours là-bas. Si quelque chose était arrivé... sa belle-mère aurait certainement appelé la maison.

Elle composa le numéro, tortillant une mèche de cheveux autour de son doigt pendant que ça sonnait.

— Allô ? La voix familière la fit se redresser.

— Carol ? C'est Lizzie. J'ai vu que vous aviez appelé.

— Oh, Dieu merci. La voix de Carol tremblait légèrement. J'essaie de te joindre depuis tout l'après-midi. As-tu eu des nouvelles de Janessa ?

La main de Lizzie s'immobilisa dans ses cheveux. — Non, pas depuis la semaine dernière. Pourquoi ?

— Elle n'est pas venue travailler depuis trois jours. Pas d'appels, pas de messages. Son téléphone renvoie directement sur la messagerie. L'autre jour quand nous avons parlé, je t'ai mentionné qu'elle n'était pas venue au travail et qu'elle ne m'avait pas prévenue. Eh bien, elle n'a prévenu personne ! On entendait des papiers froissés en arrière-plan. Ce n'est pas son genre, plus maintenant en tout cas. Elle a été si responsable depuis qu'elle est retournée à l'école et maintenant qu'elle a acheté ta maison. Dr Matthews est passé là-bas aujourd'hui, mais personne n'a répondu. Elle t'a dit quelque chose ? Nous pensions tous que peut-être à cause du mariage... tu sais, qu'elle aurait pu te contacter ?

Les poils des bras de Lizzie se hérissèrent. — Avez-vous appelé la police ?

— Ils disent qu'ils ne peuvent rien faire pour l'instant. Pas de signes d'acte criminel, et c'est une adulte. La voix de Carol baissa. — Mais Lizzie... sa voiture a disparu, et son chat était enfermé dans le sous-sol. Presque mort de faim, selon la voisine, qui a finalement entendu ses miaulements et s'est permis d'entrer.

Le regard de Lizzie dériva vers le bloc-notes sur son bureau contenant le numéro de téléphone de Leland. Le message vocal qu'elle lui avait laissé lui pesait soudain comme une pierre dans l'estomac.

— Quand exactement quelqu'un l'a-t-il vue pour la dernière fois ?

— Vendredi soir. Elle avait un cours du soir à Bangor. On entendait des touches de clavier pendant que Carol tapait probablement quelque chose. Elle a pointé sa sortie de la clinique à dix-sept heures, m'a dit qu'elle me verrait lundi. C'était la dernière fois.

— Et ses camarades de classe ? Sa famille ?

— Sa sœur dit qu'elle a manqué le dîner de dimanche, mais ça arrive parfois avec son emploi du temps. Mais manquer le travail ? Trois jours sans nouvelles ? La voix de Carol se brisa. Tu la connais, Lizzie. Elle ne disparaîtrait pas comme ça.

Par la porte ouverte, Lizzie pouvait entendre les pas de Damen. Ce son familier lui apporta un certain soulagement face à l'angoisse grandissante dans sa poitrine. Lizzie ferma les yeux, se rappelant l'inquiétude d'Ashley au spa.

— Avec qui avez-vous travaillé au commissariat ? Si j'ai des nouvelles d'elle, je pourrai les appeler directement, demanda Lizzie, essayant de paraître pragmatique. Elle savait que c'était une information que Damen demanderait.

— Assure-toi de m'appeler immédiatement si tu entends quelque chose. Je suis morte d'inquiétude.

Après avoir promis de le faire, Lizzie raccrocha et fixa son téléphone. Le silence dans son bureau semblait oppressant, interrompu seulement par le son distant de Damen dans la cuisine.

CHAPITRE 11

D amen étalait du beurre de cacahuète sur du pain complet, sa cravate desserrée et ses manches retroussées après la longue réunion du conseil. L'éclairage chaleureux de la cuisine faisait ressortir l'argent à ses tempes tandis qu'il souriait, se remémorant les événements de l'après-midi.

— Tu aurais dû voir Mme Henderson essayant de me coincer au sujet du menu du mariage. Je te jure, cette femme a des opinions sur tout, de la saveur du gâteau à la marque de champagne que nous devrions servir. Il attrapa le miel, le faisant couler selon un motif précis. — Je suis presque sûr qu'elle est encore fâchée que nous n'ayons pas engagé l'entreprise de restauration de son neveu.

Le son de sa propre voix lui sembla trop fort dans la cuisine silencieuse. Il leva les yeux et aperçut la silhouette de Lizzie dans l'embrasure de la porte. Quelque chose dans son immobilité figea ses mains en plein mouvement.

— Ma chérie ?

Elle ne bougeait pas. Ses doigts agrippaient l'encadrement de la porte, les jointures blanches contre le bois sombre. Les ombres sous ses yeux semblaient s'approfondir tandis qu'elle regardait au-delà de lui, le visage vidé de ses couleurs.

La bouteille de miel lui échappa des mains, claquant contre le comptoir. En deux enjambées, il l'atteignit, ses mains

saisissant ses bras. Sa peau était froide à travers son chemisier léger.

— Lizzie ? Qu'est-ce qu'il y a ? Qu'est-ce qui ne va pas ?

Elle vacilla légèrement sous son contact. Il la guida vers
l'une des chaises de la cuisine et s'agenouilla devant elle. Ses
yeux, quand ils rencontrèrent enfin les siens, exprimaient
une horreur qui fit se tendre ses muscles entraînés au combat.

— Janessa, murmura-t-elle. Sa voix se brisa sur ce nom. —
Elle a disparu. Trois jours. Personne n'a de nouvelles.

— Janessa ? Son cerveau passa en revue tous les amis
et contacts de Lizzie. Son amie dans le Maine, qui venait
d'acheter la maison. — Disparue ? Que veux-tu dire par
disparue ?

— Carol a appelé. La responsable administrative de la
clinique. Elle n'est pas venue travailler. Sa voiture a disparu.
Et... et, elle prit une respiration tremblante. — Ils ont trouvé
son chat enfermé dans le sous-sol sans nourriture ni eau.
Quelque chose lui est arrivé. Je le sais.

Confus, Damen serra ses mains. — Pourquoi dis-tu ça,
Lizzie ? À quoi penses-tu ? Elle tremblait d'anxiété. Il souffrait physiquement de ne pouvoir apaiser sa douleur.

— Et si tu avais raison à propos de Leland ? Elle vit dans
mon ancienne maison, Damen. Elle conduit mon ancienne
voiture. Sa voix baissa jusqu'à devenir à peine un murmure.
— C'est de ma faute.

Une terreur glacée lui parcourut l'échine. Sa mâchoire se
crispa tandis qu'il voyait les larmes monter aux yeux de
Lizzie.

— Non. Il serra ses mains, voulant insuffler de la chaleur
dans ses doigts glacés. — Écoute-moi. Les gens disparaissent pour des tas de raisons. Peut-être qu'elle a rencontré

quelqu'un. Est-ce que Carol a appelé la police ? Sa famille ?

Lizzie acquiesça, prenant une inspiration tremblante. — Personne ne l'a vue. Elle n'est pas venue au dîner familial dimanche, ni en cours. La police est impliquée, mais ils n'ont aucune piste.

— Mais chérie, ce n'est pas ta faute.

Elle secouait la tête, les larmes coulant maintenant librement. — Je l'ai appelé. J'ai laissé un message.

Damen sentit l'air quitter ses poumons. Pendant un moment, il ne put parler, ne put bouger. Les lumières de la cuisine semblaient soudain trop vives, trop dures.

— Tu as quoi ?

— Je pensais... je pensais que je pourrais lui faire comprendre. Ses mots se bousculaient maintenant plus rapidement. — Je pensais que si je lui parlais simplement.

Il se leva brusquement, marchant jusqu'à la fenêtre. Au-delà du verre, leur jardin paisible s'étendait jusqu'à l'eau. Tout lui semblait soudain aussi fragile que du verre filé, et complètement hors de son contrôle.

— Damen ? Sa voix semblait petite, incertaine.

Il pressa son front contre la vitre froide et se força à respirer lentement. Quand il se retourna vers elle, son visage se décomposa face à ce qu'elle voyait dans son expression.

— J'appelle Jackson, dit-il, en tendant déjà la main vers son téléphone. Tout de suite.

La cuisine semblait trop étroite tandis que Damen faisait les cent pas entre la fenêtre et le comptoir, attendant l'arrivée de Jackson. Lizzie était assise à la table, les épaules courbées vers l'intérieur comme si elle essayait de se faire plus petite.

Il voulait la serrer dans ses bras, lui promettre que tout irait bien. Mais le muscle qui tressautait dans sa mâchoire trahissait sa propre tension alors qu'il tentait de gérer le tourbillon d'émotions que provoquait en lui ce nouveau développement.

— Je peux te faire du thé ? demanda-t-il, ayant besoin de faire quelque chose, n'importe quoi, mais ne voulant pas dire ou faire quoi que ce soit qu'il ne pensait pas vraiment alors qu'il travaillait à calmer le maelström dans son esprit. Ses mains s'ouvraient et se fermaient le long de son corps, cherchant quelque chose de tangible à saisir.

Lizzie secoua la tête. Le mouvement était à peine perceptible.

L'ordre parfait de sa vie n'était qu'une plaisanterie. Tout son contrôle minutieux n'était qu'une fable révélée par le chaos qui se déroulait autour d'eux.

Il ne contrôlait rien, et cette prise de conscience l'ébranlait jusqu'au plus profond de son être.

— Pourquoi ne m'as-tu rien dit ? Les mots sortirent plus durement qu'il ne l'avait voulu. À propos de ton appel ?

Elle releva la tête, ces yeux bruns qu'il aimait tant maintenant cerclés de rouge. — Parce que tu m'en aurais empêchée.

La vérité contenue dans ces mots le frappa comme un coup physique. Il tira la chaise en face d'elle, les pieds raclant contre le carrelage.

— Tu as raison. Il passa une main sur son visage, ses doigts effleurant son cache-œil. Un autre rappel qu'il ne contrôlait pas sa vie. — J'aurais essayé. Tout comme j'essaie de... de gérer tout le reste. C'était autant un aveu qu'une révélation.

À travers ses larmes, Lizzie lui fit un sourire en coin. — J'apprécie cette qualité chez toi, mais c'est aussi terriblement frustrant.

Une portière de voiture claqua dehors. Jackson. Mais Damen resta assis.

— Je ne peux pas toujours te protéger. Dire cela était comme retirer une écharde sous son ongle. — Et ça me terrifie de savoir ce que cela signifie.

Lizzie tendit la main à travers la table, ses doigts froids trouvant les siens. — Je le sais. Mais Damen, sa voix se raffermit légèrement. — J'ai besoin d'un partenaire, pas d'un protecteur.

La caméra de la porte d'entrée les alerta tous deux de la présence de Jackson sur le pas de la porte. Heureusement, il ne sonna pas à la porte, ce qui aurait pu réveiller les enfants endormis.

Damen serra sa main, remarquant que la sienne tremblait légèrement.

En se levant pour laisser entrer Jackson, il jeta un regard à Lizzie, toujours assise à la table de la cuisine. Elle n'était pas un élément à gérer dans sa vie soigneusement organisée. Elle était la raison pour laquelle sa vie avait un sens.

Damen conduisit Jackson et Ashley dans la cuisine, où les lumières du plafond semblaient maintenant crues face à l'obscurité qui pressait contre les fenêtres. Ashley se déplaça silencieusement pour s'appuyer contre le comptoir, son énergie habituellement vibrante étant visiblement absente. Jackson prit place à côté de Lizzie, sortant un petit carnet.

— Damen me dit que votre ancienne collègue de la clinique a disparu, et que vous avez contacté Leland ? Parlez-moi de cet appel, dit Jackson, d'une voix douce mais ferme. Quand exactement l'avez-vous contacté ?

Les doigts de Lizzie s'entortillaient sur la table. — Il y a à peine quelques jours. Lundi. J'ai laissé un message vocal.

— Qu'avez-vous dit ? Jackson leva les yeux de ses notes.

— Je l'ai simplement remercié pour le cadeau. Je lui ai souhaité bonne chance, et je lui ai dit que je ne travaillais plus à la clinique. J'ai dit que j'espérais qu'il prenait soin de lui et je lui ai fait savoir que j'étais heureuse, et que je lui souhaitais la même chose. Elle fit une pause. — Je voulais que ça ressemble à un remerciement et un adieu. Dissiper toute idée de relation continue qu'il pourrait imaginer.

La main de Damen se crispa sur le dossier de sa chaise. Le muscle de sa mâchoire tressaillit à nouveau. Lizzie essayait de protéger tout le monde, de réparer son erreur.

— A-t-il répondu ? demanda Jackson.

— Non. Rien.

Jackson échangea un regard avec Damen. — Et que savez-vous à propos de Janessa ?

La voix de Lizzie se raffermit tandis qu'elle se rappelait les détails. — Elle n'est pas allée travailler lundi, et n'a pas appelé pour les prévenir. Janessa appelait souvent quand elle a commencé à la clinique. Elle était jeune et... mais elle n'est plus comme ça maintenant. Elle a commencé ses études et acheté la maison. Mais ensuite, elle n'est pas venue mardi non plus et n'a toujours pas appelé. C'est là qu'ils ont commencé à s'inquiéter et ont contacté sa famille. Dr Matthews est allé chez elle, et un voisin avait trouvé son chat enfermé dans la cave sans nourriture ni eau. Clairement pas quelque chose qu'elle ferait. Elle adore ce chat.

— Quand a-t-elle été vue pour la dernière fois ? demanda doucement Jackson.

— Carol a dit qu'ils ont pu confirmer qu'elle est allée à son cours à Bangor vendredi soir. Plus rien depuis.

— Et la police ? Ils sont impliqués ?

Lizzie acquiesça, essuyant ses yeux.

— Je vais les contacter pour voir ce qu'ils ont trouvé.

— Carol a dit qu'ils n'ont pas vraiment été utiles.

Jackson jeta un coup d'œil à son téléphone. — Les gens parfois disparaissent simplement ou s'impliquent dans quelque chose et oublient d'appeler. Sans signes d'effraction ou preuves d'enlèvement, il n'y a pas grand-chose qu'ils puissent faire pour un adulte. Jackson hésita, posant ses paumes sur la table. — Que pensez-vous qu'il soit arrivé, Lizzie ? Je connais votre opinion sur Leland, que vous ne le croyez pas capable de vous faire du mal, mais qu'en est-il de cela ?

Ashley bougea contre le comptoir, attirant l'attention de Damen. Ses bras étaient étroitement enroulés autour d'elle-même, sa posture habituellement confiante absente. Damen avait senti une tension entre elle et Jackson dès leur arrivée, ce qui lui rappela de questionner Lizzie à ce sujet quand tout se serait calmé.

Lizzie laissa échapper un petit cri de détresse. Damen déplaça sa main sur son épaule, sentant les tremblements qui la parcouraient. — Janessa vit dans mon ancienne maison, conduit ma vieille voiture, elle travaille là où je travaillais. Et s'il... je ne sais pas... l'avait substituée à moi dans son esprit ? L'enlevant pour la faire sienne ? Comme il a écrit sur la coupure de presse ? '*Ça devrait être moi.*' Un sanglot s'échappa de sa gorge. — Tout est de ma faute. Il avait probablement oublié ce qu'il avait écrit, et mon appel a simplement tout rallumé. J'ai empiré les choses. Pauvre Janessa !

Les larmes coulaient sur son visage, et Damen enlaça ses épaules. Jackson lui tapota la main.

— Ashley ? Jackson se tourna vers elle. — Une intuition ?

Elle secoua la tête, évitant le regard de chacun. — Je ne peux ressentir que ce qui est attaché à ceux avec qui j'ai une connexion, que j'ai rencontrés, ou que je connais. Je ne ressens rien clairement. Il y a trop de possibilités.

Damen perçut quelque chose dans son ton — une hésitation qui semblait inhabituelle. Il connaissait Ashley depuis presque toute sa vie et avait l'intuition qu'elle savait quelque chose qu'elle ne partageait pas. Et cela concernait les personnes présentes dans la pièce.

Le téléphone de Jackson vibra. Il le vérifia, ses traits se détendant légèrement en lisant le message. — Mon contact dans le Maine dit qu'il n'y a eu aucun changement dans la localisation de Leland. Il est chez lui, seul. — Il remit son téléphone dans sa poche. — Je n'ai pas encore eu de nouvelles du Détective Morisson. De toute façon, il est tard, ils ne peuvent pas faire grand-chose maintenant, mais je les informerai du lien potentiel entre Janessa et Leland. Mais comme nous le surveillons, il est peu probable qu'il soit impliqué. Je sais que tu es inquiète, Lizzie ; je le suis aussi. La variable inconnue, c'est qu'il a un passé. Nous ne savons pas encore exactement ce que c'est. Mais je parierais que c'est significatif.

Damen se tenait à la porte d'entrée avec Jackson, leurs voix basses dans la maison silencieuse. La lumière du porche projetait de longues ombres sur la pelouse, l'air nocturne lourd d'humidité et d'inquiétude.

— Ne pas connaître le passé de ce type me rend nerveux, dit Jackson, vérifiant à nouveau son téléphone. Si nous n'avons pas de réponses d'ici demain matin, je monte là-bas. J'ai besoin de vérifier le bureau de Portland, de toute façon.

— Toujours pas confiant que tes petits frères gèrent bien les choses ?

La mâchoire de Jackson se crispa. — Ils se débrouillent... Écoute, j'appellerai dès que j'aurai des nouvelles du détective. Et Damen, hésita-t-il, garde un œil sur Lizzie. Même si ce type est toujours dans le Maine.

Damen serra la main de son ami, remarquant sa tension. Le gars était en train de craquer.

Après leur départ, Damen parcourut méthodiquement la maison, vérifiant les serrures et les fenêtres.

Son esprit revenait sans cesse au comportement distant d'Ashley, à la tension qu'il percevait entre elle et Jackson, mais surtout à l'expression dévastée de Lizzie quand elle avait admis avoir appelé Leland.

Ils devaient parler. Ces secrets entre eux ne pouvaient pas continuer.

À l'étage, il la trouva recroquevillée de son côté du lit, encore tout habillée. Il s'assit à côté d'elle, passant sa main le long de son bras.

— Tu devrais essayer de dormir. Veux-tu que je te prépare un bain ?

Elle se tourna vers lui, les yeux rougis mais secs maintenant. — Je n'arrête pas de penser à Janessa. À Leland. Je n'aurais jamais dû appeler.

— Arrête. Il s'allongea à côté d'elle, la serrant contre lui. — Rien dans tout ça n'est de ta faute. Tu lui as donné les meilleurs soins possibles, et il a mal interprété tes intentions. Tu essayais de faire ce qu'il fallait, t'assurer qu'il comprenait.

— Mais je ne t'ai pas dit ce que je faisais. J'ai agi dans ton dos ! Sa voix était étouffée contre sa poitrine. — Après tout ce que toi et Jackson avez essayé de me dire à son sujet ? Je pensais pouvoir tout arranger avec un simple coup de téléphone. Mais j'ai probablement empiré les choses.

— Tu aurais dû me le dire, admit-il. Mais je comprends pourquoi tu ne l'as pas fait. Tu essayais de protéger tout le monde — moi, lui, Janessa. C'est qui tu es.

Il s'écarta légèrement pour la regarder. — En essayant de gérer ça toute seule, tu m'as effectivement mis à l'écart. Tu ne m'as pas donné la chance de te protéger si quelque chose tournait mal.

— Parce que c'est ton rôle ? En tant qu'homme de la maison ? Le coin de sa bouche se releva légèrement. — Tu sais que je prendrais une balle pour toi.

Malgré tout, il réussit à esquisser un faible sourire. — Message reçu.

— Nous sommes partenaires, Damen. Nous nous protégeons mutuellement. Tu te souviens ?

Il repoussa ses cheveux de son visage. — Tu as raison. Les partenaires partagent le fardeau, Lizzie. Le bon comme le mauvais. Tu n'as pas à porter toute cette situation seule. Et pas de culpabilité.

— Mais s'il lui a fait du mal à cause de moi ou de ce que j'ai dit —

— Alors c'est sa faute à lui. Uniquement la sienne. Sa voix était ferme. — Tu lui as montré de la gentillesse quand il en avait besoin. Tu as essayé de donner une forme de paix à Leland alors que tu ne lui devais rien. S'il a déformé ça en autre chose, c'est son fait, pas le tien.

Elle resta silencieuse un long moment, ses doigts parcourant le col de sa chemise. — J'ai peur, Damen.

Il resserra ses bras autour d'elle. — Quoi qu'il advienne, on y fera face ensemble.

Elle soupira, se détendant enfin contre lui.

Ils restèrent allongés en silence, la lumière de la lune dessinant des rayures argentées sur leur lit à travers les stores. Il savait par expérience que Lizzie se jetterait dans la ligne de mire pour le protéger, et il ferait de même pour elle. Sans hésitation.

Ce qui l'inquiétait, c'était cette tendance qu'elle avait à se mettre en danger, à se retrouver dans des situations périlleuses juste pour protéger les autres. Il espérait qu'elle était sincère quand elle disait qu'ils affronteraient cela ensemble.

Son téléphone restait silencieux sur la table de nuit. Le matin viendrait bien assez tôt avec les sombres nouvelles qu'ils apprendraient de la police.

CHAPITRE 12

Jackson fourra des vêtements dans son bagage cabine avec plus de force que nécessaire, son téléphone calé entre son oreille et son épaule. L'appartement lui semblait trop petit, trop chaud, trop tout.

— Oui, premier vol pour Portland. Non, il me faut quelque chose de plus tôt. — Il tira brusquement un autre tiroir. — Très bien. Réservez-le.

Il termina l'appel, jetant le téléphone sur le lit, où il rebondit une fois avant de s'immobiliser. Ashley se tenait dans l'encadrement de la porte, les bras croisés, l'observant avec cette expression exaspérément calme qu'elle avait maintenue toute la soirée.

— Tu pars. Ce n'était pas une question.

— Je dois de toute façon passer au bureau. — Il évita son regard en saisissant sa trousse de toilette.

— Le bureau ? Celui qui se débrouille très bien depuis des mois ? — Sa voix était douce, prudente. — Celui que tu ne prévoyais pas de visiter avant le mariage ?

La mâchoire de Jackson se crispa. — Les choses changent.

— Vraiment ?

Il claqua la porte de l'armoire de la salle de bain, faisant trembler le miroir. — Qu'est-ce que ça veut dire ?

— Rien. — Elle s'assit au bord du lit. — Tu es agité dernièrement. Tous ces voyages. On dirait que tu évites quelque chose.

— Éviter quoi ? — Il se tourna pour lui faire face, la colère montant rapide et brûlante. — Leland est dans la nature, Janessa a disparu, et Lizzie...

— Est en sécurité avec Damen. Et Leland n'est pas dans la nature ; ton propre gars a confirmé qu'il est chez lui.

— Pourquoi tu me contredis là-dessus ? — Il s'approcha, sa frustration grandissant face à son calme persistant. — Tu es bizarre toute la soirée. Et même toute la semaine. Comme si tu attendais de lâcher une bombe.

Elle tressaillit légèrement à ses mots mais soutint son regard.

— Qu'est-ce que c'est ? — Sa voix s'éleva. — Dis-moi simplement ce que tu ne dis pas, Ashley. J'en ai assez de tes regards silencieux, de tes précautions pour éviter je ne sais quoi.

— Jackson...

— Non. — Il saisit son bras, pas brutalement mais avec insistance, alors qu'elle commençait à se détourner. — Qu'est-ce que tu ne me dis pas ?

Elle baissa les yeux vers sa main sur son bras, puis les releva vers son visage. Sous la lumière crue du plafonnier, il remarqua pour la première fois à quel point elle semblait pâle, avec des cernes sous les yeux.

— Je suis enceinte.

Les mots tombèrent dans l'espace entre eux comme des pierres dans une eau tranquille. La main de Jackson lâcha son bras comme s'il s'était brûlé.

— Quoi ?

— Douze semaines. — Sa voix tremblait légèrement. — Je le sais depuis quelques jours. J'attendais le bon moment.

Jackson recula d'un pas, puis d'un autre, ses jambes heurtant le bord de la commode. La valise à moitié remplie béait sur le lit, oubliée.

— Tu es... — Il ne put finir sa phrase. Son monde s'effondrait face à ces deux simples mots.

Ashley se leva, lissant ses mains le long de ses flancs dans ce geste nerveux qu'il connaissait si bien. — Ce n'est pas comme ça que j'envisageais de te l'annoncer. Je comprends si tu as besoin de temps pour y réfléchir. J'ai une longueur d'avance sur toi à ce sujet.

Il la dévisagea, voyant maintenant ce qu'il avait manqué auparavant. Le matin où elle s'était plainte de nausées et les avait attribuées au fait d'avoir côtoyé Lizzie et Damen quand ils étaient malades.

L'appartement tomba dans le silence, à l'exception de leur respiration et du lointain bourdonnement de la circulation à l'extérieur.

Tout avait changé, pourtant rien n'avait bougé. La valise attendait toujours. Le téléphone reposait toujours en silence sur le lit. Et Ashley l'observait toujours, attendant qu'il retrouve sa voix dans cette nouvelle réalité.

Jackson s'affala sur le lit à côté d'Ashley, le matelas s'enfonçant sous son poids. L'espace entre eux semblait s'étendre sur des kilomètres, bien que leurs épaules se touchent presque.

— Comment ? Sa voix se brisa. Il s'éclaircit la gorge et essaya à nouveau. Comment est-ce arrivé ?

Ashley laissa échapper un petit rire creux.

— De la façon habituelle. La contraception n'est pas parfaite.

Le réveil digital sur la table de nuit clignotait ses chiffres rouges dans le silence. 23 h 47. Dans treize minutes, ce serait demain, et ce moment appartiendrait au passé.

Ses mains pendaient entre ses genoux tandis qu'il fixait la moquette. La même moquette où ils avaient dansé lentement et fait l'amour dans le lit où il était assis. Où ils avaient parlé d'un jour, peut-être, quand les choses seraient différentes.

Quand il serait différent.

— Tu vas le garder. Ce n'était pas une question.

— Oui. Sa voix était ferme maintenant, assurée. Je n'ai plus seize ans, Jackson.

Des mots non prononcés semblaient flotter entre eux : *Et toi ?*

La voix de son père résonnait dans sa tête, embrumée par le bourbon. *Tu es comme moi, mon gars. La pomme ne tombe jamais loin de l'arbre.*

Les doigts de Jackson se crispèrent en poings. Sa valise à moitié remplie attira son regard.

La solution des lâches.

— Je ne peux pas. Les mots avaient un goût de cendre dans sa bouche. Je ne peux pas faire ça maintenant.

Il se leva mécaniquement et termina de faire ses bagages. Chaque objet qu'il saisissait semblait étrange entre ses mains — sa trousse de rasage, son chargeur de téléphone, des fragments d'une vie qu'il ne reconnaissait soudain plus.

Il ne s'arrêta pas après avoir rempli son bagage à main. Il prit ses autres valises dans le placard et les remplit, vidant des tiroirs entiers de vêtements qu'il jetait sans cérémonie dans les sacs. Il avait toujours gardé l'appartement à côté de la maison des parents de Lizzie. Il serait défraîchi, inutilisé. Mais il serait inoccupé, ce dont il avait besoin.

Ashley ne bougea pas du lit, n'essaya pas de l'arrêter. Elle l'observait simplement avec ces yeux qui voyaient trop, qui en savaient trop.

Elle ne méritait pas ça de sa part.

— Je suis désolé, dit-il en fermant la dernière valise. Le bruit de la fermeture éclair résonna comme un coup de tonnerre dans la chambre silencieuse. J'ai juste... besoin de temps.

— Je sais. Sa voix était douce, compréhensive.

Le savait-elle vraiment ?

Il s'arrêta à la porte, voulant dire quelque chose de plus. Quelque chose pour arranger les choses, pour être l'homme qu'elle méritait. Mais tout ce qu'il voyait, c'était un petit garçon se cachant dans un placard pendant que les assiettes se brisaient contre les murs, et il ne pouvait pas supporter d'imposer cet héritage à son enfant.

Leur enfant.

La porte de l'appartement se referma derrière lui avec une terrible finalité.

La paume d'Ashley pressait contre le bois frais de la porte, comme si elle pouvait encore sentir l'écho de sa fermeture vibrer à travers ses os. Les larmes qui coulaient maintenant ne venaient pas de la surprise. Elle savait que cela allait arriver, peu importe comment ou quand elle le lui dirait.

Le savoir ne rendait pas la douleur moins vive.

Elle se retourna, laissant son dos reposer contre la porte, une main dérivant vers son ventre encore plat.

L'appartement semblait déjà différent — plus vide.

En entrant dans la chambre, elle aperçut son reflet dans le miroir. Les cernes sous ses yeux s'étaient creusés, mais il y avait aussi autre chose : une certitude, une connaissance profondément ancrée en elle.

Le lit était encore froissé là où il s'était assis, l'empreinte pas encore effacée du matelas. Elle s'y laissa tomber, laissant ses doigts parcourir les plis de la couette.

Trois nuits auparavant, elle s'était réveillée d'un rêve si vivant qu'il l'avait laissée haletante — Jackson, un peu plus âgé, apprenant à une petite fille aux cheveux noirs comment lancer une balle de baseball dans leur jardin.

La joie sur son visage avait été radieuse, libérée des fantômes qui le hantaient maintenant.

— Il reviendra, murmura-t-elle à la pièce vide, à la vie qui grandissait en elle. Il a juste besoin de terrasser ses démons d'abord.

Ses guides lui avaient montré d'autres aperçus aussi : les luttes à venir, les nuits de doute.

Ils lui avaient aussi montré l'après : la façon dont ses mains trembleraient la première fois qu'il tiendrait leur enfant, les larmes qu'il essaierait de cacher, la guérison qui commencerait enfin pour lui.

Ashley se déplaça à nouveau vers la fenêtre.

— Prends ton temps, chuchota-t-elle à la nuit, à lui. Nous serons là quand tu seras prêt.

Cette certitude s'installa dans sa poitrine comme une pierre chaude, même si les larmes continuaient de couler. Parfois, connaître la fin rendait le milieu plus difficile à supporter, mais cela lui donnait aussi la force de l'endurer.

Jackson retrouverait son chemin — non pas parce que ses guides le lui avaient montré, mais parce qu'elle connaissait son cœur, savait que sous la peur battait l'âme d'un homme capable d'aimer férocement et complètement.

En attendant, elle patienterait, gardant un espace pour leur douleur et leur promesse, pour la famille qu'ils deviendraient une fois qu'il aurait retrouvé le chemin de la maison.

CHAPITRE 13

La première chose dont Janessa prit conscience fut le goût métallique dans sa bouche, comme des centimes et de la peur. Sa tête pulsait à chaque battement de cœur tandis que la conscience revenait, non désirée. Quelque chose de rêche grattait contre sa joue — une couverture en laine moisie sur un matelas mince qui sentait l'humidité et le temps.

N'ouvre pas les yeux. Ne rends pas tout cela réel.

Mais la réalité s'imposait quand même. Le froid pénétrait ses vêtements, le poids du métal entravait sa cheville, le vent bruissait dans les pins lointains. Si différent de son dernier souvenir clair : chercher maladroitement ses clés de voiture après les cours, penser à la dissertation due la semaine suivante, l'examen qu'elle avait brillamment réussi.

Puis un mouvement derrière elle, une odeur chimique sucrée, le monde qui s'assombrissait.

Elle força ses yeux à s'ouvrir, clignant contre le peu de lumière qui filtrait à travers les fenêtres crasseuses. L'intérieur de la cabane prit lentement forme : des murs de rondins bruts, une table avec des conserves alignées comme des soldats, un seau dans le coin qui lui fit serrer l'estomac de compréhension. Un poêle ventru se dressait, froid et sombre, contre le mur du fond.

La chaîne cliqueta lorsqu'elle se redressa en position assise, envoyant de nouvelles pointes de douleur à travers son crâne. Ses doigts tracèrent le bracelet métallique autour de sa cheville, suivant la lourde chaîne jusqu'à l'endroit où elle disparaissait dans un anneau de fer boulonné au mur.

— À l'aide, essaya-t-elle d'appeler, mais cela sortit comme un murmure. Sa gorge semblait écorchée. Avait-elle crié ? Elle ne s'en souvenait pas.

Les larmes commencèrent à couler tandis que des fragments de mémoire refaisaient surface : le visage de Leland, tordu en quelque chose de méconnaissable par rapport au client poli qu'elle avait connu à la clinique.

Sa voix, l'appelant une imposteure alors qu'il la traînait hors de sa voiture. La confusion désespérée tandis qu'elle essayait de comprendre ce qu'il voulait dire.

C'était Lizzie qu'il voulait, pas elle.

Elle ramena ses genoux contre sa poitrine, se faisant toute petite sur le matelas sale. La chaîne tintait à chaque tremblement qui parcourait son corps. Dehors, un oiseau chantait, auquel un autre répondait. Un son si normal dans ce cauchemar.

— S'il vous plaît, murmura-t-elle à la cabane vide. Que quelqu'un me trouve.

Mais elle savait que c'était peine perdue. Elle avait vu le trajet à travers des yeux brouillés par les drogues — des arbres à l'infini, aucune autre maison, aucun signe de civilisation. Juste la nature sauvage et le doux fredonnement de Leland depuis le siège du conducteur tandis qu'il l'emmenait plus profondément dans le néant.

Un sanglot s'échappa de sa gorge, puis un autre, jusqu'à ce qu'elle pleure si fort qu'elle pouvait à peine respirer. Elle ne comprenait pas. Pourquoi elle ? Pourquoi ferait-il cela ?

Les larmes finirent par se tarir, la laissant vide et froide. Sur la table, des boîtes de soupe et de haricots captaient la faible lumière. Elle pourrait atteindre la nourriture mais ne pouvait se résoudre à y toucher.

Pas encore.

Pas tant que l'espoir lui murmurait encore que ce n'était pas réel, qu'elle se réveillerait dans son propre lit avec son chat ronronnant à côté d'elle.

Mais la chaîne était réelle. Le froid était réel. Et quelque part là-bas, Leland était réel, aussi. Quel était son plan pour elle ?

Janessa se blottit plus profondément dans la couverture qui grattait, essayant de se rendre invisible.

Dehors, le vent continuait de murmurer à travers les pins, emportant ses prières de secours dans un ciel indifférent.

— Hé, Monsieur Leland ! La voix de Tommy résonnait dans le couloir, son pas traînant caractéristique s'approchant de la porte de Leland. Ses cheveux gris et son apparence âgée contrastaient avec sa personnalité joviale et son comportement enfantin. J'ai votre courrier pour vous !

Leland ouvrit la porte, acceptant la pile de courriers publicitaires et de prospectus. — Merci, mon ami. Entrez donc.

Tommy rayonna, se balançant légèrement sur ses pieds en entrant dans l'appartement. — Maman vous remercie d'avoir réparé notre évier. Il marche vraiment bien maintenant.

— Ce sera deux cents dollars pour les pièces, dit Leland, jetant le courrier sur le comptoir de la cuisine. Plus la main-d'œuvre.

— Oh ! Bien sûr ! Tommy fouilla dans sa poche, sortant un portefeuille en cuir usé. — Maman m'a donné de l'argent. Elle ne voit pas très bien. Il compta les billets lentement, la langue entre les dents, concentré. — Un... deux... trois...

— Vous savez quoi, dit Leland, prenant toute la liasse. Ça me semble correct.

Le visage de Tommy s'illumina. — Vous êtes si gentil, Monsieur Leland. Certaines personnes s'énervent quand je compte lentement.

Leland s'installa dans son fauteuil, observant Tommy. — Dites-moi, j'aurais besoin de votre aide pour autre chose. Un travail spécial.

— Vraiment ? Tommy tapa des mains. — Je suis très bon pour les travaux !

— Je sais que vous l'êtes. C'est pour ça que je vous ai choisi. Leland se pencha en avant. — Vous aimez regarder la télé, n'est-ce pas ?

— Oh, oui ! Maman me laisse regarder des jeux télévisés tous les soirs !

— Parfait. Voyez-vous, je dois m'absenter quelques jours. Mais je ne veux pas que les gens sachent que je suis parti. Leland fit un geste vers sa télévision. — Vous croyez que vous pourriez venir vous asseoir ici parfois et regarder la télé ? Peut-être allumer et éteindre quelques lumières ?

Tommy hocha la tête avec enthousiasme. — Comme une mission secrète ?

— Exactement comme ça. Mais vous ne pouvez le dire à personne. Pas même à votre maman.

— Croix de bois, croix de fer ! Tommy dessina un X sur sa poitrine. — Quand est-ce que je commence ?

Leland sortit une clé de rechange de sa poche. — Demain soir. Venez après le dîner. Allumez juste différentes lumières, regardez la télé. Faites comme si quelqu'un était à la maison.

— Je peux faire ça ! Tommy serra la clé comme si elle était en or. — Vous êtes mon meilleur ami, Monsieur Leland.

— Et vous êtes le mien, Tommy. Leland se leva, le guidant vers la porte. — Souvenez-vous, c'est notre secret.

— Mission secrète. Tommy chuchota, faisant un clin d'œil exagéré en sortant d'un pas traînant.

Leland ferma la porte, comptant les billets que Tommy lui avait remis. Une rondelle d'une valeur de deux euros lui avait rapporté plus de deux cents. Il l'ajouta à sa réserve d'argent liquide, pensant déjà à sa véritable mission à venir.

Leland posa le téléphone de Janessa sur sa table basse, son écran éteint offrant un spectacle satisfaisant après des heures de notifications persistantes. Il avait finalement compris comment l'éteindre à la cabane. Cela lui avait pris du temps, les bourdonnements et sonneries incessants lui portant sur les nerfs.

Le téléphone avait son utilité. Il le garderait pour l'instant. Tout comme il garderait sa propriétaire.

Pour l'instant.

Après tout, elle avait prétendu être elle tout ce temps. Elle savait où elle se trouvait. Comment la joindre. Et Lizzie ne voudrait pas qu'il arrive malheur à son amie.

Ses doigts tambourinaient contre sa cuisse tandis qu'il fixait le vide, se rappelant la peur dans ses yeux quand elle avait réalisé ce qui s'était passé, quand il l'avait révélée pour ce qu'elle était.

Pas Lizzie.

Demain, ils quitteraient la ville. Le voyage allait être facile, en fait. La route vers le sud emprunterait simplement l'I-95 puis la Route 1 jusqu'à son terminus à Key West.

Il s'était préparé avec des vêtements, de l'argent liquide. Un pistolet était soigneusement rangé dans la boîte à gants de la vieille voiture de Lizzie, montré à Janessa quand elle avait commencé à se débattre.

Elle savait qu'elle devait coopérer, maintenant.

L'appartement semblait différent, chargé d'un objectif. Les murs semblaient pulser d'énergie, avec l'invitation de mariage qui brillait en son centre. Même les ombres familières avaient un nouveau sens ce soir, comme si elles étaient aussi des conspiratrices dans son plan.

Même l'air semblait crépiter d'anticipation, lourd du poids d'un changement imminent. Comme l'instant avant qu'un orage n'éclate, quand l'électricité s'accumule dans l'atmosphère et que chaque terminaison nerveuse s'anime d'avertissement. Sa peau en picotait, de cette terrible et merveilleuse connaissance qu'après cette nuit, tout changerait.

Il pouvait presque entendre l'univers se mettre en place, toutes les pièces éparpillées de sa vie formant enfin l'image qu'il avait toujours su qu'elles formeraient.

L'image avec Lizzie en son centre.

Se levant de sa chaise, il se dirigea vers la fenêtre de la cuisine. Les réverbères projetaient des flaques jaunes sur le trottoir désert en contrebas. Quelque part là-bas, des gens la cherchaient. Cette pensée lui procura un frisson agréable, sachant qu'il en était la cause. Les pilules lui avaient fait oublier.

Son pouvoir.

À lui de les libérer, de les affranchir de leur douleur, de leur lutte. Il ferait cela pour eux, pour Lizzie.

Elle devait savoir qu'il venait pour elle, pour la sauver d'un mariage qui n'était pas son idée.

Son téléphone jetable pesait lourd dans sa poche, acheté au magasin discount du coin. Il le sortit. Le numéro de Lizzie était gravé dans sa mémoire comme au fer rouge.

La sonnerie bourdonna à son oreille — une fois, deux fois, trois fois. Chaque sonnerie accumulait la tension dans sa poitrine jusqu'à ce qu'il puisse à peine respirer.

Quand sa messagerie vocale répondit, il ferma les yeux, savourant sa voix. Il ne laissa pas de message. Pas besoin. Elle verrait l'appel manqué, saurait que c'était lui.

Le message serait reçu. Lizzie saurait qu'il était en route.

Il fixa l'invitation de mariage sur le mur. Il réprima la rage qui montait en lui à sa vue.

Se reprenant, il lut les noms sur l'invitation. À présent, il la connaissait par cœur.

C'était une façon si formelle d'annoncer le début de la fin.

— Bientôt, murmura-t-il à l'invitation, traçant les lettres de son nom. Bientôt nous serons ensemble.

La fille dans la cabane n'était qu'un moyen d'arriver à ses fins. Une copie grossière de la vraie chose, mais utile. Elle le mènerait à Lizzie, et ensuite... eh bien, il n'y aurait plus besoin de copies une fois qu'il aurait l'original.

Il retourna au salon, prenant le téléphone de Janessa une dernière fois. L'écran lui renvoya son sourire — calme, contrôlé, patient.

Tout se mettait en place.

Le téléphone jetable retourna dans sa poche. Il appellerait encore demain, et le jour d'après. Laissant monter l'anticipation. Faisant savoir à Lizzie qu'il était proche.

— Encore un peu de patience, murmura-t-il à la pièce vide, à la vision de Lizzie qui hantait chaque recoin de son esprit. Encore un peu de patience, et tout sera comme cela devrait être.

Il éteignit les lumières, abandonnant le téléphone de Janessa dans l'obscurité.

Comme sa propriétaire, il avait rempli son rôle. Bientôt, ni l'un ni l'autre n'auraient d'importance.

CHAPITRE 14

Jackson se gara à sa place habituelle devant le bâtiment qui abritait le siège de son entreprise, le moteur de sa voiture de location émettant un petit cliquetis en refroidissant. Le brouillard matinal s'élevait du port, enveloppant le front de mer de Portland d'un voile gris. Il reposa son front contre le volant, le visage d'Ashley baigné de larmes le hantant derrière ses paupières closes.

Un père.

Ce mot pesait comme du plomb dans son estomac.

Un coup sur sa vitre le ramena brutalement à la réalité. Aiden, son frère, se tenait à côté de sa voiture, une tasse de café à la main et la surprise évidente sur son visage. — Je croyais que tu restais encore une semaine en Floride ?

Jackson saisit sa mallette, força ses traits à prendre une expression à peu près normale, et sortit de la voiture pour rejoindre son petit frère. — Une nouvelle affaire pour les Wisler. J'ai pensé venir plus tôt pour vérifier certaines choses par moi-même.

À l'intérieur, Connor leva les yeux de son bureau, ses lunettes de lecture perchées sur son nez. Le plus jeune des frères Peters avait toujours été le plus perspicace. — Tu as une tête à faire peur, Jacks.

— Merci pour cette évaluation, marmonna Jackson en se laissant tomber sur sa chaise. Ses frères échangèrent un regard qu'il fit semblant de ne pas remarquer.

— Il s'agit d'une femme disparue de Bar Harbor, commença Jackson en ouvrant sa mallette et en démarrant son ordinateur portable. Elle est amie avec Lizzie Legard, bientôt Wisler.

Jackson montra à ses frères les détails du « cadeau » que Leland Gates avait laissé à Lizzie. Tous deux secouèrent la tête devant la coupure de journal défigurée annonçant les fiançailles de Lizzie et Damen.

— Il a l'air charmant, ce type. Tu penses que la disparition et cette... situation... sont liées ? demanda Aiden, appuyé contre le chambranle de la porte.

Jackson le regarda, cliquant sur le rapport de police qu'on lui avait envoyé. — Janessa Martinez. Vingt-six ans. Disparue de l'UMA Bangor il y a trois jours.

Connor s'approcha, scrutant l'écran. — Les caméras ont capté quelque chose ? La plupart des campus n'ont-ils pas plein de sécurité ?

— Je n'ai pas encore eu le temps de vérifier. Nous avons appris sa disparition hier soir seulement. Je suis venu aussitôt que j'ai pu.

Jackson composa le numéro de la police de Bar Harbor et mit le téléphone sur haut-parleur. La voix de la détective Morrison emplit la pièce, fatiguée et tendue. — Je voulais vous contacter au sujet de la femme disparue, Janessa Martinez, dit Jackson. Ma cliente pense qu'il pourrait y avoir un lien entre elle et l'auteur du mot que je vous ai transmis il y a quelques jours, Leland Gates.

Un soupir distinct traversa le téléphone. — Comment ça ? demanda-t-elle.

— Lizzie Legard, la personne visée par le mot, a récemment vendu sa maison à Janessa Martinez, ainsi que sa voiture, et elle travaille dans la même clinique que Lizzie.

— C'est un peu tiré par les cheveux, vous ne trouvez pas ? rétorqua la détective Morrison.

— Eh bien, non. En fait, je ne trouve pas. Leland s'est fixé sur Lizzie pendant des années, répondit Jackson d'une voix professionnellement détachée. Maintenant, elle se marie, elle passe à autre chose. Ça pourrait le déclencher. Nous ne savons pas de quoi il est vraiment capable. Que savons-nous de son passé ?

Un silence s'installa tandis qu'ils attendaient une réponse de la détective. — Je suis ouverte à envisager des possibilités, mais avec prudence. Parce qu'honnêtement, nous n'avons pas grand-chose sur l'affaire Martinez. La police de Bangor dit la même chose.

— Pourrais-je vous demander une faveur et vous faire surveiller Leland Gates ?

— Je pense que c'est possible. Je manque un peu de personnel, cependant, et serais heureuse d'avoir de l'aide si vous pouvez en fournir.

— Je peux être là cet après-midi pour vous donner un coup de main.

La détective au téléphone gloussa. C'était un rire féminin grave, flirteur, plein de promesses. Les trois frères échangèrent un regard. Jackson plaça un doigt sur ses lèvres, imposant efficacement le silence à ses frères.

— Comme au bon vieux temps, dit Morrison. À cet après-midi, alors. Peut-être pourrons-nous rattraper le temps perdu.

Jackson termina l'appel.

— Hmm frangin, on dirait qu'elle a toujours le béguin pour toi. Je suis sûr qu'Ashley n'apprécierait pas, commenta Aiden tandis que Jackson refermait brusquement son ordinateur portable.

Jackson lui lança un regard noir en guise de réponse.

— Je ferais mieux d'y aller si je veux être à l'heure. Y a-t-il autre chose que je devrais savoir ici ? Qu'en est-il de cette affaire Johnson ?

Ses frères échangèrent un regard. — Bouclée la semaine dernière, on en a parlé.

— Ouais, ouais, répondit Jackson en se dirigeant vers la porte.

— Ça a été plutôt calme cette semaine, répliqua Connor tout en faisant des signes à Aiden derrière le dos de Jackson, croyant que celui-ci ne voyait rien. Il choisit de ne pas réagir.

— Oui, oui, dit Aiden en essayant de comprendre les signaux manuels de son frère. Oh, pourquoi n'irais-je pas avec toi ? J'ai besoin d'expérience de travail avec les polices locales et je pourrais apprendre de toi.

Connor lui adressa un grand pouce levé, pas tout à fait hors du champ de vision de Jackson. — Au moins, il pourrait conduire un peu, Jackson. Tu as l'air affreux. Et j'essaie d'être gentil.

Jackson fronça les sourcils, essayant de décider quoi faire avec ces deux-là. — Ouais, bien sûr, Aiden. Ça me semble une excellente idée en fait. Je pourrais faire une sieste. Même si je ne suis pas sûr de combien de temps je serai parti. As-tu un sac de voyage prêt ? Je ne veux pas perdre de temps à passer chez toi pour des vêtements de rechange.

Aiden suivit Jackson vers la porte, attrapant son manteau et fourrant son ordinateur portable dans un sac à dos. —

Ouais, tout est prêt. Dans le coffre de ma voiture, on le prendra en partant. Ça et mon arme de secours.

Jackson hocha la tête, comprenant ce que son frère voulait dire. — Ah oui, je n'ai pas voyagé avec la mienne cette fois. Donc, je prendrai celle de rechange.

Ils attendirent pendant que Jackson récupérait une arme dans le coffre-fort du bureau.

Dehors, le brouillard s'était épaissi, transformant le monde en ombres informes. Jackson confia avec gratitude ses clés à Aiden, réalisant maintenant à quel point il était vraiment fatigué. N'ayant pratiquement pas dormi la nuit dernière, et puis le voyage jusqu'ici l'avait épuisé.

S'installant côté passager, il regarda par la fenêtre.

Quelque part là-bas, il sentait que Gates attendait, planifiait. Il devait le trouver, trouver Janessa, avant le mariage. Damen et Lizzie méritaient mieux.

Ashley méritait mieux que ce qu'il lui avait fait subir la nuit dernière.

Jackson reporta son attention sur la route.

Une crise à la fois. Trouver Janessa. Arrêter Leland. Puis, peut-être, il pourrait trouver comment être l'homme qu'Ashley méritait, le père dont son enfant aurait besoin.

Si ce n'était pas déjà trop tard.

Le soleil de fin d'après-midi projetait de longues ombres à travers les rues bondées de touristes de Bar Harbor lorsque Jackson et Aiden arrivèrent au commissariat. Jackson se sentait légèrement mieux après sa sieste, mais la boutique de voyance devant laquelle ils passèrent lui fit à nouveau penser à Ashley.

La détective Morrison les accueillit dans le hall, ses cheveux auburn plus courts que dans le souvenir de Jackson. Elle lui sourit chaleureusement, trop chaleureusement. — Jackson Peters. Ça fait un moment.

— Sarah, acquiesça-t-il, professionnel mais distant. Voici mon frère, Aiden.

— C'est bien d'avoir de l'aide, dit-elle en les conduisant à son bureau. Écoutez, après avoir terminé aujourd'hui, peut-être qu'on pourrait prendre ce verre qu'on n'a jamais eu l'occasion de partager ?

Jackson fit semblant de consulter son téléphone. — On pourrait peut-être trouver le temps de manger un morceau avant de rentrer. Aiden n'a pas passé beaucoup de temps ici sur l'île.

Le sourire de Sarah s'estompa légèrement. — C'est une bonne idée. Voici le rapport de la police de Bangor. Les caméras de sécurité l'ont filmée entrant dans le parking du campus à 21 h 15. Aucune séquence de quelqu'un entrant dans sa voiture ou sur le parking plus tôt ; la caméra dans cette section était en panne. Mais elle conduisait sa voiture quand elle est sortie du parking. C'est du moins ce qui a été signalé par les caméras à la sortie. Nous pouvons supposer que quoi qu'il se soit passé, c'était après qu'elle ait quitté l'école et avant qu'elle n'arrive chez elle.

— C'est quoi ce trajet, une heure ? Quarante-cinq minutes ? demanda Aiden. C'est assez rural entre ici et là-bas.

La détective Morrison acquiesça. — Pas de péages. Pas de caméras pour vérifier si elle est d'abord rentrée chez elle ou non. Le voisin ne se souvient pas l'avoir entendue rentrer ce soir-là, mais il aurait été tard, de toute façon, entre 22 h 15 et 23 h.

— Pouvons-nous voir la maison ?

— Bien sûr, je vais vous y envoyer avec mon assistante. Le voisin a emmené le chat chez lui. Britni ?

Une jeune femme les rejoignit, rougissant de la tête aux pieds lorsque la détective la présenta à Aiden et Jackson.

Après avoir dit au revoir et promis de se recontacter pour les projets de dîner, ils suivirent Britni jusqu'à la maison de Janessa, même si Jackson connaissait parfaitement le chemin, ayant initialement rencontré Lizzie quand elle l'avait engagé pour découvrir ce qui était arrivé à sa sœur disparue.

Cela semblait maintenant une éternité depuis cette première rencontre.

Dans la maison de Janessa, l'œil exercé de Jackson balaya le petit salon. Un tableau en liège près de la cuisine contenait diverses cartes et notes – rendez-vous chez le médecin, cartes d'anniversaire, un save-the-date pour la remise de diplôme d'un cousin. Mais il y avait un espace vide évident où quelque chose manquait. Une punaise au milieu de cet espace vide retenait un bout de papier, comme si ce qu'elle avait maintenu avait été arraché de sa place sur le tableau.

Jackson retira soigneusement la punaise du mur, laissant tomber le minuscule morceau de papier dans sa main. — Héliotrope, dit-il à voix haute, reconnaissant cette couleur unique. Ashley avait aidé Lizzie à choisir des faire-part de mariage, et Jackson avait fait remarquer que c'était un joli violet vif. Ashley l'avait corrigé.

— Tu as dit quelque chose ? demanda Aiden, revenant dans la cuisine après avoir joyeusement suivi la jolie Britni à travers les pièces.

— Est-ce que quelqu'un a trouvé une invitation de mariage ? demanda-t-il en examinant le tableau de plus près. Pour Lizzie Legard et Damen Wisler ? Elle aurait été de cette couleur.

Britni fronça les sourcils devant le morceau de papier qu'il tenait soigneusement entre ses doigts. — Il n'y a rien dans les preuves pour cette affaire. Pourquoi ?

— Parce qu'elle devrait en avoir une. Jackson pointa l'espace vide sur le tableau en liège. Quelque chose a été arraché de cette punaise, se déchirant au passage.

Aiden était déjà en train de photographier le tableau. — Je crois qu'on va faire un tour à l'appartement de Gates.

Après avoir remercié Britni pour son aide, les hommes s'en allèrent. Ils n'étaient pas surpris qu'il n'y ait pas grand-chose à voir dans la maison de Janessa, et cela confirmait qu'elle n'était jamais rentrée vendredi soir.

Elle avait maintenant disparu depuis près d'une semaine. Les meilleures chances de la retrouver vivante s'amenuisaient rapidement. Les souvenirs des témoins, s'il y en avait, commençaient à s'estomper dans les premières quarante-huit à soixante-douze heures. Le fait qu'elle ait disparu tard dans la nuit, dans une zone rurale et calme, jouait contre elle. Sans oublier que personne ne s'était inquiété avant près de quatre jours après sa disparition.

Jackson avait un garde de sécurité privé qui surveillait Gates pour lui. Il l'appela depuis la voiture. Il semblait s'ennuyer. — Pas grand-chose qui se passe. Il est entré et sorti quelques fois. Il descend la rue jusqu'à cette épicerie et revient. Je l'ai vu samedi, dimanche, lundi et mardi. À part ça, le gars est resté à l'intérieur toute la journée, à regarder la télé. On peut le voir par la fenêtre.

— Et son comportement samedi ? As-tu remarqué quoi que ce soit de différent ? Un changement dans son apparence peut-être ?

— Non, rien de ce genre. Juste un type tranquille qui garde ses distances, c'est tout.

Aiden et Jackson entrèrent dans l'immeuble. C'était un bâtiment de trois étages qui avait probablement été construit à la fin des années soixante-dix comme logement pour les personnes âgées et handicapées. À en juger par le nombre de véhicules motorisés d'aide à la mobilité devant les portes des appartements, de nombreuses personnes handicapées vivaient dans l'immeuble.

L'appartement de Gates se trouvait au troisième étage desservi par un ascenseur. Jackson et Aiden choisirent de prendre les escaliers. Il était évident qu'ils n'étaient pas utilisés très souvent.

Quand ils frappèrent à la porte de l'appartement, l'homme qui leur ouvrit n'était pas Leland. Il était plus jeune, avec des lunettes épaisses et un sourire enthousiaste.

— Nous cherchons Leland Gates, est-ce son appartement ? demanda Jackson, reconnaissant le handicap du jeune homme.

— Vous êtes des détectives ? Comme à la télé ? demanda-t-il avec enthousiasme. J'adore regarder les séries policières, mais ma mère ne les aime pas. J'aime venir ici, je peux regarder tout ce que je veux.

Jackson échangea un regard avec Aiden. — Comment vous appelez-vous, monsieur ?

— Tommy. J'habite à côté. M. Leland me paie pour regarder sa télé quand il s'absente. Il dit que ça donne l'impression que quelqu'un est là. On n'est jamais trop prudent.

— Savez-vous quand il sera de retour ? Vous a-t-il dit où il allait ? demanda Aiden doucement.

— Pourquoi ne pas entrer, je pourrai répondre à vos questions. Je ne veux pas manquer la fin de mon émission.

Tommy les fit entrer et reprit sa place devant la télévision.

Au-delà de Tommy, l'appartement était un sanctuaire dédié à l'obsession. Des coupures de journaux couvraient un mur entier. Des photos de Lizzie, dont certaines avaient clairement été prises à son insu, remplissaient un autre. Et là, épinglée au centre comme un trophée, se trouvait l'invitation de mariage manquante. Son coin était déchiré comme si elle avait été arrachée de son emplacement d'origine.

— Bon sang... souffla Aiden.

— Tommy, garda Jackson une voix calme malgré la rage qui montait dans sa poitrine. Quand Leland est-il parti ?

— Hier matin. Il avait une vilaine égratignure au bras. Il a dit qu'il reviendrait dans une semaine environ, rayonna Tommy. Je suis vraiment doué pour aider. Tout comme dans les séries policières.

— Merci Tommy, vous êtes vraiment très utile, dit Jackson, s'asseyant sur le canapé le plus proche de Tommy. Il essaya de sourire, mais son cœur battait la chamade. Il savait qu'ils étaient arrivés trop tard.

Leland avait pris de l'avance, et quelque part dans l'immensité du Maine, il détenait Janessa.

— Parlez-moi de cette égratignure. Était-elle grave ?

Tommy fronça les sourcils. — Ouais, M. Leland a dit des gros mots samedi. Mais il a tout bandé. Personne ne le remarquerait, a-t-il dit, comme neuf.

Aiden s'assit à côté de Jackson après avoir pris des photos du mur derrière eux avec son téléphone. — Est-ce que M. Leland avait une voiture ?

Un bruit à la télé attira l'attention de Tommy pendant une minute, puis il se retourna vers les deux hommes. — Je suis très serviable, leur sourit-il. Je n'aime pas le garage, c'est sombre là-dedans. Et ça sent mauvais.

— C'est là que M. Leland garde sa voiture ?

Tommy secoua la tête en les regardant comme s'ils auraient dû le savoir. — Non, M. Leland n'a pas de voiture. C'est la dame qui en a une.

Un frisson parcourut sa peau alors qu'il cherchait comment formuler sa question pour Tommy. — Quelle dame, Tommy ? Est-ce que M. Leland a une amie ? L'avez-vous vue ?

— Non. La dame qui l'a griffé, idiot. Vous êtes un peu bêtes. Je pense que je dois rentrer chez moi maintenant, dit Tommy en se levant. Est-ce que je vous ai bien aidés ?

— Vous avez été parfait, Tommy. Je pense que vous avez terminé ici. Vous avez fait du bon travail. Nous ne manquerons pas d'en informer M. Leland, dit doucement Aiden.

— D'accord, dit-il en les laissant dans le couloir pour se glisser dans l'appartement voisin.

— Eh bien, c'était intéressant, marmonna Aiden. Jackson retourna dans l'appartement de Gate. On n'a pas de mandat de perquisition.

Jackson lui lança un regard noir. — On n'est pas flics, répliqua-t-il. Aiden hocha la tête, les sourcils levés en signe d'acquiescement.

Ils fouillèrent rapidement le minuscule appartement, en prenant soin de ne rien toucher ni déplacer. Dans la salle de bain exiguë, ils découvrirent une nouvelle boîte de grands pansements avec plusieurs usagés dans la poubelle.

Ne trouvant rien d'autre d'intéressant, ils quittèrent l'appartement, veillant à verrouiller la porte derrière eux. Ils informeraient la détective Morrison de leurs découvertes.

Empruntant à nouveau les escaliers, Jackson conduisit Aiden au-delà du premier étage par lequel ils étaient entrés, vers ce qui semblait être un garage en sous-sol.

C'était moisi et mal éclairé. — Je comprends ce que Tommy voulait dire, ça pue vraiment ici.

Plusieurs véhicules étaient garés dans cet espace exigu. La plupart d'entre eux semblaient clairement inutilisés, avec de la poussière recouvrant leurs pare-brises. Avec l'épicerie si proche, il semblait que la majorité des résidents préféraient marcher jusqu'au marché plutôt que d'y aller en voiture.

On accédait au garage par une porte latérale, donnant sur une ruelle étroite. Il serait difficile d'y manœuvrer régulièrement et elle semblait largement inutilisée. Depuis la rue, l'entrée du garage n'était pas visible, et la porte d'entrée serait fermée, comme elle l'était maintenant.

Un endroit parfait pour cacher une voiture qui n'était pas la vôtre. Surtout si on ne la recherchait pas avant il y a deux jours.

Jackson s'approcha d'un espace vide d'où une voiture avait récemment été déplacée, d'après les traces de pneus dans la fine couche de poussière au sol.

À côté de l'espace vide, il y avait une vieille Buick. Sa plaque d'immatriculation manquait.

Il sortit son téléphone et appela la détective Morrison. — Sarah ? Nous avons un problème.

Après avoir documenté la scène du garage et coordonné avec les forces de l'ordre locales, Sarah insista pour qu'ils se regroupent autour d'un dîner dans un bar local.

Grâce à leurs actions, plusieurs agences policières recherchaient désormais la voiture de Janessa, portant probablement les plaques volées de la vieille Buick. Tous les services entre Bangor et Portsmouth étaient en alerte.

— Je pense que vous devriez prévenir d'autres juridictions, suivre la plaque d'immatriculation à travers les péages. Je suis vraiment convaincu qu'il se dirige vers le sud. L'I-95 serait l'itinéraire le plus probable, dit Jackson, étudiant une carte sur son téléphone.

— Je vais demander à Britni de mettre en place un suivi sur le numéro de plaque. Sarah envoya un message à son assistante. — Voilà, dit-elle en se penchant plus près de Jackson dans le box du restaurant. Son parfum se mêlait à l'odeur de son deuxième martini. — Où en étions-nous ? La main de Sarah effleura le bras de Jackson. — Ce soir, peut-être qu'on pourrait...

— Nous devrions vérifier les registres de propriété, dit Aiden avec force, essayant d'attirer leur attention à tous les deux. S'il l'a kidnappée, ou pire, ça pourrait être quelque part à proximité.

Ni l'un ni l'autre ne lui prêta beaucoup d'attention tandis que Sarah sirotait son martini et se rapprochait de Jackson.

Jackson savait qu'Aiden l'observait avec une inquiétude croissante, et cela lui était égal. Il savait qu'il n'agissait pas comme d'habitude – la distraction, cette pointe d'imprudence dans ses décisions, le fait de laisser Sarah flirter ouvertement avec lui. Lorsqu'elle s'excusa pour prendre un appel, Aiden saisit sa chance.

— Qu'est-ce qui te prend ?

— Je travaille, marmonna Jackson, toujours concentré sur son téléphone.

— Non, tu n'es pas toi-même. S'est-il passé quelque chose avec Ashley ?

La mâchoire de Jackson se crispa. — Laisse tomber, Aiden.

— Pas question. Parle-moi, Jacks.

Avant que Jackson ne puisse répondre, Sarah revint, se glissant inutilement près de lui dans le box. — J'ai du nouveau concernant notre plaque d'immatriculation. Elle a été repérée tôt ce matin sur le New Jersey Turnpike, puis cet après-midi sur la rocade près de DC. Vous aviez raison, il se dirige vers le sud.

— Il va probablement s'arrêter bientôt s'il ne l'a pas déjà fait. Conduire aussi longtemps, même avec une obsession pareille, c'est épuisant. Il sait qu'il a une longueur d'avance sur quiconque le recherche ici, déclara Aiden en lançant un regard noir à son frère.

— Toujours aucune piste concernant ces vieux dossiers ? On ne peut pas connaître son état mental si on ignore pourquoi il a été interné à l'origine, demanda Jackson, tandis que Sarah enroulait son bras autour du sien.

Il ne bougea pas.

Elle secoua la tête. — Non. C'est un long processus et ils ont probablement été détruits après tout ce temps. Mon contact ne revient pas de sa croisière avant quarante-huit heures. Soupirant, elle prit une longue gorgée de sa boisson. — Et de toute façon, ce n'est plus de mon ressort. La police d'État a pris en charge l'affaire des personnes disparues.

— Attendez, quand est-ce que l'État a repris l'affaire ? demanda Aiden.

Sarah se déplaça inconfortablement sur son siège. — Cet après-midi.

— On devrait y aller, dit brusquement Jackson en se levant. Demain, on commence tôt.

La déception de Sarah était évidente. — Bien sûr. Mais Jackson, retint-elle son bras, c'est vraiment bon de te revoir.

Avec un bref hochement de tête, Jackson quitta le restaurant, Aiden sur ses talons.

— Est-ce qu'elle t'avait dit qu'elle avait transféré l'affaire à la police d'État ? Belle perte de temps de lui parler, grogna Aiden en se glissant sur le siège passager.

— Laisse tomber, on ne se serait jamais approchés de la maison de Janessa si on était passés par la police d'État. Ils n'avaient même pas encore examiné l'affaire, répondit Jackson en démarrant le SUV. J'ai appelé cet après-midi après notre visite à l'appartement de Gates. Ils vérifient les registres de propriété et tentent de localiser Janessa. Il l'a probablement emmenée quelque part à proximité, puisqu'il séjournait encore chez lui jusqu'à hier. Je suppose qu'on aura des nouvelles ce soir ou demain matin.

Aiden secoua la tête avec colère. — Pourquoi ne pas partager ces détails avec moi ? Et c'était quoi ce cirque là-bas, à la laisser te baver dessus comme si elle avait une chance ?

Jackson resta silencieux, serrant le volant et fixant la rue sombre à travers le pare-brise. Les muscles de sa mâchoire se contractèrent tandis qu'il serrait les dents.

— Écoute mec, tu dois me dire ce qui se passe avec toi. C'est clairement quelque chose entre Ashley et toi, si tu as laissé cette cougar te coller comme ça.

Sa réponse fut un rugissement du moteur tandis que Jackson accélérait sur l'autoroute presque déserte, terminant finalement leur trajet en s'arrêtant dans un motel au bord de la route. — Je suis crevé, parlons de ça demain matin.

Ils sortirent du véhicule pour récupérer leurs sacs dans le coffre. Aiden posa sa main sur l'épaule de son frère aîné, le regardant droit dans les yeux. — Écoute, je suis là pour toi. Nous tous. Tu nous as soutenus dans les pires moments de nos vies, on peut te soutenir à travers ça. Quoi que ce soit.

Jackson s'écarta, laissant la main d'Aiden retomber.

Pas ce soir, il ne pouvait pas en parler.

Pas encore.

CHAPITRE 15

*N*uit sans lune. Conditions parfaites. Jackson se déplaçait comme une ombre à travers le périmètre du complexe, ses muscles se rappelant chaque heure d'entraînement, chaque mission. Sa respiration était lente et contrôlée, son cœur régulier. Trois gardes devant. Il pouvait voir leurs signatures thermiques à travers sa lunette.

Rapide. Propre. Silencieux. Le premier garde est tombé avant même de comprendre ce qui le frappait. Le deuxième a tenté d'attraper sa radio — trop lent. Le troisième a eu le temps d'amorcer un demi-tour avant que Jackson ne le neutralise. Professionnel. Efficace. C'était pour ça qu'il était fait.

Le bâtiment cible se dressait devant lui. Selon les renseignements, le colis se trouvait à l'intérieur. Deux autres hostiles près de la porte. Ses mains bougeaient avec une précision exercée, chaque mouvement exact, mortel...

Mais quand il baissa les yeux, ce n'était pas un soldat à ses pieds. Ashley était allongée là, les yeux écarquillés de peur. Le couloir se transforma en leur chambre, son équipement tactique se métamorphosa en la vieille chemise en flanelle de son père. Le goût métallique du sang lui remplit la bouche.

— Papa, non ! La voix d'un enfant provenant d'une petite silhouette recroquevillée dans le coin. D'autres enfants émergèrent des ombres, tous portant son visage, tous marqués d'ecchymoses comme lui et ses frères durant son enfance.

— Tu es exactement comme moi, la voix rauque de son père s'échappa de sa propre gorge. Ses mains, celles d'un tueur entraîné, s'approchèrent à nouveau d'Ashley—

Jackson se redressa brusquement dans son lit, les draps enchevêtrés autour de ses jambes, la sueur froide sur sa peau. Son cœur martelait contre ses côtes — pas le rythme régulier du guerrier de son rêve, mais des battements paniqués, coupables. Il pouvait encore sentir le poids fantôme de la flanelle de son père, la terrible facilité avec laquelle la violence venait à ses mains.

Jackson se traîna jusqu'à la salle de bain et s'aspergea le visage d'eau froide. Dans le miroir, ses yeux avaient ce même regard hanté qu'il se souvenait avoir vu dans ceux de son père. La même capacité de violence vivait dans ses os, transmise comme un terrible héritage.

Le vieux climatiseur de la chambre du motel grondait tandis que le téléphone de Jackson vibrait sur la table de nuit. 5 h 47. Le nom du capitaine de la police d'État du Maine s'affichait à l'écran.

— Peters, répondit-il, la voix rauque à cause de ses rêves.

— Nous avons trouvé quelque chose, annonça la voix rocailleuse du capitaine Martin, chargée de mauvaises nouvelles. Les registres immobiliers montrent une vieille propriété familiale des Gates à environ soixante-cinq kilomètres dans les terres. Une cabane abandonnée, assez isolée. Les unités locales viennent de terminer les recherches.

— Où ça ? J'aimerais la voir.

Jackson retourna vers le lit et prit son carnet pour noter les indications. À côté de lui, Aiden s'agita.

— Lève-toi, mon frère. Ils ont trouvé une cabane abandonnée sur la propriété des Gates.

Les deux hommes s'habillèrent rapidement et arrivèrent sur les lieux en moins de trente minutes. La forêt grouillait de policiers, aussi nombreux que des fourmis. Jackson trouva le capitaine Martin pour un briefing plus détaillé.

— Il est assez clair que quelqu'un a été détenu ici récemment. Faites un tour, je suis certain que vous savez comment vous comporter sur une scène de crime active.

Jackson et Aiden entrèrent dans la cabane délabrée. La puanteur frappa Jackson en premier — air vicié, excréments humains, peur. Des années de travail d'enquête lui avaient appris que la peur laissait sa propre signature distinctive. Ses yeux s'adaptèrent à la pénombre tandis que lui et Aiden parcouraient l'espace, documentant chaque détail.

La chaîne boulonnée au mur n'était pas un travail d'amateur. Quelqu'un qui savait ce qu'il faisait l'avait installée, avait pris le temps de s'assurer qu'elle tiendrait bon. Le matelas en dessous racontait sa propre histoire — les marques de compression montrant où quelqu'un s'était allongé, ayant probablement renoncé à se libérer. Des mèches de cheveux sombres accrochées dans le tissu usé confirmaient ce qu'il savait déjà.

Jackson s'accroupit, étudiant le sol autour du matelas. Bouteilles d'eau, emballages alimentaires, jetés dans un coin. Ce n'était pas l'œuvre de quelqu'un qui avait craqué. La chaîne, les provisions, l'emplacement isolé — Leland avait planifié tout ça. Ce n'était pas un accès de folie, pas un moment de démence. C'était méthodique, calculé.

— Quatre jours, murmura Aiden en examinant le seau dans le coin. Peut-être cinq.

Jackson acquiesça, la mâchoire crispée. Après toutes ces années, les scènes de crime avaient toujours le pouvoir de lui glacer le sang.

— Pas de sang, remarqua-t-il en examinant les murs, le sol. Des années à travailler sur des crimes violents lui avaient appris à chercher les histoires que le sang pouvait raconter. Son absence ici était significative. Il la garde en vie. Il la veut pour quelque chose.

La cabane avait été préparée, en attente. La chaîne, les provisions, l'emplacement isolé — Leland avait planifié tout cela. Ce n'était pas une crise, ni un moment de folie. C'était méthodique, calculé.

Debout dans cette pièce, Jackson pouvait presque voir la scène se dérouler — Janessa enfermée, seule, terrifiée. Chaque élément de preuve s'ajoutant à la chronologie de sa captivité.

Chaîne boulonnée au mur. Matelas posé à même le sol. Seau utilisé comme toilettes. Emballages de nourriture, bouteilles d'eau.

La mâchoire de Jackson se serra. — D'autres signes de violence ?

— Aucun signe de lutte. Reynolds s'éclaircit la gorge. Ils ont trouvé des cheveux longs et bruns sur le matelas et un sac à dos appartenant à la femme disparue. Le labo confirmera pour les cheveux, mais c'est suffisant pour une confirmation.

— Janessa, termina Jackson doucement.

— Ouais. C'est désormais officiellement un enlèvement confirmé. Nous coordonnons avec les agences tout le long de la côte est. Le dernier signal de sa plaque d'immatriculation vient d'un péage à Richmond hier après-midi.

— Il l'emmène en Floride. La certitude s'installa comme du plomb dans l'estomac de Jackson.

— C'est notre théorie actuelle. Écoute, je dois briefer l'équipe d'intervention. Je voulais juste que tu l'apprennes de moi d'abord.

Il devait appeler Damen, mais d'abord, il avait besoin de comprendre ce que cela signifiait.

Il avait un plan.

Le fait que Janessa soit en vie signifiait probablement qu'elle était un moyen d'arriver à ses fins. Elle n'était pas un substitut pour Lizzie, comme ils avaient pu le penser ; elle était son moyen d'atteindre Lizzie. Avec l'angoisse qui alourdissait ses doigts, Jackson composa le numéro de Damen.

— Ils ont trouvé la cabane familiale de Gates, dit-il quand Damen répondit. Des preuves que Janessa y était retenue. Elle est vivante, ou l'était récemment. Il prit une inspiration saccadée. Il l'amène vers le sud et va probablement l'utiliser comme moyen de pression pour atteindre Lizzie.

Le silence à l'autre bout en disait long.

— As-tu été en contact avec le FBI ? demanda finalement Damen, la voix tendue.

— Pas encore. La police d'État coordonne avec les agences fédérales en ce moment. Ce n'était pas une crise mentale soudaine. La cabane était préparée. Il planifiait ça depuis un moment.

— Il veut empêcher le mariage d'avoir lieu. Attirer Lizzie à lui.

— Ouais. C'est définitivement son objectif final. Jackson se frotta les tempes.

— Reviens dès que possible. Et tiens-moi au courant de tout développement, dit Damen après une pause lourde de sens. Je dois informer Lizzie. Il est certain que ça va beaucoup la bouleverser. Elle va s'en vouloir.

— Ce n'est pas sa faute, affirma Jackson. Il y a d'autres détails mais je t'en informerai quand je serai là-bas.

Après avoir raccroché, Jackson fixa son téléphone. Il était soulagé de ne pas avoir à être présent quand Damen informerait Lizzie ; c'était déjà assez difficile comme ça. Lizzie allait avoir le cœur brisé.

Quelque part entre le Maine et la Floride, Leland Gates roulait vers sa version tordue du destin.

Ils devaient l'atteindre avant qu'il n'atteigne Lizzie.

L'aube commençait à peine à peindre l'horizon lorsque Damen se glissa dans leur chambre. Les premières lueurs filtraient à travers les rideaux diaphanes, projetant de douces ombres sur leur lit défait où Lizzie était allongée sur le côté. Ses cheveux sombres s'étalaient sur l'oreiller, une main glissée sous sa joue.

Cette vision lui serrait le cœur. Combien de matins l'avait-il regardée dormir ainsi ? Combien de fois avait-il remercié le destin qui les avait réunis ?

Délicatement, il s'allongea sur le matelas. La chaleur familière de son corps l'attira plus près tandis qu'il se moulait autour de ses courbes. Elle bougea légèrement, émettant ce doux murmure qu'il adorait, mais ne se réveilla pas. Sa peau gardait le parfum persistant de sa lotion au jasmin, mêlé à quelque chose d'uniquement Lizzie.

Son bras s'installa autour de sa taille, la rapprochant encore. À travers le tissu fin de sa chemise de nuit, il pouvait sentir les battements réguliers de son cœur. Si différents des siens, qui s'emballaient encore après l'appel de Jackson.

Bientôt il devrait la réveiller, devrait voir son visage se décomposer lorsqu'il lui annoncerait la nouvelle concernant Janessa. Devrait la tenir dans ses bras pendant qu'elle se blâmerait.

Mais pour l'instant, il s'autorisait ce moment. Cette paix avant la tempête.

Par leur porte entrouverte, il pouvait entendre les premiers mouvements de leur maisonnée : Maria qui arrivait dans la cuisine en bas, le roucoulement lointain d'Ethan qui commençait à se réveiller. Bientôt Dani débarquerait, débordante d'énergie matinale et de questions.

Leur famille. Leur vie ensemble.

Lizzie bougea dans ses bras, se pressant contre sa poitrine comme si elle cherchait sa chaleur même dans son sommeil. Sa gorge se serra en pensant à leurs projets de mariage.

Maintenant un fou essayait de détruire ce bonheur, utilisant une femme innocente comme pion dans son jeu délirant.

Damen pressa ses lèvres sur l'épaule de Lizzie, s'imprégnant de son odeur. Il mourrait avant de laisser Leland Gates lui faire du mal, à elle ou à leur famille. Mais d'abord, il devait l'aider à comprendre que rien de tout cela n'était sa faute. Que montrer de la gentillesse à une âme troublée ne la rendait pas responsable de son obsession tordue.

— Mmm, murmura Lizzie, commençant à s'éveiller. Tu penses trop fort.

Ses bras se resserrèrent instinctivement autour d'elle. — Désolé, mon amour. Je ne voulais pas te réveiller.

Elle se tourna dans son étreinte, ses yeux bruns encore adoucis par le sommeil. Mais tandis qu'elle examinait son visage, la conscience s'insinuait. — Qu'est-ce qui ne va pas ?

Damen traça sa pommette de son pouce, mémorisant les traits bien-aimés de son visage. — Jackson a appelé. Ils ont trouvé des preuves que Leland détient Janessa et ils se dirigent vers le sud.

Il sentit tout son corps se tendre et vit l'horreur s'épanouir dans ses yeux.

L'estomac de Lizzie se souleva tandis qu'elle se dégageait de son étreinte, trébuchant hors du lit. Le parquet lui parut froid sous ses pieds nus alors qu'elle commençait à faire les cent pas.

— Quelles preuves ? Sa voix lui semblait étrange à ses propres oreilles, distante et creuse. Qu'ont-ils trouvé ?

Damen s'assit, les draps s'accumulant autour de sa taille. — Une cabane. Ils ont trouvé... Il hésita, soupesant visiblement ses mots. Des signes indiquant que quelqu'un y avait été retenu.

La pièce tangua légèrement. Lizzie appuya sa main contre le mur pour se stabiliser. — Retenue ? Tu veux dire... L'image de Janessa attachée quelque part lui donna la nausée.

— Elle est vivante, Lizzie.

Elle entendit ses mots non prononcés comme s'il les avait dits à voix haute. *Elle est vivante, pour l'instant.*

Les souvenirs de Leland lui revinrent en mémoire. Comment avait-elle pu manquer cette obscurité qui se cachait sous cet extérieur si calme ?

Sa voix se brisa. — Mon Dieu, qu'est-ce qu'il lui a fait ?

— Ce n'est pas ta faute. La voix de Damen était ferme alors qu'il se levait du lit.

— Mais je savais que quelque chose n'allait pas chez lui. Tout le monde le sentait. Je pensais juste... Elle passa ses doigts dans ses cheveux emmêlés. Je pensais qu'ils avaient des préjugés, qu'il avait simplement besoin de quelqu'un de son côté.

Par la fenêtre ouverte, les oiseaux entamaient leur chant matinal. Un son si normal en cette matinée cauchemardesque.

— Qu'est-ce qui se passe maintenant ? demanda-t-elle en se tournant vers Damen. Où sont-ils ?

— Leur dernière position connue était Richmond. Jackson travaille avec les autorités fédérales pour les localiser. Il s'approcha, mais ne la toucha pas. Ils pensent qu'il se dirige vers ici.

Le sens de ses mots la transperça. — Ici ? Pourquoi ?

Mais elle savait.

L'annonce de mariage défigurée, le timing — tout prenait un sens horrible maintenant.

Pour elle.

— Je n'arrive pas à croire que ça arrive, murmura-t-elle. Janessa doit avoir tellement peur. Elle pressa sa main contre sa bouche, incapable de terminer.

— Lizzie. La voix de Damen était douce mais insistante. J'ai besoin que tu me promettes quelque chose.

Elle savait ce qui allait suivre.

— Promets-moi que tu n'essaieras pas de gérer ça toute seule. Que tu laisseras Jackson et les autorités faire leur travail. Il scrutait son visage. Quoi qu'il arrive. D'accord ?

Lizzie croisa son regard, voyant tout l'amour et l'inquiétude qu'il contenait. — Je te le promets, dit-elle doucement.

Mais même au moment où ces mots quittaient sa bouche, elle savait que c'était un mensonge. S'il y avait la moindre chance qu'elle puisse aider Janessa... Elle ferait tout ce qu'il faudrait pour réparer ce que sa confiance mal placée avait brisé.

Le son des pleurs d'Ethan filtrait à travers le babyphone, suivi de la voix de Dani réclamant le petit-déjeuner. Leur routine matinale normale les attendait, indifférente au fait que leur monde venait de voler en éclats.

— Je devrais m'occuper des enfants, dit-elle en se dirigeant vers la porte. Mais Damen la retint par le bras, l'attirant dans une étreinte féroce.

Lizzie pressa son visage contre sa poitrine, respirant son odeur familière, essayant de puiser de la force dans sa présence solide.

Elle ne laisserait plus personne souffrir à cause de ses erreurs. Plus jamais. Jamais.

CHAPITRE 16

L a chaîne tinta contre le mur tandis que Janessa se déplaçait sur le matelas crasseux, essayant de trouver une position qui ne fasse pas hurler ses muscles. Sa gorge était irritée par la soif — les bouteilles d'eau étaient vides maintenant, et elle avait perdu la notion du temps passé ici. L'air moisi de la cabane pesait sur sa peau comme une chose vivante.

La lumière du soleil rampait sur le sol selon des motifs désormais familiers. Trois jours ? Quatre ? Les heures se confondaient dans un brouillard de peur et d'inconfort.

L'odeur émanant du seau dans le coin lui donnait la nausée. Elle avait essayé de se retenir aussi longtemps que possible ce premier jour, mais les besoins de son corps avaient fini par l'emporter. Maintenant, elle essayait de ne pas le regarder, tentant de préserver le peu de dignité qui lui restait.

Une boîte de haricots froids se trouvait à portée de main, mais son estomac se révoltait à cette idée. Elle avait mangé juste assez pour rester en vie, portant mécaniquement la nourriture à sa bouche tout en essayant de ne pas penser à ce qui l'attendait.

Que voulait-il d'elle ?

Ses doigts suivaient la chaîne autour de sa cheville pour la centième fois, cherchant des maillons faibles, cherchant de l'espoir. Le métal était solide, inflexible. Mais le tuyau auquel elle était attachée... peut-être que si elle pouvait le détacher du mur...

Mais un moteur de voiture gronda dehors puis s'arrêta. Le cœur de Janessa cogna violemment contre ses côtes tandis que des pas approchaient. La porte grinça en s'ouvrant, inondant la cabane d'une lumière crue.

La silhouette massive de Leland remplissait l'embrasure, son visage dans l'ombre. — C'est l'heure de partir.

Elle se plaqua contre le mur, les mains serrées en poings. S'il s'approchait suffisamment, peut-être qu'elle pourrait...

Mais il avait une arme. Le métal scintilla lorsqu'il la leva, lui faisant signe d'avancer. — N'essayez rien de stupide.

La clé tourna dans le bracelet de cheville. Le sang afflua douloureusement dans son pied tandis que le métal tombait. Ses jambes tremblaient lorsqu'elle se leva, des picotements traversant ses muscles ankylosés.

— Avancez. Il pressa l'arme contre son dos, la guidant vers sa propre voiture garée dehors.

— Vous conduisez, dit-il, la poussant sur le siège conducteur. Il attacha son poignet droit au volant avec un serre-câble, assez serré pour entamer sa peau.

Tremblante, suivant ses instructions, elle conduisit la voiture à travers des routes rurales jusqu'à ce qu'ils atteignent l'autoroute.

Les heures défilèrent sur l'I-95. Les arbres devinrent des panneaux puis des glissières de sécurité tandis que Janessa se concentrait pour maintenir la voiture stable malgré ses mains tremblantes. Leland somnolait à côté d'elle, mais l'arme ne quittait jamais son flanc.

Les pauses toilette signifiaient s'accroupir au bord de la route pendant qu'il la surveillait, le serre-câble lui cisaillant le poignet tandis qu'elle essayait de maintenir son équilibre. Chaque fois, elle cherchait désespérément des voitures de passage, une chance de signaler qu'elle avait besoin d'aide.

Au sud de Richmond, avec la jauge d'essence trop basse pour être ignorée, Leland la dirigea vers une station, ses yeux scrutant constamment les environs. Ils firent le plein ensemble, puis il la guida vers la boutique attenante.

Il acheta de la nourriture avec l'argent liquide qu'il avait caché dans les multiples poches de son pantalon et de sa veste. Ils ne s'étaient arrêtés à aucune banque ; il était venu préparé avec cet argent. Il la guida vers la porte, s'arrêtant net avant de sortir.

Elle le vit aussi — la voiture de police garée derrière celle de Janessa.

— À l'intérieur. La prise de Leland sur son bras laisserait des bleus tandis qu'il la conduisait vers l'autre entrée de la supérette. Son cœur s'emballa. Peut-être que si elle criait...

Mais le couteau appuyait contre ses côtes, dissimulé par sa veste. — Un seul bruit et je commence à découper.

Ils sortirent par une porte latérale, émergeant dans le crépuscule naissant. Sur le parking, une femme chargeait un sac de courses dans une berline argentée. Seule.

Tout se passa très vite.

Leland poussa l'inconnue contre sa voiture tout en lui saisissant le bras, le tordant derrière son dos. Il plaça le pistolet contre la tête de la femme et la força à entrer dans le véhicule.

La femme — blonde, la quarantaine peut-être — sanglotait doucement tandis qu'il l'obligeait à conduire.

Des heures s'écoulèrent dans un silence tendu. Les pleurs de la femme s'étaient arrêtés, remplacés par une respiration peu profonde et terrifiée. Les mains de Janessa, attachées par des serre-câbles, étaient devenues insensibles.

Lorsque Leland leur ordonna de prendre une sortie menant à une route de campagne sombre, la bouche de Janessa s'assécha de peur. La voiture s'arrêta. Il traîna la femme dehors dans l'obscurité.

Leland revint seul, se glissant derrière le volant. Du sang assombrissait sa manche.

Janessa retint un cri, goûtant le cuivre là où elle s'était mordu la lèvre jusqu'au sang. Tandis qu'ils s'éloignaient, tout son corps tremblait, des larmes coulant silencieusement sur son visage.

Elle serait la prochaine. Elle le savait avec une certitude viscérale.

À moins qu'elle ne trouve d'abord un moyen de l'arrêter.

CHAPITRE 17

Jackson sut que quelque chose n'allait pas dès qu'il entra dans leur bureau de Portland. Le bureau de Connor était vide, Aiden avait disparu, et l'air était chargé de cette tension particulière qui précède les tempêtes et les confrontations.

— Salle de conférence, dit Connor qui apparut derrière lui, le guidant doucement mais fermement vers l'espace vitré. À l'intérieur, Aiden était déjà assis à la longue table, et le visage de Morgan occupait l'écran vidéo fixé au mur.

— De quoi s'agit-il ? demanda Jackson, bien que son instinct connaissait déjà la réponse.

— Assieds-toi, Jackson. La voix de Connor avait ce ton prudent généralement réservé aux clients nerveux.

— On doit parler de ce qui se passe avec toi, dit Morgan à travers l'écran, son expression inhabituellement sérieuse.

La mâchoire de Jackson se crispa. — N'avons-nous pas des choses plus importantes à régler ?

— Morgan dit que tu as déménagé ? demanda Aiden, se penchant en avant. Tes valises sont à l'appartement.

Comment Morgan l'a-t-il découvert si vite ?

— C'est compliqué, dit Jackson en serrant les dents. Il ne voulait pas avoir cette conversation.

— Simplifie-le, répondit Connor, s'installant sur la chaise à côté de lui. Parce que de notre point de vue, tu es en train de jeter aux orties la meilleure chose qui te soit jamais arrivée.

Jackson fixa ses mains posées sur la table polie, se rappelant comme elles avaient tremblé pendant qu'il faisait ses valises.

Savaient-ils pour le bébé ? Il secoua la tête, peu probable. S'ils le savaient, ils n'auraient pas une conversation. Ils lui botteraient le cul. Et il le mériterait.

— Tu penses que tu la protèges ? dit Morgan doucement. Tout comme tu nous as protégés.

Ces mots furent comme un coup de poing dans le ventre, le laissant à bout de souffle. Les souvenirs affluèrent. Leurs petits visages de garçons terrifiés pendant que leur père était en colère. Prenant les coups qu'il donnait, à leur place. Les poings endurcis faisaient mal, mais ç'aurait été pire pour lui si ses frères avaient pris les coups. Il ne supportait pas de les voir souffrir. De voir leur innocence arrachée par leur propre père.

Il avait repoussé ces souvenirs, essayé d'oublier.

— C'est différent, marmonna Jackson, la gorge serrée. C'était injuste de leur part de se liguer contre lui, surtout quand il était vulnérable. Mais il comprenait maintenant qu'ils avaient l'intention d'en profiter pour faire passer leur message.

— En quoi ? exigea Connor. C'est clair pour nous ce qui se passe ici. Tu as passé ta vie entière à t'assurer que nous nous en sortions bien. À t'assurer que les dégâts causés par papa ne nous détruisent pas.

— Et nous nous en sommes bien sortis, dit Aiden. Grâce à toi. Parce que tu nous as montré qu'il y avait une meilleure façon.

— Tu n'es pas comme lui, Jacks. La voix de Morgan était douce mais ferme. Tu ne l'as jamais été et tu ne le seras jamais.

Les mains de Jackson étaient crispées sur la table. — Vous ne comprenez pas. Avec Ashley... je ne peux pas risquer...

— Risquer quoi ? l'interrompit Connor. Risquer d'être heureux ? Risquer d'avoir ta propre famille ?

— De lui faire du mal ! Les mots jaillirent avant que Jackson puisse les arrêter. J'ai tué des gens, les uns après les autres. En tant que fils de notre père, de quoi serais-je capable ?

Le silence emplit la pièce. À travers les fenêtres, la circulation de l'après-midi à Portland continuait, inconsciente du drame qui se déroulait à l'intérieur.

— Je sais que tu te souviens de ce qu'il nous disait, dit Morgan doucement. « Vous finirez exactement comme moi. » Mais regarde-nous. Regarde ce que nous avons construit. Tu nous as appris à être de bons hommes. Comment peux-tu ne pas voir cela en toi-même ?

— Ashley t'aime, dit Aiden. Et tu l'aimes. Arrête de te punir pour des crimes que tu n'as pas commis et que tu ne commettras jamais. Tu la mérites.

La vision de Jackson se troubla légèrement. Il baissa la tête et ses mains tremblèrent.

— Tu as peur. C'est bien, dit Connor fermement. Ça veut dire que tu tiens à elle.

— Papa ne s'est jamais inquiété de nous faire du mal, ajouta Morgan. Il n'a jamais perdu une minute de sommeil pour ce qu'il faisait. Mais toi ? Tu as passé toute ta vie à essayer de protéger les gens.

Jackson regarda ses frères — les hommes qu'ils étaient devenus malgré tout. Des hommes qu'il avait aidé à façonner.

— Rentre chez toi, Jacks, dit Morgan doucement. Rentre auprès d'Ashley.

Le nœud dans sa poitrine commença à se desserrer, très légèrement. Ils croyaient en lui, pourquoi pas lui ? Était-il destiné à perdre la bataille contre le destin ? Peut-être devait-il s'autoriser à envisager la victoire.

— D'ailleurs, ajouta Connor avec un léger sourire, si tu ne règles pas ça, on devra peut-être te botter le cul. Et ce serait juste embarrassant pour tout le monde.

Pour la première fois depuis des jours, Jackson sentit l'ombre d'un sourire effleurer ses lèvres. — J'aimerais bien vous voir essayer.

— Ça, c'est notre frère, sourit Aiden. Maintenant, file d'ici. Tu as un avion à prendre.

Jackson hocha la tête, incapable de parler à cause de la boule dans sa gorge.

Ashley se déplaçait dans sa boutique dans le calme du petit matin, redressant des cristaux qui n'avaient pas besoin d'être redressés, ajustant des cartes de tarot qui étaient déjà parfaitement alignées. Les odeurs familières de sauge et de lavande lui apportaient habituellement du réconfort, mais aujourd'hui, elles la rendaient légèrement nauséeuse.

Nausées matinales. Quel nom trompeur pour quelque chose qui durait toute la journée.

Elle s'arrêta à la fenêtre, la même fenêtre où Jackson avait l'habitude de croiser son regard quand il passait après être parti au travail, ce petit demi-sourire qu'il réservait juste pour elle.

La visite de Morgan hier avait fissuré sa composition soigneuse. L'inquiétude dans ses yeux quand il avait demandé des nouvelles de son frère, la façon dont il avait essayé de cacher son souci quand elle avait admis que Jackson était parti.

— Ses affaires sont toutes revenues dans son ancien appartement, avait dit Morgan, en se frottant la nuque — un geste si semblable à celui de Jackson que cela lui avait fait mal au cœur.

Maintenant, elle pressait sa paume contre le léger renflement de son ventre, caché sous sa robe fluide. Leur enfant grandissait là, inconscient du drame environnant. Ce matin, elle s'était réveillée en cherchant Jackson. L'espace à côté d'elle était un vide béant.

Les cristaux de la boutique captaient la lumière matinale, projetant des prismes arc-en-ciel sur les murs. D'habitude, elle pouvait lire clairement leur énergie, pouvait sentir les chemins et les possibilités qu'ils révélaient. Mais dernière ment... dernièrement, tout semblait confus, comme essayer de voir à travers le brouillard.

Était-ce les hormones de grossesse qui affectaient ses dons ? Ou était-ce son propre chaos émotionnel qui obscurcissait sa vision ?

Son téléphone vibra — Lizzie, confirmant qu'elle passerait. Quelque chose à propos de nouvelles informations sur Leland Gates. L'estomac d'Ashley se serra, mais elle ne savait pas si c'était à cause des nausées matinales ou de l'appréhension.

La clochette au-dessus de la porte tinta alors que son premier client de la journée entrait. Ashley se redressa, chassant ses pensées.

— Bienvenue, dit-elle, forçant un sourire qu'elle ne ressentait pas. Sa main quitta son ventre tandis qu'elle se tournait pour affronter la journée qui l'attendait.

Quelques heures plus tard, les carillons éoliens tintèrent lorsque Lizzie entra précipitamment, la brise du golfe ébouriffant ses cheveux bruns. Elle jeta un coup d'œil autour de la boutique, s'assurant qu'elles étaient seules. — Tu as entendu parler de Janessa ? Jackson t'a dit ?

Levant ses yeux tristes vers son amie, Ashley secoua la tête. — Jackson est parti. Il a quitté la maison il y a trois jours. Il a... Elle retint soudain ses larmes. — Il a peur, Lizzie. De devenir comme son père, de nous faire du mal.

Sans un mot, Lizzie enveloppa Ashley dans une étreinte serrée.

— Je n'arrive pas à croire que ça arrive, murmura Lizzie en reculant. Son regard se posa sur le ventre d'Ashley, l'inquiétude creusant les rides autour de sa bouche. — Comment tu tiens le coup ? Tous les deux ?

La main d'Ashley se posa instinctivement sur son ventre. — On s'en sort. Les nausées matinales sont... Elle força un faible sourire. — Eh bien, on devrait plutôt les appeler nausées de toute la journée.

— Oh, ma chérie. Lizzie lui serra la main. — Il reviendra. Il t'aime trop pour ne pas le faire.

— Je sais. Ashley s'essuya les yeux. — Avec le temps, il reviendra. Mais ça ne fait pas moins mal pour autant.

Elles se dirigèrent vers la salle de lecture, où les rideaux violets tamisaient la lumière du matin. Lizzie s'effondra dans le fauteuil, l'épuisement évident dans chacun de ses mouvements. Elle ne ressemblait pas à une femme sur le point de se marier.

— Qu'est-il arrivé à Janessa ?

L'histoire jaillit des lèvres de Lizzie : Janessa, absente du travail, les indices dans la cabane, et maintenant Leland qui se déplaçait vers le sud. Chaque mot semblait drainer davantage de couleur du visage de Lizzie. — Je continue à voir son visage, Ashley. La dernière fois que je l'ai vue, c'était quand elle a acheté mon ancienne maison. Elle s'était vraiment ressaisie et suivait des cours le soir et les week-ends. Je ne sais pas ce que je ferai s'il lui arrive quelque chose de plus grave.

— Laisse-moi essayer de voir quelque chose. Ashley tendit la main vers ses cartes de tarot, mais lorsqu'elle toucha le jeu, la connexion familière semblait étouffée, distante. Elle commença néanmoins à les disposer, luttant contre l'étrange brouillard dans son esprit.

Les cartes se brouillèrent devant ses yeux. Elle cligna fort des paupières, essayant de se concentrer.

— Rien n'est clair, admit-elle, la frustration imprégnant sa voix. — C'est comme essayer de régler une radio à travers des parasites.

— Est-ce à cause de la grossesse ? demanda doucement Lizzie.

— Peut-être. Ou peut-être à cause de tout le reste. Ashley mit les cartes de côté, se sentant vidée. — Je suis complètement perdue. Je ne sais pas si c'est les hormones ou le chagrin. Mais je ne vois rien clairement. Je suis désolée Lizzie.

Elles restèrent silencieuses un moment, chacune perdue dans ses pensées. Dehors sur le porche, Ashley pouvait entendre les carillons de la boutique chanter leur mélodie mélancolique.

— Je devrais y aller, dit finalement Lizzie en se levant. — Damen va s'inquiéter. Mais Ashley... Elle s'arrêta près du rideau. — Appelle-moi si tu as besoin de quoi que ce soit. Jackson va revenir à la raison.

— Je sais. Ashley parvint à esquisser un petit sourire. — C'est l'attente qui me dérange le plus. Et sois prudente, Lizzie.

Quelque chose vacilla dans les yeux de Lizzie, disparu avant qu'elle ne puisse identifier ce que c'était. Elle s'éclipsa, laissant Ashley seule avec ses visions confuses et la certitude grandissante que quelque chose de sombre les attendait à l'horizon.

Si seulement elle pouvait voir assez clairement pour savoir quoi.

CHAPITRE 18

Jackson sortit dans l'air humide de Key West, son sac de voyage pesant sur son épaule, quand son téléphone vibra. Le nom du Capitaine Martin s'afficha à l'écran.

— Dites-moi que vous avez quelque chose, répondit Jackson, s'éloignant des portes coulissantes de l'aéroport.

— On a repéré la voiture à nouveau, grésilla la voix de Martin à travers la connexion. Dans une station-service près de l'I-95 en Caroline du Nord, juste à côté de Rocky Mount. Une patrouille a identifié la voiture à la pompe, mais elle était abandonnée.

Le pouls de Jackson s'accéléra. — Il a dû voir la voiture de police alors. Des images de vidéosurveillance ?

— Oui. On les a filmés à l'intérieur du magasin — il la garde près de lui, une main derrière son dos. Impossible de voir une arme sur la caméra, mais à sa façon de bouger, elle est terrifiée. Ses yeux repèrent constamment les caméras de sécurité, mais elle ne fait aucun mouvement brusque.

— Envoyez-moi tout ce que vous pouvez, dit Jackson en hélant un taxi. Des témoins ?

— C'est là que ça empire. La police locale a reçu un signalement de disparition hier après-midi, une femme nommée Karen Reeves, quarante-deux ans. Elle est allée à cette même station-service pour acheter des cigarettes à peu près au même moment. Elle n'est jamais rentrée chez elle.

— Merde, dit Jackson en passant une main dans ses cheveux. Sa voiture ?

— Disparue. Toyota Camry 2019, bleu foncé. La patrouille routière a les plaques, mais pas encore de signalement.

— Il sait qu'on le poursuit maintenant. Il va probablement éviter l'autoroute, marmonna Jackson en se glissant dans le taxi. Il donna au chauffeur l'adresse de Lizzie et Damen.

— C'est exactement ce que nous pensons. Il est peu probable qu'on le repère avant qu'il atteigne le Seven Mile Bridge. Heureusement, il n'y a qu'une seule route pour entrer et sortir des Keys. Je vous tiendrai au courant.

Jackson ouvrit les images que Mike lui avait envoyées. L'horodatage indiquait 6h47. Leland, l'air décontracté en jean et polo, gardait Janessa près de lui tandis qu'ils se déplaçaient dans le rayon des en-cas. Ses mouvements étaient raides, contrôlés. Ses yeux passaient d'une caméra à l'autre, mais elle restait parfaitement immobile chaque fois qu'il se penchait pour lui murmurer quelque chose.

La terreur sur son visage était subtile mais évidente, tout comme la rigidité de sa posture.

Le taxi s'arrêta devant la maison de Lizzie et Damen. La propriété des Wisler était l'endroit le plus sûr des Keys ; ils savaient qu'il était arrivé.

Ce serait difficile d'informer ses amis de ce qui était arrivé à Janessa. Mais ils devaient savoir. Devaient comprendre à quoi ils avaient affaire.

Leur mariage était prévu dans quelques jours maintenant. Ce qui aurait dû être un événement heureux était assombri par cet invité malvenu.

Avant qu'il puisse frapper, la porte s'ouvrit. Damen se tenait là, l'air de ne pas avoir bien dormi depuis des jours.

— Tu as trouvé quelque chose, dit Damen. Ce n'était pas une question.

Jackson hocha gravement la tête. — Lizzie est à la maison ?

— Dans le salon, répondit Damen en reculant pour le laisser entrer.

— Tu veux qu'elle entende tout ? demanda Jackson.

Damen hocha la tête, soupirant lourdement. — Elle mérite de savoir ce qui se passe. Pas de secrets.

Jackson le suivit à l'intérieur.

Jackson s'installa dans le fauteuil en face de Lizzie, qui était assise, raide, au bord du canapé. Damen se tenait derrière elle, une main posée de manière protectrice sur son épaule.

— Commence depuis le début, dit doucement Damen.

Jackson sortit son téléphone et fit défiler les photos. — Nous avons pu fouiller la maison de Janessa et nous avons trouvé des preuves qu'il y était avant de l'enlever.

— Dans sa maison ? demanda Lizzie d'une voix qui se brisa.

— Il connaissait probablement son emploi du temps, ses habitudes. L'heure à laquelle elle partait travailler et rentrait chez elle, ainsi que son planning de cours. Il hésita un instant avant de tendre son téléphone à Damen. — Celles-ci proviennent de l'appartement de Leland.

Damen se pencha. — Notre faire-part de mariage.

— Oui. Il l'a pris chez Janessa, et ça semble avoir été sa pièce maîtresse. Jackson passa à la photo suivante, montrant les murs de l'appartement de Leland couverts de photos de Lizzie et Dani, prises quelques années auparavant quand Dani était petite. Il y avait des coupures de journaux et des cartes. Mais le point central était le faire-part de mariage entouré de marqueur noir encore et encore, dans un torrent de flèches et d'éclairs.

— Voilà ce que nous avons trouvé chez lui.

La main de Lizzie vola jusqu'à sa bouche. — Ce sont... ce sont des photos de moi.

La mâchoire de Damen se crispa. — La police. Ils ont vu ça ?

Jackson acquiesça. — Nous pensons qu'il l'a enlevée du parking de l'université après son cours du soir. Les caméras de sécurité ne fonctionnaient pas là où elle s'était garée, donc ce n'est pas sûr à 100 %, mais elle n'est jamais rentrée chez elle. Je pense qu'il l'a attendue dans sa voiture et l'a forcée à conduire. Jackson continua. — Il l'a emmenée dans une maison abandonnée à environ 50 kilomètres. Il l'y a gardée pendant le week-end et jusqu'au milieu de la semaine suivante. Environ quatre jours.

— Quatre jours ? murmura Lizzie. Mais pourquoi attendre si longtemps avant de partir vers le sud ?

— Pour laisser les premières recherches s'essouffler, répondit Damen d'un ton sombre. Pas d'indices, pas de témoins, juste une autre affaire de disparition qui tombe dans l'oubli.

Jackson acquiesça de nouveau. — Il a rangé sa voiture dans un garage peu utilisé, a changé les plaques avant de partir. Il avait tout planifié... sauf d'être repéré dans cette station-service en Caroline du Nord.

Il leur montra les images de vidéosurveillance. Le visage de Lizzie pâlit en voyant la peur de Janessa, la façon dont Leland contrôlait ses mouvements.

— Je ne comprends pas, je ne l'aurais jamais cru capable de quelque chose comme ça. Mais pourquoi kidnapper Janessa ? Qu'est-ce qu'il a en tête ? La voix de Lizzie était à peine audible.

Damen et Jackson échangèrent un regard significatif. — Eh bien, il croit probablement qu'il peut l'utiliser pour te récupérer. Elle était invitée à ton mariage, c'est ton amie, et il sait que tu ne voudrais pas la voir blessée. Il te connaît, Lizzie, il sait comment tu te soucies des autres. Il l'a expérimenté personnellement. Maintenant, il utilise ça pour t'atteindre.

Les yeux de Lizzie se remplirent de larmes qui commencèrent à couler sur son visage. — Le mariage, dit-elle en essayant de retrouver son sang-froid. Il veut l'empêcher d'avoir lieu en échangeant Janessa contre moi.

— C'est ce que nous pensons. Jackson se pencha en avant. — Mais il ne s'approchera pas de toi. Nous avons placé tous les ponts, toutes les marinas sous surveillance. Dès qu'il essaiera d'entrer dans les Keys...

— S'il ne lui a pas déjà fait du mal, interrompit Lizzie, les larmes coulant sur ses joues. S'il ne l'a pas...

— Il ne le fera pas, intervint Damen. Il a besoin d'elle vivante pour mener à bien son jeu malsain.

Jackson observa ses amis absorber l'horreur de la situation. Lizzie s'était recroquevillée sur elle-même, et le visage de Damen était sombre de rage.

Leur mariage était prévu dans moins d'une semaine. Ce qui aurait dû être un moment de joie s'était transformé en cauchemar.

— Il y a autre chose, dit lentement Jackson. Ils ont volé une voiture à la station-service en Caroline du Nord. La propriétaire de la voiture, une femme nommée Karen Reeves qui était allée acheter des cigarettes à la station-service, a été signalée disparue.

Lizzie baissa la tête. — Je n'arrive pas à y croire, toutes ces personnes qui souffrent...

— Clairement, il est plus intelligent que nous ne l'avions imaginé. J'aimerais avoir une idée de ce à quoi nous pouvons être confrontés d'autre, de ce dont il est capable, de son passé. Des pistes de ce côté, Jackson ? A-t-on découvert pourquoi il a été interné quand il était enfant ?

— Rien de la part de mes sources en tout cas. Le seul contact que j'ai sera de retour de son voyage demain.

La pièce tomba dans le silence lorsque Lizzie s'élança hors de la salle. — Ne bouge pas, ordonna-t-elle à Damen qui s'apprêtait à la suivre. J'ai besoin d'un moment seule.

Dehors, des nuages d'orage s'amassaient au-dessus des Keys.

Lizzie marchait le long du bord de l'eau, ses pieds nus s'enfonçant dans le sable chaud. Le soleil projetait de longues ombres à travers leur crique privée, l'eau léchant doucement le rivage. Au loin, des oiseaux marins tournoyaient et plongeaient dans l'eau à la recherche de leur prochain repas.

Son téléphone vibra dans sa poche – encore un numéro inconnu.

Les appels inconnus avaient augmenté cette semaine ; probablement une nouvelle liste marketing l'avait repérée à cause de tous ses achats pour le mariage. Mais elle s'était inscrite sur la liste de non-démarchage, n'est-ce pas ? Lizzie fixa l'écran jusqu'à ce qu'il s'éteigne, son estomac se nouant tandis qu'une nouvelle possibilité la frappait. Et si ce n'était pas juste un autre appel indésirable ? Et si c'était Janessa qui essayait de la joindre ?

Ou si c'était Leland lui-même ?

— Mon Dieu, Janessa, chuchota-t-elle au vent en se serrant dans ses bras. Je suis tellement désolée que tu sois impliquée dans tout ça.

L'image du visage terrifié de son amie dans les images de surveillance la hantait.

Janessa, qui avait travaillé si dur pour se construire une nouvelle vie. Qui avait été si fière d'acheter cette maison, de retourner à l'école. Maintenant traînée à travers les États comme une sorte de monnaie d'échange par un psychopathe obsédé par Lizzie.

Et maintenant Karen Reeves, une inconnue qui s'était simplement arrêtée pour acheter des cigarettes. Qui les protégeait pendant que Lizzie se tenait ici sur sa plage privée, planifiant son mariage parfait ? Mauvais endroit, mauvais moment. Une autre vie potentiellement détruite à cause de l'obsession de Leland.

À cause d'elle.

— Non, dit Lizzie à voix haute, la colère s'enflammant soudain dans sa poitrine. Son obsession. Sa maladie.

Un oiseau marin plongea au-dessus de l'eau, son cri faisant écho à sa fureur grandissante. De quel droit pensait-il pouvoir contrôler sa vie ? Blesser les personnes qu'elle aimait ? Faire vivre sa famille dans la peur ?

Elle avait été gentille avec lui parce que c'était la bonne chose à faire. C'était son travail. Parce que tout le monde méritait de la compassion, méritait une chance de guérir. Mais ça...

Son téléphone vibra à nouveau. Le même numéro inconnu.

Les mains de Lizzie tremblaient, non plus de peur maintenant, mais de rage. — Tu n'as pas le droit de faire ça, dit-elle entre ses dents serrées. Tu n'as pas le droit de ruiner mon mariage, de menacer ma famille, de blesser mes amis.

L'idée de reporter le mariage traversa à nouveau son esprit. Ce serait plus sûr, plus raisonnable. Mais cela signifierait le laisser gagner. Le laisser dicter ses choix, son bonheur.

Et ça, c'était hors de question.

— Non. Le mot sortit plus fort cette fois. Tu n'as pas ce pouvoir.

Le téléphone vibra une troisième fois.

Lizzie fixa l'écran, le cœur battant. Derrière elle, la maison se dressait, solide et sûre, remplie de personnes qui l'aimaient. Qui feraient n'importe quoi pour la protéger.

— J'en ai fini d'avoir peur, dit-elle au ciel qui s'assombrissait. J'en ai fini de te laisser contrôler cette histoire.

Les vagues poursuivaient leur rythme régulier contre le rivage tandis que Lizzie se tournait vers la maison. Sa colère brûlait désormais d'une flamme constante, remplaçant la peur glaciale qui l'avait saisie depuis qu'elle avait appris les détails.

Qu'il vienne. Qu'il essaie d'empêcher son mariage, qu'il tente de réclamer ce qui n'a jamais été à lui.

Elle en avait assez d'être une victime dans son fantasme tordu. Elle ne resterait pas passive, attendant son arrivée, protégée derrière une forteresse et une équipe de sécurité.

Elle devait agir, et d'une façon ou d'une autre, ce cauchemar se terminerait paisiblement avec Leland derrière les barreaux.

— Est-ce que la police a essayé de l'appeler ? demanda Lizzie en faisant les cent pas dans le salon, sa révélation au bord de la plage alimentant une énergie nerveuse. Son téléphone portable, je veux dire. Est-ce que quelqu'un a vraiment essayé de le contacter ?

Damen et Jackson échangèrent un regard, visiblement déstabilisés par sa transformation d'amie dévastée en stratège déterminée.

— Je reçois ces appels toute la semaine, poursuivit-elle en sortant son téléphone. Numéros inconnus. Et si ce n'était pas du spam ? Et si c'était lui ?

— Tu as répondu ? demanda Jackson.

— Absolument pas, trancha Damen d'une voix qu'elle connaissait trop bien. Tu n'entreras pas en contact avec lui.

— Pourquoi pas ? Lizzie pivota pour leur faire face. Il veut mon attention ? Très bien. Donnons-la-lui. Disons-lui que nous savons ce qu'il fait. Qu'il doit libérer Janessa.

— Lizzie... commença Damen.

— Non, écoute. On pourrait organiser quelque chose. Lui faire croire que je vais le rencontrer quelque part, m'échanger contre Janessa. Le plan se formait au fur et à mesure qu'elle parlait. Le convaincre d'amener Janessa à un endroit que nous contrôlons. La police pourrait atten dre...

— Tu as perdu la tête ? Damen se plaça sur son chemin. Tu veux t'offrir comme appât ?

— Ça pourrait marcher, insista-t-elle. Il ne réfléchit pas clairement. Il est désespéré, il commet des erreurs. La station-service, prendre un autre otage...

— Ce qui le rend plus dangereux, pas moins. Damen passa une main dans ses cheveux, frustré. Je ne te mettrai pas en danger.

— Il blesse des gens qui me sont chers. Il les utilise pour m'atteindre. Je ne peux pas rester là sans rien faire.

— Tu ne fais pas rien, argumenta Damen. Nous avons de la sécurité, de la surveillance...

— Pendant que Janessa souffre ? Pendant que cette pauvre femme de la station-service... La voix de Lizzie se brisa. On pourrait mettre fin à tout ça. L'attirer selon nos conditions.

— Elle n'a peut-être pas tort. Les paroles tranquilles de Jackson les firent tous deux se retourner.

— N'encourage pas ça, avertit Damen.

Mais Jackson sortait déjà son carnet. « Si nous pouvions contrôler la situation, mettre en place un lieu sécurisé, cela nous donnerait l'avantage de savoir où et quand il va se montrer. »

— Tu ne peux pas être sérieux. Le visage de Damen s'assombrit.

— Réfléchis-y, poursuivit Jackson. En ce moment, il nous fait réagir. Nous sommes en défense. Cela pourrait nous remettre aux commandes.

— Il n'y a pas de « nous » dans ce scénario, répliqua Damen. Tu parles d'utiliser ma fiancée comme appât pour un harceleur dérangé ?

— Je suis juste là, interrompit Lizzie. Et je peux prendre mes propres décisions.

La tension crépitait dans la pièce tandis qu'ils se faisaient face. Dehors, le tonnerre grondait — un autre orage d'après-midi qui arrivait du golfe.

— Lizzie, dit Damen d'une voix adoucie. S'il te plaît. On trouvera un autre moyen.

— Et si on ne trouve pas ? Elle s'approcha et posa sa main sur sa poitrine. Et s'il tue Karen Reeves ? Et si Janessa ne rentre jamais ? Pourrais-tu vivre avec ça ? Parce que moi, je ne pourrais pas.

Jackson s'éclaircit la gorge. Il nous faudrait une coordination majeure avec les forces de l'ordre locales. L'implication du FBI. Tout devrait être parfait.

— C'est exactement pour ça qu'on ne le fera pas, insista Damen.

— On pourrait au moins explorer cette possibilité, dit prudemment Jackson. Commencer à passer des coups de fil, voir quelles ressources on pourrait rassembler.

Lizzie vit Damen serrer la mâchoire. Elle connaissait cette expression—elle savait qu'il imaginait toutes les façons dont cela pourrait mal tourner.

— Réfléchis-y juste... dit-elle doucement. On pourrait mettre fin à tout ça. Avant que quelqu'un d'autre soit blessé.

Le tonnerre gronda plus près maintenant, et la pluie commença à crépiter contre les fenêtres. L'orage était arrivé, tout comme celui qui couvait dans leur salon.

— J'ai besoin d'air, marmonna Damen, se dirigeant à grands pas vers son bureau.

Lizzie le regarda partir, le cœur douloureux. Mais quand elle se retourna vers Jackson, sa voix était ferme. Passe ces coups de fil.

Jackson hocha lentement la tête, sortant déjà son téléphone. Ça pourrait marcher, dit-il doucement. Mais Lizzie ? Il a raison sur un point. Ce serait incroyablement dangereux.

— Je sais. Elle s'approcha de la fenêtre, regardant la pluie ruisseler sur la vitre. Mais ne rien faire l'est tout autant.

Il était temps de reprendre le contrôle.

CHAPITRE 19

Jackson se pencha sur l'îlot de la cuisine, prenant des notes pendant que Damen faisait les cent pas, son téléphone collé à l'oreille.

— Je me fiche du coût, aboya Damen dans le téléphone. Fais simplement ce que je demande.

Il termina l'appel, jetant le téléphone sur le comptoir.

— C'est de la folie. On envisage vraiment d'utiliser ma fiancée comme appât.

— Nous envisageons de laisser Lizzie reprendre le contrôle de sa vie, corrigea Jackson sans lever les yeux des cartes. C'est différent.

— Tu parles.

Damen posa ses mains sur le comptoir.

— Tu es censé la protéger, pas l'encourager dans cette mission suicide.

Jackson croisa enfin le regard de son ami.

— Tu penses vraiment que je laisserais quoi que ce soit lui arriver ?

— Tu ne peux pas garantir sa sécurité. Pas avec quelqu'un d'aussi instable.

— Et tu ne peux pas l'empêcher de faire ce qu'elle pense être juste. Elle l'a déjà fait, il n'y a pas si longtemps.

La voix de Jackson resta posée.

Damen passa une main sur son visage, ses doigts effleurant son cache-œil.

— Merci du rappel. Elle a failli mourir cette fois-là, en essayant de sauver son imbécile de cousin.

Un éclair illumina l'extérieur, projetant leurs ombres contre le mur. Damen s'approcha de la fenêtre, observant la pluie qui martelait la vitre.

— Je ne crois pas que je pourrais y survivre à nouveau.

— Je sais.

Jackson marqua un autre point sur la carte.

— Mais réfléchis. De cette façon, nous contrôlons les variables.

— Les variables ?

Damen se retourna brusquement.

— Bon sang, Damen, j'étais là quand on a découvert son appartement. Ce type est dérangé et obsédé par elle. Si elle jouait son jeu, il serait de la pâte à modeler entre nos mains. Lizzie est plus forte que tu ne le penses.

— La force n'arrête pas les balles.

— Non, mais une planification adéquate, si.

Jackson sortit un autre document.

— Écoute, j'ai déjà contacté quelqu'un à l'Unité d'analyse comportementale du FBI.

Damen passa une main sur son visage.

— J'aimerais qu'on ait plus d'informations sur ses antécédents. Ça prend une éternité de découvrir quoi que ce soit sur ce type. Tu aurais pensé que maintenant, après qu'il a activement enlevé deux personnes, ils communiqueraient les dossiers, au moins aux agents fédéraux sur l'affaire ?

— Eh bien, mon contact a dit qu'il vit probablement dans un monde imaginaire où Lizzie est sa partenaire consentante. Il vient la secourir, remplacer l'imposteur qui a pris sa vie pour la récupérer. Un contact direct de Lizzie pourrait soit nourrir ce fantasme, soit le briser complètement.

— Et s'il se brise complètement, il lui fera du mal aussi. Tant de choses peuvent mal tourner.

Le tonnerre gronda plus près, et les épaules de Damen s'affaissèrent.

— Alors aide-nous à le faire correctement. Aide-nous à rendre ce plan si hermétique que rien ne peut mal tourner.

Damen fixa Jackson pendant un long moment.

— Tu penses vraiment que ça pourrait marcher ?

— Avec assez de préparation ? Oui. Mais j'ai besoin que tu sois avec nous. Que tu réfléchisses clairement, pas seulement que tu réagisses par peur.

— La peur ?

Le rire de Damen sonnait creux.

— Disons plutôt la terreur.

— Canalise-la, dit Jackson doucement. Utilise-la pour imaginer tout ce qui pourrait mal tourner, afin qu'on puisse l'empêcher.

Un nouvel éclair illumina la pièce tandis que Damen tirait enfin une chaise. — Ça ne veut pas dire que je suis d'accord, dit-il finalement.

— Je sais. Mais au moins maintenant, nous sommes préparés si elle le fait quand même.

Lizzie pressa son oreille contre la porte de la chambre, écoutant le murmure des voix provenant de la cuisine. L'orage s'était transformé en une pluie régulière, masquant certains de leurs mots, mais elle en saisissait suffisamment. Ils planifiaient comment la garder en sécurité tout en attirant Leland.

Sa main tremblait alors qu'elle sortait son téléphone, parcourant ses appels récents. Cinq appels inconnus rien qu'aujourd'hui. Elle les avait tous ignorés jusqu'à présen t...

Elle sélectionna le plus récent, le cœur battant tandis qu'elle appuyait sur rappeler. La sonnerie semblait incroyablement forte dans la chambre silencieuse.

Dring.

Dring.

Dring.

Rien. Pas de messagerie, pas de message automatique. Juste une sonnerie interminable qui finit par se couper dans le silence.

Elle essaya à nouveau. Même résultat.

Une troisième fois.

Sa confiance initiale commença à s'effriter. Et si elle se trompait ? Et si c'étaient simplement des appels indésirables ?

Elle s'affaissa sur le bord du lit, le téléphone serré dans sa main. Le bruit d'une porte qui se fermait en bas lui indiqua que Jackson était parti. Des pas dans l'escalier — Damen qui venait la retrouver.

Il apparut dans l'encadrement de la porte, son expression faisant chavirer son estomac.

— Qu'est-ce qu'il y a ? demanda-t-elle.

Il entra lentement dans la pièce. Arrivé à sa hauteur, il prit ses mains dans les siennes. — Ils ont retrouvé Karen Reeves. Au bord d'une route rurale. Elle est... elle est vivante, mais tout juste. Traumatisme crânien sévère.

Le téléphone glissa des doigts de Lizzie. — Mon Dieu.

— Voilà à qui nous avons affaire, Lizzie. Damen s'agenouilla devant elle. — C'est pourquoi je ne peux pas te laisser—

— Me laisser ? Le mot resta coincé dans sa gorge. — Damen, je viens d'appeler ces numéros. Ceux qui hantent mon téléphone depuis toute la semaine.

Son visage se figea. — Tu as fait quoi ?

— Il ne s'est rien passé. Pas de réponse, pas de messagerie, juste... rien. Elle toucha sa joue, trouvant son centre de gravité dans sa proximité. — C'est pourquoi nous devons mettre fin à tout ça aussi vite que possible. D'autres personnes seront blessées. Elle prit ses mains dans les siennes. — Je veux t'épouser ce week-end. Je veux descendre cette allée sans avoir à regarder par-dessus mon épaule. Sans me demander s'il est en train de nous observer, s'il prépare quelque chose de pire.

— On peut reporter le mariage—

— Non. Sa voix se brisa. — Je ne le laisserai pas nous prendre ça.

Le tonnerre gronda au loin, dernier écho de l'orage qui s'éloignait.

— Je dois faire ce que je peux, dit-elle doucement. Pas seulement pour Janessa, mais pour moi. Pour nous. J'ai besoin de savoir que je ne me suis pas contentée de me cacher en espérant que quelqu'un d'autre résoudrait le problème.

Damen pressa son front contre leurs mains jointes. — Depuis quand es-tu devenue si courageuse ?

— Je suis terrifiée, avoua-t-elle. Mais j'ai encore plus peur de vivre comme ça pour toujours. De me demander ce qu'il fera ensuite, qui d'autre il blessera.

Il leva les yeux vers elle, et elle vit le moment où quelque chose changea dans son regard. Pas vraiment de l'acceptation, mais plutôt de la compréhension.

— Si on fait ça, dit-il avec précaution, on le fait correctement. Plus de tentatives solitaires de contact. On n'avance pas tant que chaque détail n'est pas planifié, chaque solution de secours en place.

Elle hocha la tête. — D'accord.

— Et Lizzie ? Sa prise se resserra sur ses mains. Tu dois me promettre. Promettre que tu suivras le plan à la lettre. Pas d'improvisation, pas d'héroïsme de dernière minute.

— Je te le promets. Elle se pencha en avant, l'embrassant doucement. Merci de comprendre.

Il la serra contre lui, et elle sentit qu'il tremblait légèrement. — Je ne comprends pas, murmura-t-il contre ses cheveux. Mais je t'aime. Et j'ai confiance en toi.

Dehors, les nuages commençaient à se dissiper, laissant entrer les premiers rayons du coucher de soleil. Mais Lizzie y prêtait à peine attention, trop préoccupée par le poids de ce qu'elle avait mis en mouvement — et la certitude grandissante que malgré ses paroles courageuses, il y avait une chance qu'elle vienne juste d'empirer les choses.

CHAPITRE 20

Le téléphone qu'il avait acheté dans une station-service du New Jersey vibra contre sa cuisse. Trois fois. Ses doigts tremblaient tandis qu'il consultait le journal d'appels, son numéro à elle brillant intensément sur l'écran.

Lizzie.

Elle avait appelé. Trois fois.

Un rire monta de sa poitrine, aigu et ténu. Il pressa le téléphone contre ses lèvres, imaginant les doigts de Lizzie touchant ces mêmes numéros, cherchant à le joindre.

Bien sûr qu'elle appellerait. Elle comprenait maintenant — comprenait qu'il avait dû prendre des mesures drastiques pour la libérer.

Il arpentait la petite chambre, le téléphone serré contre sa poitrine. La fille dans le coin tressaillit à son mouvement. Il la remarquait à peine désormais, personne ne leur avait prêté attention quand il avait pris cette chambre dans ce motel miteux au milieu de la nuit.

Elle n'était pas parfaite, pas assez bien. Ses cheveux étaient trop foncés, ses yeux trop grands. Un substitut médiocre.

Mais elle avait servi son objectif. Lizzie avait appelé.

— Elle m'a appelé, murmura-t-il, puis plus fort : — Elle m'a appelé !

Janessa se recroquevilla davantage dans son coin, les genoux remontés contre sa poitrine. Cette vision l'irritait.

Peut-être était-il temps de se débarrasser d'elle.

Il se retint. Non, pas encore. Il avait besoin d'elle.

L'écran du téléphone s'était éteint. Il le ralluma, fixant le journal d'appels.

Trois fois. Pas au hasard.

Elle lui envoyait un message.

Cet homme maléfique avec qui elle était, s'il avait pris son téléphone, il n'aurait appelé qu'une seule fois.

Il ne comprendrait pas la signification du chiffre trois. Mais Lizzie se souvenait de leur connexion, de leur code spécial.

Ses mains tremblaient tandis qu'il posait soigneusement le téléphone sur la table de cette chambre miteuse qu'il avait trouvée le long de l'autoroute.

Il avait besoin de temps pour réfléchir, pour planifier. Elle cherchait à le joindre, mais il devait être prudent. Ils la surveillaient sûrement, essayant toujours de la contrôler.

Il jeta un coup d'œil à Janessa.

La fille ne disait rien. Elle apprenait, au moins. Meilleure que l'autre. Elle sentait la cigarette, comme sa voiture. L'odeur le rendait malade. Il avait besoin de se reposer.

Il reprit le téléphone, le tournant et retournant entre ses doigts.

— Bientôt, chuchota-t-il dans le téléphone. — Bientôt nous serons ensemble. Plus de substituts. Plus d'attente.

Il devait se préparer. Devait tout rendre parfait pour son arrivée. Parce qu'elle viendrait — les trois appels le prouvaient. Elle lui demandait de la sauver.

Et cette fois, il s'assurerait que personne ne pourrait plus jamais les séparer.

Ses doigts retracèrent sur l'écran les chiffres qu'elle avait touchés.

Derrière lui, Janessa commença à pleurer silencieusement, mais il ne se retourna pas. Elle n'avait plus d'importance. Rien n'avait d'importance excepté les appels de Lizzie.

Trois fois.

Elle était prête.

Ashley était assise dans son salon obscur, une main posée sur son ventre gonflé, l'autre serrant son téléphone. Quelque chose avait changé dans l'atmosphère, comme le calme avant une tornade.

La vision se répétait sans cesse — fragmentée, floue, mais persistante. Le corps d'une femme effondré au bord de la route, les cheveux maculés de sang, les doigts tremblants dans les graviers.

Pas Lizzie, mais liée à elle d'une certaine façon. Un avertissement.

La grossesse avait atténué sa vision, l'avait enveloppée d'un voile d'incertitude, mais cette image perçait avec une clarté tranchante.

Un besoin irrationnel d'avoir Lizzie à ses côtés grandissait en elle. Elle savait qu'il ne fallait pas l'ignorer.

Peut-être que sa présence rendrait plus claire la connexion entre cette vision et son amie.

Elle composa le numéro de Lizzie avant de pouvoir hésiter. La sonnerie retentit quatre fois avant que Lizzie ne réponde, la voix épaissie par l'épuisement.

— Ashley ? Tout va bien ?

— Tu dois venir. Ashley grimaça à cause d'une douleur aiguë dans son dos.

— Il est presque dix heures...

— S'il te plaît. Ashley ferma les yeux, essayant de se concentrer à travers le brouillard dans son esprit. Quelque chose a changé. Je le sens. C'est comme... comme regarder un verre tomber d'une table sans pouvoir le rattraper.

Un silence à l'autre bout. — Qu'est-ce que tu vois ?

— Pas assez. Trop. Ashley appuya sa paume plus fort contre son ventre, tentant d'apaiser son anxiété grandissante. Une femme blessée, qui saigne. Pas toi, mais tout est lié. Les fils s'emmêlent et je n'arrive pas... je n'arrive pas à voir où ils mènent.

— La femme qu'ils ont trouvée aujourd'hui, dit doucement Lizzie. Karen Reeves.

— Il va se passer autre chose. La voix d'Ashley se brisa. Lizzie, s'il te plaît. Je sais qu'il est tard. Je sais que je n'ai pas de sens, mais j'ai besoin que tu viennes. Quelque chose ne va pas et je ne le vois pas assez clairement pour te prévenir correctement.

Une douleur lui déchira l'échine, plus forte. Ashley hoqueta.

— Ça va ? Le bébé ? La voix de Lizzie se fit plus aiguë d'inquiétude.

— Juste agité... Ashley s'interrompit. Lizzie, je sais que je t'ai déjà demandé de faire confiance à ces intuitions aveuglément, et c'était pour de bonnes raisons. Je te le demande maintenant. Viens, s'il te plaît.

Un autre long silence. Ashley entendit des voix murmurées en arrière-plan : quelqu'un qui protestait, Lizzie qui répondait trop doucement pour être comprise.

— Je serai là dans vingt minutes, dit finalement Lizzie. Tiens bon, d'accord ?

Ashley s'affaissa contre le canapé, le soulagement se mêlant à une angoisse croissante. — Merci.

Elle termina l'appel et resta assise dans l'obscurité, une main toujours pressée contre son ventre, l'autre agrippant l'accoudoir du canapé.

La vision scintilla de nouveau — la femme blessée, du sang sur les graviers, mais maintenant superposée à autre chose. Des ombres se déplaçant sous la pluie. Un téléphone qui sonne, des doigts traçant les numéros sur le clavier.

— Dépêche-toi, s'il te plaît, chuchota-t-elle à la pièce vide.

Dehors, une voiture passa, ses phares balayant les murs. Ashley observa les ombres bouger, essayant de reconstituer ce qu'elle voyait et ce qu'elle ne voyait pas. Mais le brouillard de la grossesse persistait, obscurcissant les détails cruciaux, ne lui laissant rien d'autre que ce sentiment écrasant d'urgence et de peur.

Vingt minutes. Elle devait juste tenir les fils pendant vingt minutes. Alors peut-être qu'ensemble, elles pourraient démêler ce qui allait arriver avant qu'il ne soit trop tard.

Lizzie enfila un pull par-dessus sa tête, ses gestes précipités et maladroits dans la faible lumière de la chambre. Son cœur n'avait pas cessé de battre la chamade depuis l'appel d'Ashley.

— Je ne comprends toujours pas, dit Damen depuis l'encadrement de la porte. Tu as demandé quelque chose à propos d'un bébé ?

Ignorant les questions, Lizzie enfila ses chaussures sans prendre la peine de lacer les lacets.

— Et Jackson est d'accord avec cette urgence nocturne ?

Lizzie se figea. Elle avait prévu d'avoir cette conversation plus tôt, mais maintenant, « Jackson est parti il y a quelques jours. »

— Quoi ? Damen entra complètement dans la pièce. Mais... elle est enceinte ?

— Non. Lizzie se leva, attrapant son téléphone sur le lit. Ne dis rien à personne. Même pas à Morgan. Ashley ne veut pas que les gens le sachent pour l'instant.

— Mais-

— C'est compliqué. Elle croisa son regard. Et ce ne sont pas nos affaires.

— Bien sûr que si c'est notre affaire. Elle est enceinte et il l'a *quittée* ?

Ils se regardèrent, la gravité de la situation de leur amie s'imposant à Damen. « C'est tordu. »

— Et c'est la première fois depuis que je la connais qu'elle demande de l'aide. Lizzie lui toucha le bras. Quand Ashley demande quelque chose directement, on le fait. Sans poser de questions.

— Parce qu'elle ressent quelque chose ? Sa voix trahissait une pointe de peur. Ils avaient tous deux fait l'expérience des dons d'Ashley, et lui devaient tous deux la vie.

Lizzie le dépassa pour se diriger vers le couloir.

— Attends. Il lui attrapa le bras. Tu n'iras pas seule. Pas avec tout ce qui se passe.

— Maria est partie. Tu dois rester avec les enfants.

— J'appelle quelqu'un de l'équipe de sécurité pour monter à la maison. Il sortait déjà son téléphone.

— Damen, ce n'est pas-

— Morgan est de service ce soir, dit-il, le téléphone à l'oreille. Ouais, j'ai besoin d'un service. Tu peux monter à la maison ? On doit sortir un moment. Les enfants dorment mais... Super. Merci.

Lizzie cligna des yeux. « Morgan est ici ? »

— Il remplace Stevens. Son gamin est malade. Damen se dirigeait déjà vers les escaliers. Il sera là dans deux minutes.

Fidèle à sa parole, Morgan apparut rapidement, l'air impeccable malgré l'heure tardive. « Tout va bien ? »

— Oui, dit rapidement Lizzie. Les enfants dorment. Je doute que l'un d'eux se réveille. C'est juste... une amie qui a besoin de nous.

Morgan hocha la tête, professionnel comme toujours, bien que Lizzie captât une lueur d'inquiétude dans ses yeux. « Je m'occupe de tout ici. Prenez votre temps. »

— Merci. Damen guida Lizzie vers la porte avec une main douce dans son dos. Appelle si quelque chose-

— Je connais la procédure, dit Morgan. Allez-y.

Dans la voiture, les mains de Lizzie n'arrêtaient pas de trembler. Les vingt minutes de trajet jusqu'à chez Ashley semblaient une éternité. Elle était contente que Damen n'ait pas donné de détails à Morgan. S'il savait qu'ils se rendaient chez Ashley, il s'inquiéterait. Elle se demandait combien Jackson avait partagé avec son frère concernant sa situation personnelle.

Damen continuait à lui jeter des coups d'œil, des questions brûlant visiblement sur sa langue, mais il restait silencieux.

Finalement, il a parlé alors qu'ils tournaient dans la rue d'Ashley. — Je n'arrive pas à croire que Jackson soit parti. C'est n'importe quoi. Il ne m'a pas dit un mot à ce sujet, même s'il n'a pas vraiment été lui-même dernièrement. Je pensais que c'était à cause de l'affaire, mais c'est évidemment plus que ça.

Lizzie regardait les maisons sombres défiler dans un silence tendu.

Une fois arrivés, en se garant devant, la rue Duval était en pleine effervescence et l'ambiance était bruyante et animée.
— Je pense que tu devrais rester dans la voiture. Laisse-moi lui parler seule pendant une minute.

Les mains de Damen se crispèrent sur le volant. — Je viens avec toi. Et c'est Ashley. Elle sait déjà que je suis là.

CHAPITRE 21

Lizzie suivait les mouvements hésitants d'Ashley à travers le petit appartement, observant les mains de son amie qui allaient nerveusement de son ventre à ses tempes, puis revenaient. L'espace semblait plus étroit que d'habitude.

Ashley s'arrêta près de la fenêtre, pressant sa main contre son front. — C'est comme essayer de lire à travers l'eau. Tout est déformé.

— Tu devrais peut-être t'asseoir, suggéra Damen, qui se tenait près de la porte.

— Je ne peux pas, répondit Ashley en se retournant, le visage pâle dans la lumière de la lampe. Le mouvement aide. Ça empêche les images de se confondre. Elle pressa ses paumes contre ses tempes. Il lui a fait du mal. À cette femme.

L'estomac de Lizzie se noua. — Karen Reeves.

— Il en a assez des... substituts, murmura Ashley d'une voix à peine audible. La fille, elle n'est pas la bonne. Mauvais cheveux, mauvais yeux. Mais maintenant... Son regard se tourna brusquement vers Lizzie. Tu l'as contacté à nouveau.

La pièce devint silencieuse. Lizzie sentit Damen se raidir à côté d'elle.

— J'ai... j'ai essayé de rappeler le numéro qui m'appelait.

Ashley secoua la tête et reprit sa marche. — Ça signifiait quelque chose pour lui. Il pense que c'est un signe. Ashley pressa sa main contre son ventre, grimaçant. Il pense que tu lui envoies un message.

Damen se rapprocha de Lizzie. — C'est exactement pour ça qu'il nous fallait un vrai plan —

— Il a arrêté de bouger, le coupa Ashley. Il conduisait, conduisait, mais maintenant... Sa main libre traçait des motifs dans l'air. De l'eau. Beaucoup d'eau. Mais pas Key West. Plus haut. Marathon peut-être, ou Islamorada.

— Les Keys ? demanda Damen en se redressant. Tu en es sûre ?

— Aussi sûre que je puisse l'être à travers ce... brouillard. La frustration d'Ashley était palpable. Tout est voilé. C'est comme des parasites sur une station de radio. Mais certaines choses... Elle croisa le regard de Lizzie. Certaines choses me parviennent clairement. Il est heureux. Soulagé. Il pense que tu es enfin prête.

— Prête pour quoi ? demanda Lizzie, bien qu'elle connût déjà la réponse.

— À être sauvée. La main d'Ashley retomba. Il pense que tu lui demandes de te sauver.

Le silence qui suivit semblait suffisamment épais pour étouffer. Dehors, une alarme de voiture se déclencha brièvement, puis s'éteignit.

— Je n'aurais pas dû appeler, murmura Lizzic.

Ashley se dirigea vers le canapé, s'y effondrant enfin. — Maintenant le chemin est tracé. Je n'arrive simplement pas... je n'arrive pas à voir où il mène.

— Tu peux essayer ? demanda Damen.

— J'essaie depuis tout à l'heure. Les yeux d'Ashley se remplirent de larmes. Je ne capte que des fragments. Du sang sur des graviers. De l'eau partout. Elle regarda Lizzie. Et toi. Tu es là, mais tu continues de... changer. Comme un reflet dans l'eau mouvante.

— Qu'est-ce que ça veut dire ? Lizzie s'assit à côté de son amie.

Ashley lui prit la main, la serrant fort. — Ça signifie qu'il y a trop de possibilités. Trop de choix restent encore à faire.

Son autre main pressa à nouveau son ventre et ses lèvres se serrèrent comme si elle souffrait. — Et j'avais besoin... j'avais besoin que tu saches. Que tu sois prudente et prête.

— À quoi ? demanda Lizzie.

— À ce qu'il prenne contact, répondit Ashley d'une voix tremblante. Parce que maintenant, il le fera. Maintenant qu'il pense que tu es prête.

Ashley se leva nerveusement, un cri de douleur lui échappant tandis qu'elle se pliait en deux.

Lizzie n'en croyait pas ses yeux. L'arrière d'Ashley était couvert de sang, qui coulait le long de ses jambes et formait une flaque là où elle venait de s'asseoir.

— Ashley ! Il faut t'emmener à l'hôpital.

Comme au ralenti, Ashley commença à s'effondrer. Damen rattrapa son corps inerte, protégeant sa tête avant qu'elle ne se fracasse sur le carrelage.

Jackson se réveilla en sursaut au son strident de son téléphone, tâtonnant dans l'obscurité de son appartement spartiate. Le nom de Damen illuminait l'écran.

— Ouais ? Sa voix était rauque de sommeil. Après quelques nuits d'insomnie, il avait enfin, béatement, réussi à s'endormir.

— Jackson, Ashley est... La voix de Damen se brisa d'urgence. L'ambulance est en route. Si on est déjà partis quand tu arrives, rejoins-nous à l'hôpital.

Jackson bondit hors du lit tandis qu'une peur glaciale le traversait, enfilant des vêtements tout en courant vers la porte, remontant encore sa braguette. Les trois pâtés de maisons jusqu'à chez Ashley lui semblèrent interminables. Des lumières rouges et bleues stroboscopiques se reflétaient contre les bâtiments, devenant plus vives à mesure qu'il tournait au coin de la rue.

Son cœur s'arrêta.

L'ambulance était là, monstrueuse, garée dans la rue, portes arrière ouvertes. Toutes les lumières étaient allumées dans l'appartement d'Ashley. Sans reprendre son souffle, il grimpa les escaliers quatre à quatre.

Ashley gisait immobile, le teint blême contrastant avec la couverture bleu marine tandis que deux ambulanciers l'attachaient sur la civière.

Du sang. Il y avait tellement de sang.

— Ashley ! Il s'élança en avant, mais Damen le retint, sa poigne comme du fer.

— Laisse-les faire. La voix de Damen était tendue.

— Qu'est-ce qui s'est passé ? sa voix était rauque tandis qu'il se débattait contre le bras de son ami alors qu'ils descendaient la civière dans les escaliers.

Lizzie suivait, le visage strié de larmes. — Je monte avec elle.

— Vas-y, lui lança Damen. On vous suit.

Jackson regarda, impuissant, tandis qu'ils chargeaient Ashley dans l'ambulance. Lizzie grimpa après elle. Les portes claquèrent, et ils disparurent, la sirène hurlant dans la nuit.

Le silence soudain ressemblait à un vide béant.

— Qu'est-ce qui s'est passé ? La voix de Jackson sortit étranglée.

Le poing de Damen s'écrasa sur sa mâchoire, le faisant chanceler.

— Espèce d'enfoiré. La voix de Damen tremblait de fureur.

Jackson toucha sa mâchoire, goûtant le sang. Il savait parfaitement qu'il méritait ça, et plus encore. Il se redressa et regarda son ami dans les yeux. — Tu vas me dire ce qui est arrivé à Ashley ? Bon sang, Damen, tout ce sang.

Damen le dévisagea comme s'il se demandait s'il allait le frapper à nouveau.

— Elle fait une hémorragie.

Le temps s'arrêta et le monde bascula sur son axe.

— Tu l'as abandonnée, gronda Damen.

— Tu ne comprends pas.

— Comprendre quoi ? Damen s'avança vers lui. Que tu es un lâche ? Que tu as fui dès que les choses se sont compliquées ?

— Je ne pouvais pas... Les jambes de Jackson se dérobèrent sous lui, et il s'effondra sur le trottoir.

— Elle porte ton enfant. Ou du moins elle le portait, si elle ne se vide pas de son sang d'abord.

Des éclats de verre brisé lui transpercèrent les poumons tandis que son cœur s'emballait, il devait bouger. — Je dois aller à l'hôpital.

— Dis-moi, Jackson. Est-ce que tu l'aimes ?

Il s'arrêta net. — Oui, plus que tout au monde.

— Alors monte dans la voiture.

Damen rejoignit Jackson dans le couloir de l'hôpital, où il était assis seul. Il s'installa à côté de lui et lui tendit une bouteille d'eau. — J'ai pensé que ça pourrait te servir.

Jackson prit la bouteille mais ne l'ouvrit pas, la tournant entre ses mains. Ils regardèrent un groupe d'infirmières passer, apparemment rentrant chez elles à la fin de leur service. — Alors, tu as planté Ashley quand elle t'a annoncé qu'elle était enceinte ?

— J'étais obligé. La voix de Jackson était rauque. — Tu ne comprends pas.

— En fait, si. Damen changea de position, ses doigts passant sur son cache-œil dans un geste inconscient. — Tu crois que je n'étais pas terrorisé quand j'ai réalisé que je tombais amoureux de Lizzie ? Que je pourrais vraiment devoir être un père pour Dani ?

Jackson releva brusquement la tête.

— J'étais dans les Forces Spéciales, mec. Je savais gérer les situations de combat, la planification stratégique, les décisions de vie ou de mort. Mais une petite fille qui voulait que je joue à la dînette avec ses peluches ? Damen secoua la tête. — Ça me terrifiait plus que n'importe quel échange de tirs.

— C'est différent, marmonna Jackson.

— Vraiment ? J'ai passé des années persuadé que je n'étais pas fait pour une vie normale. Que j'allais tout gâcher d'une manière ou d'une autre. Que je n'en étais pas... digne. La voix de Damen s'adoucit. — Ça te dit quelque chose ?

Les mains de Jackson se crispèrent sur la bouteille d'eau. — Mon père...

— Était un monstre. Mais tu n'es pas lui, Jackson. Tu ne l'as jamais été. Damen se tourna vers son ami. — Tu sais ce que je vois quand je te regarde avec Dani ? Un homme qui s'assoit par terre pour jouer aux poupées avec elle. Qui vérifie sous son lit s'il y a des monstres. Qui mourrait pour la protéger.

— C'est justement ça. La voix de Jackson se brisa. — Et si je ne pouvais pas les protéger ? Et si je devenais le monstre dont elles auraient besoin d'être protégées ?

— Le fait que tu te poses cette question prouve que ça n'arrivera pas. Damen resta silencieux un moment. — Tu sais ce qui m'a finalement fait arrêter d'avoir peur ?

Jackson attendit.

— Comprendre que l'amour ne consiste pas à être parfait. Il s'agit d'être présent chaque jour et de choisir d'être meilleur que tes peurs. Il sourit légèrement. — Et d'avoir quelqu'un qui croit en toi même quand tu ne crois pas en toi-même.

— Ashley mérite mieux que ça. Que moi. Jackson fixait ses mains.

— Peut-être. Mais c'est toi qu'elle a choisi. Et ce bébé ? Il aura besoin de son père. Pas d'un père parfait, juste d'un père qui les aime assez pour essayer.

— Je ne sais pas comment faire, murmura Jackson.

— Personne ne le sait, au début. Damen se leva, posant une main sur l'épaule de Jackson. — Mais tu apprends jour après jour. Et tu as des gens dans ton camp. Moi, Lizzie, tes frères. Nous connaissons tous l'homme que tu es vraiment. Il est temps que tu le voies aussi. Il commença à s'éloigner, puis s'arrêta. — Ah, et Jackson ? Plus tu restes assis là à t'apitoyer sur ton sort, plus Ashley passe de temps à penser qu'elle doit affronter tout ça toute seule. Crois-moi, cette femme est plus forte que nous deux réunis. Mais elle ne devrait pas avoir à l'être.

Jackson faisait les cent pas dans la salle d'attente stérile. Sept pas jusqu'à la fenêtre, sept pas en arrière. Les néons rendaient tout trop net, trop réel.

Chaque fois que les portes battantes s'ouvraient, son cœur s'arrêtait. Mais ce n'était jamais pour eux — d'autres familles, d'autres vies qui s'effondraient ou se reconstruisaient.

Lizzie était assise, raide, sur une chaise en plastique. Damen se tenait derrière elle, une main sur son épaule, tous deux observant les mouvements incessants de Jackson.

— Tu ne veux pas t'asseoir ? finit par dire Damen.

Jackson secoua la tête. S'il s'asseyait, s'il s'arrêtait de bouger, les pensées le dévoreraient. L'image du visage pâle d'Ashley. Tout ce sang.

Ce qu'il avait fait.

Une infirmière était passée il y a une heure — ou était-ce deux ? Le temps avait perdu toute signification. Elle leur avait dit qu'Ashley était en chirurgie. C'est tout. Juste « en chirurgie », comme si ces deux mots pouvaient contenir toute la terreur de ce qui se passait.

— J'aurais dû être là, murmura-t-il, plus pour lui-même que pour les autres.

— Ouais, acquiesça Damen sèchement. Tu aurais dû.

Lizzie lança un regard à Damen. — Tu n'aides pas.

Jackson accueillait volontiers la colère, les reproches. C'était mieux que l'impuissance, mieux que de se rappeler comment la main d'Ashley avait été la dernière fois qu'il l'avait tenue.

Les portes s'ouvrirent à nouveau. Cette fois, un médecin en tenue chirurgicale émergea, se dirigeant vers eux. Jackson se figea au milieu d'un pas. Il le reconnut immédiatement de la dernière fois où il avait fait les cent pas dans cette salle d'attente.

— Jackson Peters ? demanda-t-il.

Jackson hocha la tête tandis que Lizzie et Damen se plaçaient à ses côtés avec empressement.

— L'hémorragie était sévère, mais nous avons réussi à la stabiliser, dit le médecin d'une voix douce mais clinique.

— Le bébé ? La voix de Lizzie se brisa en posant la question qu'il n'arrivait pas à formuler lui-même.

Un silence qui contenait des éternités.

— Nous sommes prudemment optimistes. Elle a souffert d'une hémorragie causée par un placenta prævia. C'est quand le placenta couvre l'ouverture de l'utérus et se détache partiellement. C'est très rare et peut être une situation dangereuse pour la mère et le bébé, mais avec des soins appropriés et du repos, les perspectives sont bonnes.

— Elle est jeune, en bonne santé. Si nous jouons bien nos cartes, à mesure que la grossesse progresse et que l'utérus s'étire, le placenta s'éloignera de la zone à risque. Le médecin jeta un coup d'œil à son téléphone. — Elle est en train d'être transférée en salle de réveil. Je l'ai amenée au bloc opératoire pour comprendre ce qui se passait, mais elle n'a pas eu besoin de chirurgie. Une fois qu'elle sera installée, vous pourrez la voir. Je vais demander à une infirmière de venir vous chercher.

Jackson pressa ses paumes contre ses yeux, sentant la brûlure des larmes qu'il refusait de laisser couler. Il ne méritait pas de pleurer, pas quand c'était sa faute, pas quand il les avait abandonnés tous les deux.

Finalement, une infirmière vint les chercher pour les conduire auprès d'elle.

— Jackson. La voix de Lizzie, douce à côté de lui. — Tu veux entrer en premier ?

Il déglutit péniblement. — Je ne sais pas si elle voudra me voir.

— Il n'y a qu'une façon de le savoir, dit doucement Damen.

Jackson hocha la tête, se forçant à se lever. Ses jambes semblaient de bois, lointaines. La marche jusqu'à la salle de réveil serait la plus longue de sa vie.

Mais il y parviendrait. Et cette fois, il resterait.

Si elle voulait bien de lui.

CHAPITRE 22

Ashley flottait entre différentes couches de conscience, percevant d'abord l'odeur antiseptique, puis le bip régulier des moniteurs, et enfin la pression chaleureuse d'une main tenant la sienne. Ses doigts tressaillirent, et la main se resserra.

— Salut, fit la voix de Jackson, rauque d'émotion.

Elle cligna des yeux, la chambre se mettant lentement au point. Jackson était assis à côté de son lit, débraillé et mal rasé, sa mâchoire assombrie par ce qui pourrait être un bleu. Mais il était là.

— Les bébés, murmura-t-elle, la gorge sèche. Ils vont bien.

Son front se plissa. — Les bébés ?

Un léger sourire étira ses lèvres. — Des jumeaux. Le médecin m'a montré l'échographie. C'est pourquoi, fit-elle en indiquant faiblement son corps, l'un des placentas est bas. Mais ils vont bien tous les deux. Des battements de cœur forts.

La main de Jackson trembla dans la sienne. — Des jumeaux ? Sa voix se brisa. Tu es sûre ?

— Mmm-hmm. J'ai besoin de repos au lit pendant un moment, mais... Elle étudia son visage, le jeu des émotions qui s'y affichaient. Tout devrait bien se passer.

— Mon Dieu, Ashley. Il pressa sa main contre son front. Quand Damen a appelé... quand j'ai vu tout ce sang... Ses épaules tremblèrent. J'ai cru t'avoir perdue. Tout perdu.

— Je suis toujours là. Elle serra ses doigts.

— Je suis tellement désolé. Il leva les yeux, des larmes coulant sur ses joues. J'avais tellement peur de ne pas être à la hauteur.

— Jackson—

— Non, laisse-moi finir. Il se rapprocha, tenant maintenant ses deux mains dans les siennes. Ce soir, en te regardant être chargée dans cette ambulance, je ne pouvais plus respirer. Plus réfléchir. Et j'ai réalisé que toutes mes craintes concernant l'avenir, ce qui pourrait arriver ? Rien de tout ça n'a d'importance. Le seul avenir que je ne peux pas affronter, c'est un avenir sans toi.

Ashley sentit des larmes monter à ses propres yeux. — Tu le penses vraiment ?

— De tout mon être. Il caressa ses jointures de son pouce. Je t'aime jusqu'à la fin des temps et au-delà, et je veux tout ça. Si tu veux bien me reprendre, bien sûr. J'ai été un con. J'espère que tu pourras me pardonner.

— Deux bébés, l'interrompit-elle doucement. Tu es sûr de vouloir t'engager pour ça ?

Un rire s'éleva à travers ses larmes. — Deux bébés parfaits, probablement psychiques ? Avec toi ? Il se pencha en avant, appuyant son front contre le sien. C'est exactement l'avenir que je veux.

— Je t'aime aussi, chuchota-t-elle. Même quand tu te comportes comme un idiot.

Son souffle effleura ses lèvres.

Quand il l'embrassa, ce fut doux, révérencieux, avec un goût de sel et de promesses. Les moniteurs émettaient des bips réguliers, marquant le temps, et quelque part en elle, deux petits cœurs battaient à l'unisson avec le sien.

Comme en réponse à ses pensées, la main libre de Jackson vint se poser légèrement sur son ventre. — Des jumeaux, murmura-t-il contre ses lèvres, l'émerveillement dans sa voix.

— Effrayé ?

— Terrifié. Il sourit. Mais pour toutes les bonnes raisons maintenant.

Ashley ferma les yeux, se laissant couler dans la chaleur de sa présence. L'avenir était encore voilé, encore plein d'incertitudes, mais ceci — ce moment, cet amour — était d'une clarté cristalline.

Ashley observait les ombres danser sur le plafond de la chambre d'hôpital, projetées par la faible lumière filtrant à travers les stores partiellement fermés. La respiration douce et régulière de Jackson, assis dans le fauteuil inclinable à côté de son lit, créait un rythme apaisant dans la pièce silencieuse. Sa main avait glissé de la sienne alors qu'il s'était endormi, mais elle restait proche, posée sur le bord de son matelas.

Les événements de la nuit semblaient irréels maintenant. La terreur du saignement, la course à l'hôpital, tout s'était dissipé dans l'émerveillement de l'image de deux petits cœurs palpitant sur l'écran de l'échographie.

Des jumeaux.

Ce mot lui procurait encore un frisson de joie.

Elle pressa doucement sa paume contre son ventre, faisant attention à la perfusion. — Vous nous avez fait peur ce soir, murmura-t-elle. Le moniteur à côté d'elle émit un bip léger en réponse.

Jackson bougea dans son sommeil, son visage paisible maintenant que la peur et la culpabilité s'étaient apaisées.

Elle étudia la ligne forte de sa mâchoire, le léger bleu qui s'y assombrissait. Elle devrait l'interroger à ce sujet plus tard.

Il serait un père formidable. Elle pouvait déjà l'imaginer : lui lisant des histoires, leur apprenant à faire du vélo, et les protégeant farouchement des ombres du monde.

Cette pensée fit naître une chaleur différente dans sa poitrine. Ces bébés ne connaîtraient jamais l'incertitude dans laquelle Jackson avait grandi. Une enfance ruinée, l'obligation de grandir trop vite pour s'occuper de ses petits frères.

Ils auraient deux parents qui les aimeraient, qui les comprendraient, quoi qu'il arrive.

Sa main traçait de petits cercles sur son ventre tandis qu'elle réfléchissait à l'étrange brouillard qui obscurcissait ses visions. Le timing avait du sens maintenant — cela avait commencé à peu près au même moment que sa grossesse. Peut-être que les bébés montraient déjà des signes de leur héritage, puisant inconsciemment dans son énergie, dans sa capacité.

Son arrière-grand-mère avait toujours dit que le don se transmettait plus fortement aux femmes de leur lignée. Elle se souvenait d'être assise à la table de cuisine de sa mère quand elle était enfant, regardant sa grand-mère et sa mère échanger des regards complices au-dessus de leurs tasses de thé, parlant à demi-mots de choses que seules elles pouvaient voir.

Ses enfants partageraient-ils cette connexion ? Comprendraient-ils le poids et la merveille de voir au-delà du moment présent ?

Quoi qu'il en soit, elle savait avec une soudaine clarté qu'ils seraient aimés. Protégés. Compris.

Jackson marmonna quelque chose dans son sommeil, sa main tressaillant vers la sienne. Ashley entrelaça ses doigts aux siens, sentant le battement régulier de son pouls contre sa peau.

Les moniteurs émettaient leur tranquille berceuse. Dehors, les pas feutrés d'une infirmière de nuit passaient.

Les paupières d'Ashley s'alourdirent tandis que l'épuisement commençait enfin à l'emporter sur l'adrénaline de la journée.

Alors qu'elle glissait vers le sommeil, elle crut sentir quelque chose — le plus léger frémissement, comme des ailes de papillon à l'intérieur d'elle. Trop tôt pour un mouvement, elle le savait, mais peut-être, juste peut-être, c'étaient ses bébés qui tendaient la main, lui faisant savoir qu'ils étaient là.

Et qu'ils allaient bien.

Ashley était adossée contre les oreillers de l'hôpital, une main posée distraitement sur son ventre pendant que le médecin parlait. Jackson était perché sur le bord de son lit, son pouce dessinant de petits cercles sur son genou à travers la fine couverture.

— Le saignement s'est complètement arrêté, dit le Dr Matthews en jetant un coup d'œil à son dossier. Mais nous devons rester prudents. J'aimerais vous garder en observation jusqu'à mercredi.

— Si longtemps ? Ashley tenta de cacher sa déception.

— Avec des jumeaux et un placenta prævia, nous ne pouvons pas prendre de risques. Il leva les yeux, son expression gentille mais ferme. — Et quand vous rentrerez chez vous, vous aurez besoin d'un repos complet au lit pendant au moins les huit prochaines semaines.

La main de Jackson se resserra sur son genou. — Définissez repos complet au lit.

— Visites aux toilettes, douches très brèves avec assistance, et peut-être une heure ou deux dans un fauteuil confortable. Sinon, au lit. Le médecin soutint le regard d'Ashley. — Pas de station debout prolongée, pas de port de charges, pas de tâches ménagères. Rien qui exerce une pression sur le col de l'utérus.

Ashley ferma brièvement les yeux. — Le mariage de ma meilleure amie est ce samedi.

— Ashley... commença Jackson.

— S'il vous plaît, dit-elle. Je suis demoiselle d'honneur. Lizzie a besoin de moi là-bas.

Le médecin réfléchit à cela. — Si, et seulement si, l'infirmière de soins à domicile rapporte de bons résultats vendredi, vous pourriez y assister en fauteuil roulant pour la cérémonie. Deux heures maximum, puis directement au lit.

Un soulagement l'envahit. — Merci.

— Ne me remerciez pas encore. Il fit une note sur son dossier. — Au fur et à mesure que la grossesse progresse et que votre utérus s'agrandit, le placenta devrait remonter naturellement. Mais d'ici là, toute activité pourrait déclencher un nouveau saignement.

Après le départ du médecin, Ashley poussa un long soupir. — Je vais devoir engager quelqu'un. Pour la boutique, et peut-être de l'aide à la maison.

— C'est déjà réglé. Jackson se repositionna pour lui faire face complètement. — J'ai appelé mes frères ce matin. Ils vont prendre en charge les contrats de sécurité.

— Jackson, non. Ton entreprise...

— Peut fonctionner sans moi. Il prit ses deux mains dans les siennes. — Je ne te laisse plus seule. Pas une minute.

Elle étudia son visage, voyant la détermination, l'amour. — Tu as vraiment l'intention de faire ça ? Être mon infirmier pendant deux mois ?

— Aussi longtemps que nécessaire. Ses yeux s'adoucirent. — Toi et ces bébés êtes ma priorité maintenant. Tout le reste peut attendre.

— Ce ne sera pas facile, et ce sera probablement très ennuyeux, l'avertit-elle, bien que son cœur se réchauffe à ses paroles.

Il posa sa main sur la sienne, sur son ventre. — On trouvera une solution.

Une infirmière apparut dans l'embrasure de la porte, interrompant ce moment.

Tandis que Jackson posait des questions à l'infirmière, Ashley vit leur avenir se dérouler — non pas dans des flashs psychiques, mais dans l'inquiétude qu'il avait pour elle, la tendresse de son toucher et son engagement.

Deux mois ne semblaient soudain plus si longs après tout.

CHAPITRE 23

L e soleil du petit matin inondait la cuisine à travers les fenêtres tandis que Damen faisait glisser une autre crêpe Mickey Mouse dans l'assiette de Dani.

Elle était perchée à genoux sur sa chaise, encore en pyjama licorne, arrangeant soigneusement des myrtilles pour former un sourire sur le visage de sa crêpe.

— Papa, fais les oreilles plus grandes la prochaine fois, ordonna-t-elle en penchant la tête pour examiner son œuvre culinaire. Elles ressemblent plus à des oreilles de chat.

— Oui, chef, rigola Damen en versant plus de pâte. Je crois que tu deviens simplement plus exigeante sur l'esthétique de tes crêpes.

Ethan tapait son gobelet à bec contre le plateau de sa chaise haute, babillant « pa pa pa » entre les bouchées de morceaux de crêpe déchirés. Une traînée de sirop décorait sa joue.

— J'ai appris ce mot à l'école, annonça fièrement Dani. Es-tétique.

— Esthétique, corrigea Damen, essayant de ne pas rire. Et peut-être qu'on évite de commencer par ce mot à l'école, princesse.

Il tendit la main pour essuyer le visage d'Ethan, mais le bébé tourna la tête, souriant avec malice. « Non non non ! »

— Ton nouveau mot préféré, n'est-ce pas, mon bon-homme ? Damen réussit quand même à l'attraper avec le gant de toilette, ce qui lui valut un cri aigu.

— Je peux l'aider à manger ? Dani glissait déjà de sa chaise.

— Finis d'abord ton petit déjeuner, ma puce. Ensuite tu pourras—

Son téléphone vibra sur le comptoir. Damen y jeta un coup d'œil et fronça les sourcils.

— C'est encore les policiers ? demanda Dani en remontant sur sa chaise. Maman dit qu'ils aident à attraper le méchant monsieur.

La poitrine de Damen se serra. Parfois, il oubliait à quel point sa fille était perspicace. Lizzie était à son cours de Pilates ce matin, avec Morgan, qui n'était probablement pas ravi d'avoir cette mission particulière.

— Oui, c'est vrai. Mais maintenant, c'est l'heure des crêpes. Il glissa un autre Mickey dans sa propre assiette et s'assit entre ses enfants. Alors, qu'est-ce qui est prévu aujourd'hui ? À part critiquer les talents de Papa pour faire des crêpes ?

— Maria a promis qu'on pourrait faire des cookies ! dit Dani la bouche pleine. Et je veux montrer à Ethan comment construire un fort avec les coussins du canapé.

— Ça me semble bien. Damen tendit la main pour ébouriffer ses boucles, puis attrapa le gobelet d'Ethan avant qu'il ne tombe par terre. Mais peut-être qu'on fera un fort moins haut que la dernière fois. Je crois que l'équipe de nettoyage est encore traumatisée.

Ethan choisit ce moment pour se mettre une poignée de crêpe dans les cheveux, tout en gloussant.

— Non non non ! imita Dani la phrase préférée de son frère, éclatant de rire.

Le téléphone de Damen vibra à nouveau, mais il l'ignora, se concentrant plutôt sur les visages de ses enfants, gravant dans sa mémoire ce moment paisible avant que le chaos de la journée ne commence. Le sourire sirupeux d'Ethan alors qu'il portait son petit déjeuner comme une couronne, le rire contagieux de Dani, la joie simple d'un petit déjeuner en famille.

Il pensa à Ashley et Jackson et sourit intérieurement, sachant que les choses semblaient bien se passer de ce côté aussi.

Puis son téléphone vibra une troisième fois, et la réalité commença à s'imposer de nouveau.

Damen se massa les tempes alors que son téléphone vibrait pour la quatrième fois en dix minutes. La cuisine était un chaos — un beau chaos familier — mais un chaos tout de même.

Ethan rampait à toute vitesse derrière Dani dont les gloussements résonnaient. Elle le poursuivait autour de l'îlot central. Maria fredonnait une chanson pop espagnole, l'odeur de cannelle et de sucre embaumait l'air. Dehors, le rugissement des souffleuses à feuilles rivalisait avec celui des aspirateurs à l'intérieur.

Son téléphone vibra de nouveau. L'Agent Reynolds cette fois.

— Damen à l'appareil.

— Nous devons avancer le calendrier. Mon équipe pense—

— Un instant. Damen attrapa Ethan juste avant qu'il ne puisse toucher la porte brûlante du four. Princesse, baisse d'un ton. Et arrête de courir après ton frère.

— Mais papa, il adore ça ! protesta Dani, ses boucles blondes rebondissant.

— Pas de mais. Va aider Maria avec les biscuits.

L'agent du FBI s'éclaircit la gorge. « Comme je disais... »

Le téléphone fixe sonna. Maria répondit, puis appela : « M. Damen ! La police d'État ! »

— Agent Reynolds, je vous rappelle dans cinq minutes. Damen raccrocha avant que l'homme ne puisse protester et saisit le téléphone fixe, calant Ethan sur sa hanche. C'est Damen.

— Inspecteur Martinez à l'appareil. Nous avons mis en place une surveillance du côté ouest de—

Son portable vibra encore. La police locale.

— Inspecteur, pouvez-vous patienter un instant ? Sans attendre la réponse, il vérifia le message.

Besoin de confirmation du plan, URGENT. Lt. Parker

— Bon sang, marmonna Damen. Il reprit le fixe. Désolé, Inspecteur. Vous disiez ?

Dani apparut à son coude, tirant sur sa chemise. « Papa, je peux lécher la cuillère ? »

La sonnette retentit. Maria annonça quelque chose à propos de l'équipe de nettoyage qui avait besoin d'indications pour l'étage.

Son portable vibra encore. Ethan tendit la main vers l'appareil, babillant.

— Inspecteur, je vais devoir vous rappeler. Damen raccrocha et s'accroupit au niveau de Dani, tout en maintenant Ethan en équilibre. Ma puce, peux-tu être la petite assistante de papa et dire à Maria de s'occuper de l'équipe de nettoyage ?

Elle hocha solennellement la tête, fière de cette mission importante, et fila à toute vitesse.

Son téléphone affichait trois appels manqués et six SMS. Au lieu d'y répondre, il ouvrit sa conversation avec Jackson :

Mec, je te dois des excuses pour ce coup de poing. Mais plus que ça, ta tête agaçante me manque. Ces types des forces de l'ordre me rendent dingue. Je suis presque sûr qu'ils vont finir par faire tuer quelqu'un avec leurs conneries territoriales.

Envoyé.

Son téléphone sonna immédiatement — l'Agent Reynolds encore.

— Écoutez, répondit Damen, en faisant rebondir Ethan qui commençait à s'agiter, si vous n'arrivez pas tous à vous mettre d'accord, ça ne marchera jamais. J'ai le FBI qui veut accélérer les choses, la police d'État qui met en place une surveillance sans coordination, et la police locale qui réclame des détails qu'ils devraient déjà avoir.

— Nous avons juridiction...

— Je me fiche de qui a juridiction ! s'écria Damen d'une voix si forte que Maria jeta un coup d'œil vers lui. Il baissa le ton. Ma future épouse ne mettra pas un pied sur une opération tant que vous n'aurez pas décidé qui est responsable et établi un plan solide. C'est clair ?

Silence à l'autre bout.

— Et autre chose : la prochaine personne qui m'envoie un message à ce sujet sera bloquée. Organisez une foutue conférence téléphonique et réglez ça. Il termina l'appel et s'affala contre le comptoir.

Maria fit glisser un cookie chaud vers lui. — Des problèmes, Monsieur Damen ?

— Je regrette juste la sale tronche de Jackson. Il mordit dans le cookie tandis qu'Ethan tendait la main pour l'attraper. Et je me demande combien d'agences de police je peux mettre en colère en une seule matinée.

Son téléphone vibra à nouveau. Il leva les yeux au plafond et compta jusqu'à dix.

Dani réapparut avec du chocolat étalé sur le visage. — Papa, on peut aller nager ?

— Pas maintenant, princesse. Damen l'embrassa sur le front. Pourquoi n'irais-tu pas jouer dans le salon un moment ? Tu peux emmener le transat de ton frère là-bas ?

Comme sur un signal, les deux téléphones sonnèrent simultanément.

— Maria, appela Damen par-dessus son épaule alors qu'il se dirigeait vers son bureau, Ethan toujours sur sa hanche, je vais avoir besoin de plus de cookies.

Damen se pinça l'arête du nez tandis que l'Agent Reynolds discourait sur les protocoles juridictionnels lors de leur fameuse conférence téléphonique. Par la porte ouverte de son bureau, il entendit les bruits familiers de Lizzie qui rentrait de son entraînement matinal. La voix excitée de Dani résonna dans le couloir, couvrant momentanément le monologue monotone de Reynolds.

— ...et je vous le répète, nous avons besoin d'une confirmation avant de commencer à faire des appels. Il lutta pour garder une voix posée, observant à travers l'embrasure de sa porte Lizzie qui passait, son sac de sport sur l'épaule. Les aspirateurs bourdonnaient à l'étage, aggravant son mal de tête grandissant.

Par la porte ouverte, il apercevait ce qui semblait être la construction d'un fort élaboré dans le salon. La voix de Dani s'éleva à nouveau. Quelque chose à propos d'un château et d'une visite. Malgré sa frustration, le coin de sa bouche tressaillit face à l'enthousiasme de sa fille.

— La voiture correspond parfaitement à la description, disait l'Agent Reynolds. Damen aperçut Lizzie qui s'approchait de son bureau et lui fit signe d'entrer, activant immédiatement le haut-parleur. Peut-être pourrait-elle l'aider à démêler ce cirque.

— Même modèle, même année, abandonnée sur un parking de supermarché.

La voix du Détective Martinez grésilla à travers le haut-parleur. — Mais pas de correspondance de plaque ?

— Le véhicule n'avait pas de plaques, intervint le Lieutenant Parker. Damen résista à l'envie de se cogner la tête contre son bureau. Trois agences différentes, trois programmes différents, et la sécurité de sa femme en jeu. Les caméras du magasin montrent un homme et une femme correspondant à la description de Gates et Janessa qui s'y garent. Ils sont partis à pied.

Damen observa Lizzie s'affaisser dans le fauteuil en face de lui, remarquant la tension dans ses épaules. — Donc, nous avons un peut-être pour la voiture et un possible pour Janessa, résuma-t-il, la mâchoire serrée. Et vous voulez impliquer Lizzie dans ce bordel ?

La dispute qui éclata entre les trois agences le mit hors de lui. Il frappa du plat de la main sur son bureau. — Ça suffit !

Tandis qu'il exposait ses conditions, il garda les yeux fixés sur Lizzie, alors qu'ils écoutaient tous deux les réactions des personnes au téléphone. Le chœur de protestations provenant du haut-parleur ne faisait qu'alimenter sa détermination à la protéger.

— La plupart ne suffit pas, a-t-il rétorqué sèchement quand Parker a essayé de l'apaiser avec des recherches partielles d'hôtels. Pour établir un plan impliquant Lizzie, nous avons besoin de meilleures garanties pour sa sécurité. En ce moment, je n'y crois pas.

Quand Reynolds a suggéré une rencontre à Marathon vers midi, Damen a consulté sa montre. C'était faisable, mais il n'allait pas les laisser s'en tirer si facilement. — D'accord. Et je veux des mises à jour toutes les deux heures, d'une seule personne. Décidez qui ce sera et rappelez-nous.

Il a appuyé sur le bouton de fin d'appel avec plus de force que nécessaire. Le silence qui a suivi n'a été rompu que par la voix de Dani flottant dans le couloir : — Non, Ethan ! Ne mange pas les guirlandes lumineuses !

En regardant Lizzie retourner vers leurs enfants, Damen s'est affalé dans son fauteuil. Son téléphone affichait déjà trois nouveaux messages. Il les a tous ignorés et a mis son téléphone en mode silencieux.

Si ces agences voulaient jouer avec la sécurité de Lizzie, elles allaient découvrir exactement à qui elles avaient affaire.

Il a attrapé ses clés et son téléphone, se dirigeant vers le chaos du fort dans le salon. Ils avaient un peu de temps avant de devoir partir pour Marathon. Juste assez pour voir la dernière prouesse architecturale de sa fille et peut-être voler quelques instants de paix avant de replonger dans ce pétrin.

CHAPITRE 24

Les muscles de Lizzie bourdonnaient agréablement après la séance de Pilates du matin tandis qu'elle regardait Dani organiser ses peluches dans la « salle du trône » du fort. L'exercice avait aidé à apaiser ses pensées agitées, ne serait-ce que temporairement. Elle était reconnaissante que Damen ait insisté pour qu'elle y aille quand même, malgré tout ce qui se passait dans leur vie.

Son téléphone vibra — Ashley.

— Comment va le patient ? demanda doucement Lizzie en s'éloignant du fort.

— Il s'ennuie déjà. Jackson est formidable, dit Ashley avant de marquer une pause. Comment tu tiens le coup ?

— Je... Lizzie observa Ethan qui tentait de ramper dans un tunnel de draps. Je fais avec.

— Et la police ?

— Ils rendent Damen complètement fou en ce moment. On va bientôt à Marathon pour une réunion, et pour essayer de faire sortir ce type de sa cachette. Ils pensent avoir trouvé la voiture de Janessa et Gates. Mais ils ne sont pas sûrs de l'endroit où ils ont fini. Damen essaie de gérer toutes ces agences. Elles se comportent comme des enfants qui se disputent un jouet.

— C'est si grave ?

— Pire encore. Le FBI, la police d'État et la police locale veulent tous diriger l'opération. Lizzie baissa encore la voix. Je n'arrête pas de penser à elle, Ash. À ce qu'elle doit traverser en ce moment. S'il lui fait du mal...

— Hé, l'interrompit Ashley. Ne va pas par là. Concentre-toi sur ce que tu peux contrôler.

— Maman ! appela Dani. Ethan essaie encore de manger les guirlandes !

— En parlant de contrôle, dit Lizzie avec un petit rire. Je devrais y aller. Transmets notre amour à Jackson.

— Sois prudente, Liz. S'il te plaît.

— Comme toujours.

Elle mit fin à l'appel juste au moment où Damen apparaissait dans l'encadrement de la porte, clés en main. « Presque prête ? »

Lizzie hocha la tête, observant Maria qui prenait Ethan dans ses bras et le distrayait avec un jouet. Dani était déjà plongée dans une explication détaillée des procédures d'entretien du fort à leur nounou.

— Ils seront bien, dit doucement Damen, lisant dans ses pensées.

— Je sais. Elle redressa les épaules. C'est juste... et si cette réunion était une perte de temps ? Si on n'était pas du tout près de la retrouver ?

— Alors on continuera à chercher. Il consulta sa montre. La voiture est devant quand tu seras prête.

Lizzie s'agenouilla à l'entrée du fort. « Dani, chérie, Maman et Papa doivent aller à une réunion. Tu seras sage avec Maria ? »

— Je peux ajouter plus de guirlandes pendant votre absence ?

— Tant que tu les gardes hors de la bouche de ton frère. Lizzie lui embrassa le front, puis se déplaça pour embrasser la joue d'Ethan. Le bébé agrippa ses cheveux en babillant.

Son téléphone vibra à nouveau : numéro inconnu. La main de Lizzie trembla légèrement tandis qu'elle montrait l'appel à Damen.

— Ne réponds pas. La police doit localiser sa position, et ils n'ont visiblement pas encore réussi. Prête à partir ? demanda Damen.

Non, pensa-t-elle. Mais elle hocha la tête quand même, le suivant jusqu'à la voiture. Prête ou pas, ils devaient faire tout leur possible pour retrouver Janessa avant qu'il ne soit trop tard.

Lizzie regardait défiler le paysage familier des Keys, avec des mangroves et de l'eau de chaque côté de l'US-1. La climatisation bourdonnait doucement, masquant presque son soupir.

— Ashley a appelé tout à l'heure, dit-elle, brisant leur silence confortable.

— Ah bon ? Damen ajusta ses lunettes de soleil. Comment va-t-elle ?

— Stable, plus de saignements. Ils vont la garder encore quelques jours. Elle devra rester alitée à la maison jusqu'à ce que l'utérus s'étire et que le placenta se déplace.

— Jackson est toujours là-bas ?

— Il ne quitte pas son chevet. Lizzie sourit doucement. Elle dit qu'il est incroyablement protecteur.

— On ne peut pas lui en vouloir. Avoir failli la perdre... Damen secoua la tête. Ça change rapidement ta perspective.

— Ils seront des parents formidables. Lizzie observa un pélican plonger dans l'eau. Mais Ashley va devenir folle à rester au lit. Tu sais comment elle est, toujours en mouvement.

— Jackson va gérer. Il va probablement lui construire tout un centre de commandement mobile dans la chambre.

— Avec plusieurs écrans et un mini-frigo ?

— Connaissant Jackson ? Probablement un système de surveillance complet aussi. Damen rit, et ils se sourirent parce que c'était exactement ce que Damen aurait fait.

— Je suis juste contente qu'elle aille bien. C'était effrayant. Lizzie tendit la main pour la joindre à la sienne. Ce qu'elle essayait de nous dire hier soir à propos de sa vision, c'était tellement décousu. Je ne sais pas comment l'interpréter, ni même si je devrais l'interpréter.

— Ouais. Il croit qu'il te sauve. Je me souviens de cette partie.

— A-t-on eu des nouvelles sur le passé de Leland ? Son internement quand il était plus jeune ? demanda Lizzie après plusieurs instants de silence.

— Non. Damen se redressa. Jackson devait parler à ce flic à la retraite aujourd'hui. Je l'appellerai plus tard pour voir ce qu'il a découvert. Damen sortit son téléphone à un feu rouge, tapant rapidement. Voilà. Je note de l'appeler plus tard. Ça pourrait nous aider à comprendre à quoi nous avons affaire.

— Si on le trouve d'abord, murmura Lizzie, observant un groupe de touristes vacillant sur des vélos de location.

Soudain, la voiture fit une embardée vers la droite. Un fort éclatement suivi d'un battement rythmique fit jurer Damen à voix basse tandis qu'il les guidait sur l'accotement.

— Un pneu ? demanda Lizzie, connaissant déjà la réponse.

— Un pneu. Damen se rangea aussi loin de la route que possible, le gravier crissant sous leurs roues. Ils avaient crevé dans la pire section de route possible, une longue chaussée à deux voies avec très peu d'accotement. C'était un endroit dangereux pour tomber en panne, avec les voitures qui filaient à toute vitesse. Il regarda sa montre. Nous ne sommes qu'à vingt minutes, mais...

— Mais maintenant nous serons en retard. Lizzie regarda en arrière le long de l'autoroute déserte. Le soleil battait impitoyablement, les vagues de chaleur déformant l'asphalte.

— Je vais appeler l'Agent Reynolds. Damen composait déjà le numéro. Pour leur faire savoir que nous serons... Il fronça les sourcils en regardant son téléphone. Pas de signal.

Lizzie vérifia le sien. Pas de barres.

Une voiture s'approcha derrière eux, ralentissant en passant. Le rythme cardiaque de Lizzie s'accéléra jusqu'à ce qu'elle voie qu'il s'agissait simplement d'un couple de personnes âgées, probablement des touristes, qui accélérèrent de nouveau après les avoir dépassés.

— On a une roue de secours, dit Damen en ouvrant sa portière. La chaleur et l'humidité envahirent immédiatement la voiture. Ça ne devrait pas prendre longtemps.

Lizzie le regarda ouvrir le coffre, puis jeta un nouveau coup d'œil à son téléphone. Toujours pas de signal. Damen jura bruyamment en fouillant dans le coffre.

Elle se dit que cette sensation de fourmillement le long de sa colonne vertébrale n'était due qu'à la chaleur. *Juste un pneu crevé*, pensa-t-elle. Rien de plus.

Damen revint du coffre les mains vides. — Bon sang, tu ne vas pas le croire, mais les deux roues de secours ont disparu. Ce n'est pas le meilleur moment pour me rappeler que j'ai commandé une nouvelle roue de secours il y a quelques semaines quand j'ai eu deux crevaisons sur le chantier. Le mécano a dû prendre la plus petite. Quoi qu'il en soit, on n'en a pas. Lizzie savait que Damen était en colère contre lui-même pour avoir négligé ce genre de détails, lui qui était habituellement si méticuleux.

La nuque de Lizzie picotait de sueur tandis qu'elle observait Damen accroupi près du pneu déchiqueté. Le vrombissement d'un moteur qui approchait la fit se retourner. Des lumières bleues clignotaient dans le soleil de milieu de matinée alors qu'un SUV sombre se garait derrière eux.

— C'est Reynolds, dit Damen en se redressant.

L'agent Reynolds sortit, ses lunettes d'aviateur reflétant la lumière du soleil. — Un problème de voiture ?

— Pneu crevé, Damen fit un geste vers les débris. — Et pas de roue de secours.

— Le réseau est aussi capricieux par ici, dit Reynolds en vérifiant son téléphone. — On devrait récupérer le signal dans environ cinq kilomètres. Il jeta un coup d'œil à sa montre. — On est déjà en train de s'installer au poste. Morris s'impatiente.

Lizzie s'essuya le front du revers de la main. — Évidemment.

— Écoutez, Reynolds changea de posture. — Je peux emmener Lizzie au briefing. Dès que j'aurai du réseau, j'appellerai une dépanneuse pour vous.

La mâchoire de Damen se crispa. Lizzie pouvait lire le conflit sur son visage – le besoin de la garder près de lui luttant contre l'urgence de la situation.

— C'est logique, dit-elle doucement. — On ne peut pas manquer ça tous les deux, et c'est moi dont ils ont besoin pour le trouver.

— Je n'aime pas l'idée qu'on se sépare. La voix de Damen était basse.

— C'est vingt minutes, dit Reynolds. — La dépanneuse peut être là dans un quart d'heure dès que j'aurai passé l'appel. Vous nous aurez probablement devancés au poste.

Un camion passa en rugissant, les enveloppant d'air chaud et de fumées de diesel. Lizzie toucha le bras de Damen. — Il a raison.

Damen regarda tour à tour Lizzie et Reynolds, puis hocha lentement la tête. — Dès que tu as du réseau...

— J'appelle la dépanneuse, confirma Reynolds. — Et vous serez juste derrière nous.

Lizzie serra la main de Damen avant de se diriger vers le SUV de Reynolds. — Promets-moi que tu ne feras rien sans me prévenir, ou que tu ne partiras pas en solo.

— Je te le promets, dit-elle en l'embrassant sur les lèvres. — À tout de suite.

Installée dans le SUV, elle vit Damen rapetisser dans le rétroviseur tandis qu'ils s'éloignaient. Un soldat solitaire sur une route déserte. Son estomac se noua alors qu'ils partaient.

Juste vingt minutes, se dit-elle. Mais pour une raison inexplicable, ces vingt minutes semblaient plus longues que toutes les heures qui les avaient précédées. Elle était nerveuse à l'idée de contacter Leland, mais savait que les officiers de police la guideraient pour dire et faire ce qu'il fallait.

Mais ce serait tellement plus facile avec Damen à ses côtés.

CHAPITRE 25

Jackson ajusta les stores pour tamiser la lumière crue du soleil floridien qui inondait la chambre d'hôpital d'Ashley. Elle s'était enfin assoupie. Sa main était toujours lovée dans la sienne, même dans son sommeil.

Il étudia son visage, paisible maintenant, si différent d'il y a vingt-quatre heures. Il ne s'était jamais senti aussi impuissant de sa vie.

Ashley bougea légèrement, marmonnant quelque chose. Jackson lui lissa les cheveux, et elle se calma à nouveau. Le bip régulier des moniteurs et le grincement occasionnel des chaussures des infirmières dans le couloir créaient une étrange berceuse.

Son téléphone vibra dans sa poche. Retirant délicatement sa main de celle d'Ashley, il vérifia le message : un rappel pour appeler le détective Murphy au sujet de ce qu'il savait concernant le passé de Leland Gates.

Jackson consulta sa montre. Murphy devait être maintenant rentré de sa croisière, et tenant compte de l'avertissement de la police du Maine, il devait appeler avant la soirée.

Il regarda à nouveau Ashley, s'assurant qu'elle dormait profondément avant de se glisser sur le petit balcon privé. Les avantages d'avoir un meilleur ami qui était un donateur important de l'hôpital après que Lizzie et Dani y aient toutes deux séjourné il y a à peine deux ans.

Ce souvenir le fit frissonner, lui rappelant l'époque où Ashley et lui avaient cherché désespérément un moyen de briser une malédiction surnaturelle qui les avait rendus malades. Même aujourd'hui, il n'arrivait pas à croire que cela leur était arrivé, tant c'était surréaliste. Mais cela lui avait apporté Ashley.

La vue sur l'eau s'étendait à perte de vue.

Jackson sélectionna le numéro que son contact lui avait envoyé et appuya pour appeler. Il était temps de fouiller dans le passé de l'homme qui menaçait leur présent.

Murphy répondit à la deuxième sonnerie. — Frank Murphy à l'appareil. La voix était rauque mais claire.

— Détective Murphy, c'est Jackson Peters. Le détective Morrison de la police de Bangor m'a donné votre numéro. Je suis un détective privé travaillant sur une affaire impliquant Leland Gates. Elle pensait que vous pourriez peut-être nous éclairer sur le sujet.

Un sifflement bas traversa la ligne. — Nom de Dieu. Voilà un nom que je ne m'attendais pas à entendre à nouveau. Leland Gates. Ouais, que voulez-vous savoir ?

— Pouvez-vous me dire ce qui s'est passé pour qu'il soit interné à Bridgewater ?

— Eh bien, je me souviens de cette nuit comme si c'était hier. Certaines affaires vous collent à la peau, vous voyez ce que je veux dire ? Celle-ci me hante encore aujourd'hui.

Jackson déglutit profondément, intrigué, mais son instinct lui donnait soudain froid dans le dos.

— Laissez-moi vous dépeindre la scène, mon gars. Mars 2009. Une sale nuit – du grésil qui tombait en rafales. On a reçu un appel du voisin disant qu'ils avaient entendu des cris venant de chez les Gates. Rien d'inhabituel là-dedans ; cette famille se disputait constamment. Un père très strict, une mère pâle et silencieuse. On n'avait jamais eu de problèmes avec les enfants, vraiment. Mais quelque chose semblait différent cette fois-ci.

À travers le téléphone, Jackson entendit des glaçons tinter dans ce qu'il espérait n'être qu'un verre d'eau. — Continuez.

— Je suis arrivé à cette maison, perdue dans les bois, avec les lumières de Noël encore accrochées en mars. On a trouvé la porte d'entrée grande ouverte, ce qui était étrange vu le temps. Jackson savait que le Maine serait encore assez glacial au début du printemps. — Puis on a vu le sang sur la neige.

Murphy fit une pause, et Jackson l'entendit prendre une gorgée. — À l'intérieur... eh bien, à l'intérieur, c'était une toute autre histoire. On a trouvé Mme Gates dans la cuisine. Multiples coups de couteau. M. Gates était dans son fauteuil. On aurait dit qu'il ne s'était même pas levé, il n'a probablement rien vu venir. La petite sœur et les frères... Sa voix s'étrangla légèrement. On les a trouvés à l'étage. Encore en pyjama.

L'estomac de Jackson se retourna. — Et Leland ?

— On l'a trouvé dans le sous-sol, couvert de sang, jouant avec les poupées de sa sœur comme si rien ne s'était passé. Calme comme tout. Il n'arrêtait pas de dire qu'on devait être silencieux parce que tout le monde dormait. Murphy s'éclaircit la gorge. — Vingt-huit ans dans la police, et je n'ai jamais rien vu de tel. Des petits enfants égorgés pendant qu'ils dormaient dans leurs propres lits. Le niveau de violence... et puis ce calme sinistre après.

Jackson inspira profondément, assimilant tout ce qui était dit. Au téléphone, il entendit Murphy avaler difficilement.

— Pourquoi a-t-il fait ça ?

— Il nous a dit qu'il devait les sauver, sauver sa famille, les libérer de leur captivité.

— Étaient-ils retenus par quelqu'un ? demanda Jackson.

— Non. Rien de ce genre. Aucun groupe religieux ou influence extérieure que nous ayons pu identifier à l'époque. Le gamin a simplement décidé de tuer toute sa famille. Le procureur voulait le juger comme un adulte, mais l'évaluation psychiatrique... disons simplement que Bridgewater était la seule option. Il n'avait que quatorze ans, mais il savait exactement ce qu'il faisait. Il avait tout planifié. Il a attendu que tout le monde soit là où il le voulait dans la maison, et les a tous tués.

Jackson prenait des notes, l'esprit en ébullition. — Et il n'a montré aucun remords ?

— Aucun. C'est ce qui m'a frappé. Pas la moindre émotion. Comme s'il venait juste de terminer ses devoirs ou quelque chose du genre. Murphy fit une nouvelle pause. — Écoutez, j'ai entendu dire qu'il était sorti il y a quelques années. S'il est sur votre radar, surveillez-le. Ce genre de noirceur ne disparaît pas comme ça. Je me fiche qu'un travailleur social pense qu'il est réhabilité ou pas.

— Qu'est-ce qui vous fait dire ça ?

— Les poupées, mon gars. Il les avait positionnées exactement comme sa famille. Il avait recréé toute la scène pendant qu'il attendait qu'on le trouve. Et tout ce temps, il continuait à sourire, nous disant d'être silencieux parce que tout le monde dormait. La voix de Murphy s'était alourdie.

— Le regard dans ses yeux. On n'oublie pas quelque chose comme ça.

— Merci, Détective. Cela a été extrêmement utile.

— Un conseil ? Quoi qu'il fasse maintenant, ne le sous-estimez pas. Ce gamin avait tout le monde dans sa poche - professeurs, conseillers, voisins. Tous disaient quel gentil garçon calme il était. Jusqu'à ce qu'il ne le soit plus. La voix du détective monta d'un ton. — Qu'est-ce qu'il a fait maintenant, si ça ne vous dérange pas que je vous demande ?

Jackson hésita un moment, assimilant les informations stupéfiantes sur le passé de Leland. — Il a enlevé deux femmes, et nous pensons qu'il prévoit d'en utiliser une comme levier pour empêcher une autre femme d'épouser son fiancé samedi prochain.

— Merde. Murphy jura. — J'ai vu quelque chose à ce sujet aux informations, l'enlèvement dans le Maine. Une des femmes est votre cliente, ou vous travaillez avec les flics ?

— Un peu des deux, admit Jackson, ne souhaitant pas partager tous les détails.

— Je serais très prudent en traitant avec lui. On dirait qu'il est retombé dans la folie. Vous vous souvenez de ce que j'ai dit ? Il pensait sauver sa famille en leur tranchant la gorge.

Un frisson glacial parcourut les veines de Jackson.

Après avoir terminé l'appel, Jackson resta immobile. Par la porte du balcon, il pouvait voir la poitrine d'Ashley se soulever et s'abaisser pendant qu'elle dormait, une main posée de manière protectrice sur son ventre.

Si Leland était obsédé par l'idée de « sauver » Lizzie... Jackson ne voulait pas terminer cette pensée.

Les doigts de Jackson tambourinaient contre la rambarde du balcon tandis que le téléphone de Damen l'envoyait directement sur la messagerie une fois de plus. Il termina l'appel et essaya le numéro de Lizzie. Même résultat.

— Allez, marmonna-t-il en tapant un message à Damen : *Appelle-moi URGENT. Infos importantes sur Gates.*

Un léger coup à la porte attira son attention vers l'intérieur. Ashley se réveillait tandis qu'un technicien poussait un appareil d'échographie.

— Bonjour, désolée de déranger votre sieste. Je suis Nicole, et je suis là pour faire une échographie afin de vérifier comment vont vos petits.

Jackson glissa son téléphone dans sa poche. Ashley tendit la main vers la sienne et la serra.

— Tu ne les as pas encore vus, dit-elle d'une voix endormie en agrippant sa main.

Nicole sourit en ajustant l'appareil. — Eh bien, voyons ce qu'on peut montrer à Papa. Elle souleva légèrement la blouse d'Ashley. — Ce gel est un peu froid.

Ashley tressaillit au contact, serrant plus fort la main de Jackson. La pièce se remplit d'un rapide bruit de clapotis.

— Voilà, Nicole déplaça légèrement la sonde tandis que Jackson essayait de comprendre les images. — Vous voyez ce battement ? C'est le cœur du bébé A. Beau et fort.

Jackson se pencha plus près de l'écran, hypnotisé par la petite forme pulsante.

— Et... Nicole déplaça à nouveau la sonde. — Voilà le bébé B.

— A et B, la voix d'Ashley se brisa.

— Ils se développent exactement comme prévu. Vous voulez entendre leurs battements de cœur ?

Jackson pouvait à peine respirer tandis que la pièce s'emplissait du son de deux rythmes distincts, rapides et forts.

Son téléphone vibra dans sa poche, mais il ne pouvait détacher ses yeux de l'écran.

— Ils sont parfaits, murmura-t-il en embrassant la tempe d'Ashley tandis que des larmes coulaient sur ses joues.

L'horreur de Gates, les appels manqués, l'enquête – tout s'estompa tandis qu'il regardait ses enfants bouger sur l'écran. Son monde se réduisit simplement à ceci : la main d'Ashley dans la sienne, et ces deux petits battements de cœur.

CHAPITRE 26

D amen consulta sa montre pour la centième fois, la sueur ruisselant dans son dos alors qu'une autre voiture passait en trombe, le secouant d'un souffle brûlant. Une heure et quart. Reynolds avait dit quinze minutes pour la dépanneuse.

Quelque chose n'allait pas.

Son téléphone restait inutilisable. Il avait essayé de marcher le long de l'accotement, cherchant un signal, mais rien. Le soleil brillait au-dessus de sa tête, transformant le bitume en four.

—Erreur de débutant, marmonna-t-il en donnant un coup de pied dans le pneu crevé. Pas de roue de secours. Il avait prévu de la vérifier la semaine dernière. Maintenant Lizzie était seule, probablement en train de se jeter dans un nid de guêpes entre le FBI, la police d'État et la police locale, chacun avec son propre agenda.

La silhouette distinctive d'une dépanneuse apparut enfin à l'horizon. Damen lui fit signe, le soulagement se mêlant à la frustration du retard.

—Désolé, mon gars, lança le conducteur, dont le badge indiquait *Mike*. J'ai été retenu par un accident au nord. La circulation était vraiment bouchée.

Les vingt minutes suivantes passèrent à une lenteur exaspérante tandis que Mike travaillait à sécuriser le véhicule, chaque voiture qui passait les faisant tous deux sursauter. La chaussée n'offrait aucune protection, juste une exposition et des vapeurs d'échappement.

—Montez, dit finalement Mike. La clim fonctionne au moins.

Le trajet jusqu'à Marathon se fit en silence, la jambe de Damen tressautant d'énergie nerveuse. Lizzie essaierait d'aider, essaierait de faire quelque chose. Elle faisait toujours passer les personnes qu'elle aimait avant sa propre sécurité, toujours.

C'est ce qui l'inquiétait. Et le fait que même s'il avait maintenant du réseau, il ne voyait ni textos ni appels de sa part. Il l'appela—messagerie vocale. Il trouva un peu de réconfort dans le fait qu'ils s'étaient promis de ne plus avoir de secrets l'un pour l'autre.

—Le commissariat est juste là, dit Mike en s'arrêtant devant le bâtiment en béton.

—Merci, dit Damen en attrapant son sac, puis il s'arrêta. Attendez, où emmenez-vous ma voiture ?

—Au garage de Jimmie, juste au bout de la route. Fermé le week-end par contre, et il n'ouvrira pas avant lundi. C'est la seule option à environ trente kilomètres à la ronde.

Damen secoua la tête, agitant la main. « C'est bon. »

Parfait. Tout simplement parfait.

Enfin, en entrant dans l'air conditionné du commissariat, la sergente à l'accueil leva à peine les yeux. « Je peux vous aider ? »

—Le Détective Reynolds a amené ma femme ici plus tôt. Pour l'affaire Gates ?

—Ah, oui. Ils ont déplacé les opérations dans l'ancien bâtiment de l'hôpital. Meilleure configuration pour plusieurs agences. À environ dix minutes au nord.

Damen ferma les yeux, comptant jusqu'à cinq. Quand il les rouvrit, la sergente lui tendait une carte. « Dix minutes à pied ou en voiture ? »

—Oh, je ne marcherais pas. Pas de trottoir. Ce serait risquer votre vie. Vous avez besoin d'indications ?

—En fait, un transport serait appréciable, si c'est possible. J'ai eu une crevaison en chemin, pas de roue de secours. Ma voiture vient d'être remorquée au garage de Jimmie.

La réceptionniste le regarda d'un air impassible. « Je vais devoir vérifier si quelqu'un est dans le bâtiment. Ils sont tous sortis sur une affaire... »

—Je connais très bien l'*affaire*, gronda-t-il, trop tard pour se rendre compte de l'effet qu'il produisait. Habituellement une figure intimidante et ancien Navy SEAL avec ses cicatrices et son cache-œil noir de surcroît, de mauvaise humeur il était carrément terrifiant.

La réceptionniste déglutit profondément, les yeux écarquillés. — Je... je peux vous appeler un taxi.

—Non. Non merci, dit Damen en tournant les talons, retournant dans la chaleur impitoyable.

—Tant mieux, parce qu'il n'y a pas de taxis dans le coin, chuchota-t-elle timidement.

Encore dix minutes... de route. Il sortit à nouveau son téléphone en reprenant la route. Toujours pas de signal.

Lizzie a intérêt à aller bien, pensa-t-il, commençant à marcher. Parce que quand il arriverait enfin là-bas, quelqu'un allait payer cher pour ce cirque.

Lizzie était perchée au bord d'une chaise pliante en métal, observant les agents et les officiers qui se déplaçaient avec détermination dans cet ancien hôpital reconverti. Leurs voix résonnaient contre les murs institutionnels, des fragments de conversations flottant autour d'elle.

Elle se frottait les mains, impatiente de récupérer son téléphone. L'équipe technique l'avait emporté dès leur arrivée, il y a maintenant une heure. Elle se sentait déconnectée, isolée.

Le détective Reynolds apparut avec un gobelet en papier rempli d'eau. — Tenez. Ce n'est pas froid, mais c'est mouillé.

—Merci. Elle prit une gorgée, grimaçant au goût métallique. — Quelqu'un a-t-il des nouvelles de Damen ?

Reynolds regarda sa montre. — Ça fait un moment, c'est vrai. Il devrait arriver bientôt. La dépanneuse a probablement été prise dans les embouteillages causés par cet accident dont s'occupe la police d'État.

Ses yeux évitaient les siens, et l'estomac de Lizzie se serra. Quelque chose n'allait pas.

Un regain d'activité près du centre de commandement improvisé attira leur attention. Des agents gesticulaient devant une carte scotchée au mur, avec des cercles rouges marquant plusieurs points le long du front de mer.

—Ils pensent avoir réduit les possibilités ? demanda-t-elle.

Reynolds acquiesça. — Oui, d'après ce que nous avons pu isoler de la vidéosurveillance. Trois emplacements possibles. Tous des endroits où l'on paie uniquement en espèces, avec une sécurité minimale. Le genre d'endroits qui ne posent pas de questions.

—Et Janessa ? Est-ce qu'elle... La voix de Lizzie se brisa.

—Nous surveillons les bâtiments. S'il essaie de la déplacer, nous le saurons.

S'il essaie de la déplacer.

Ces mots envoyèrent un frisson le long de la colonne vertébrale de Lizzie malgré l'air étouffant. Elle se leva, ayant besoin de bouger.

—Mademoiselle Legard, Reynolds se plaça devant elle. — Je sais que c'est difficile, mais vous devez rester dans cette pièce. S'il appelle—

—Je sais. Vous aurez besoin de temps pour localiser sa position. Je dois le faire parler. Elle s'entoura de ses bras. — J'ai juste... j'ai besoin que Damen soit là. Il devrait déjà être arrivé.

Morris cria de l'autre côté de la pièce. — Reynolds ! On a besoin de vous !

—Cinq minutes, promit Reynolds, s'éloignant déjà.

Lizzie s'affaissa dans sa chaise, le métal froid à travers son chemisier léger.

Quelque part dans l'un de ces hôtels miteux, Janessa se demandait si elle survivrait à cette épreuve. Et quelque part dans ce bâtiment, son téléphone restait silencieux, attendant le prochain appel de Leland. Il était arrivé aux Keys, et le moment était venu pour lui d'essayer d'attirer Lizzie dans son piège.

Tout ce qu'elle pouvait faire, c'était attendre. Elle n'avait jamais été douée pour l'attente.

Après près de trente minutes, un technicien se précipita vers elle, tendant le téléphone de Lizzie comme s'il s'agissait d'un fil électrique sous tension.

Les mains de Lizzie tremblaient quand elle le prit, des dizaines de regards la transperçant. L'écran affichait le numéro inconnu. Et pour la centième fois, elle aurait souhaité que Damen soit à ses côtés.

— Rappelez-vous, chuchota l'Agent Reynolds. Faites-le parler.

Elle glissa son doigt pour répondre. — Allô ?

— Lizzie. La voix de Leland était douce. J'essaie de te joindre depuis un moment. C'est agréable d'entendre ta voix.

Sa gorge se dessécha. — Leland. Je... j'étais inquiète.

— Ne t'inquiète pas. Tout se déroule comme prévu. Je suis là pour te sauver, exactement comme tu m'as sauvé.

L'équipe technique se pressait autour de leur équipement, têtes penchées en pleine concentration. Reynolds lui fit un pouce levé.

— Me sauver ? Elle s'efforça de garder une voix stable.

— De ta douleur, Lizzie.

La bile lui remonta dans la gorge. Elle vit Reynolds lui faire signe de continuer, la forçant à chercher quelque chose à dire.

— Est-ce que... est-ce que Janessa va bien ?

— Ne t'inquiète pas pour elle. Elle dort. Il laissa échapper un petit rire. Tu vas venir la sauver, n'est-ce pas ? Tu es une véritable amie, Lizzie. Tout comme moi.

Lizzie agrippa le bord du bureau. — Où es-tu ? Je veux te voir.

— Oh Lizzie, j'ai tellement hâte. Ça a été un long trajet jusqu'ici, un si long trajet. Je suis à l'hôtel Pelican. Chambre 212. Viens seule—nous ne pouvons pas laisser quiconque interférer avec ton salut.

— Je viendrai. Juste... ne lui fais pas de mal.

— Dépêche-toi, Lizzie. J'ai attendu si longtemps.

— J'arriverai aussi vite que possible.

La ligne se coupa.

— On l'a ! cria quelqu'un.

La pièce explosa d'activité.

Les voix se confondaient. Lizzie se dirigea en titubant vers les toilettes des femmes, poussant la lourde porte. Les lumières fluorescentes bourdonnaient au-dessus d'elle tandis qu'elle s'agrippait au lavabo, fixant son reflet.

Où es-tu, Damen ?

Elle s'aspergea le visage d'eau. La conversation avec Leland lui avait glacé le sang. C'était terrifiant d'entendre sa voix après tout ce temps et après ce qu'il avait fait.

La porte grinça. — Lizzie ? appela Reynolds. Vous allez bien ? Nous devons discuter des prochaines étapes.

Lizzie ferma les yeux, l'eau gouttant de son menton.

Prochaines étapes.

— Donnez-moi juste une minute, parvint-elle à dire.

Mais elle savait qu'une minute ne suffirait pas. Rien ne suffirait jusqu'à ce que Damen soit là, jusqu'à ce que Janessa soit en sécurité, jusqu'à ce que ce cauchemar prenne fin.

Une agente entra dans les toilettes des femmes avec un gilet pare-balles, l'examinant de haut en bas. Elle fit un geste vers la tenue de Lizzie. — Voyons comment mettre ça sous vos vêtements.

Lizzie tira sur le pull épais qui lui était peu familier, le Kevlar en dessous rendant chaque mouvement raide et peu naturel. L'agente lui fit un signe de tête encourageant alors qu'elles quittaient les toilettes, mais les mains de Lizzie n'arrêtaient pas de trembler tandis qu'elle essayait de retrouver le calme de sa détermination précédente. — C'est parfait, il ne se doutera de rien.

L'agent Morris se tenait au centre d'un groupe d'officiers, pointant du doigt un diagramme du plan de l'hôtel. — Une fois que Mlle Legard l'aura fait ouvrir la porte—

— Attendez, interrompit Lizzie. Vous voulez que je.. . frappe simplement ?

Ils échangèrent tous des regards.

— Oui, continua Morris, faites-le sortir si vous le pouvez. Notre tireur d'élite sera positionné ici, indiqua-t-il sur le diagramme. Tir net, risque minimal.

Le mot « tir » la frappa comme une gifle. — Vous allez lui tirer dessus ?

— C'est le moyen le plus sûr de neutraliser la menace et de sécuriser l'otage.

— Mais... Lizzie regarda autour d'elle les visages du groupe rassemblé, cherchant quelqu'un qui voyait à quel point cela semblait incorrect. — Et s'il a Janessa juste là ? S'il la tient ? Et si vous le manquez ?

Reynolds fit un pas en avant. — Nous comprenons vos inquiétudes—

— Non, je ne pense pas que vous compreniez. Sa voix s'éleva. — Vous parlez de tirer sur quelqu'un devant moi. Et s'il voit le tireur ? Et s'il me tire à l'intérieur ? Et si—

— Notre équipe est hautement qualifiée.

— Mais pas moi, continua-t-elle, il est malade ! Il a besoin d'aide, pas d'une balle !

Le Kevlar lui semblait maintenant étouffant, comme un étau autour de sa poitrine. — Il doit y avoir une autre façon. Ne pouvons-nous pas attendre Damen ? Il comprendrait.

Morris échangea des regards avec Reynolds. — Nous n'avons pas le temps d'attendre. Gates est instable.

— Exactement ! Alors peut-être que lui tirer dessus n'est pas le meilleur plan ! Lizzie s'entoura de ses bras, le gilet craquant. — Et les négociateurs ? N'avez-vous pas des personnes formées pour ça ?

— Un négociateur a besoin de temps pour établir un rapport, expliqua Reynolds. Du temps dont nous ne disposons pas. Si Gates se rend compte que nous l'avons trouvé et tendu ce piège, il pourrait faire du mal à l'otage.

— Alors à la place, vous voulez que je le piège pour qu'il se fasse tirer dessus ? L'absurdité de tout cela la frappa.

— Mademoiselle Legard... Lizzie...

Elle s'éloigna d'eux, de leurs plans, de leur discussion désinvolte sur la mort. — Je dois parler à Damen. S'il vous plaît. Attendez juste qu'il arrive.

L'agente dont elle portait le pull toucha son bras. — Ma chérie, je sais que vous avez peur—

—Effrayée est un euphémisme. Le dos de Lizzie heurta le mur. — Vous me demandez essentiellement de tuer quelqu'un. Quelqu'un qui souffre de troubles mentaux. Quelqu'un qui m'a fait assez confiance pour m'appeler. Sa voix se brisa. — Je ne peux pas... Je ne peux pas être responsable de ça.

Morris s'avança vers elle, sa voix ferme. — Vous n'en serez pas responsable. Nous le serons. Mais chaque minute d'attente met votre amie en plus grand danger.

Janessa.

Lizzie jeta un coup d'œil à sa photo épinglée au mur. Rien de tout cela n'était de sa faute, elle ne méritait pas d'être au milieu de ce gâchis. C'était elle-même qui était à blâmer, et elle ne savait pas ce qu'elle ferait si Janessa était tuée.

Lizzie devait faire tout ce qu'elle pouvait pour la sauver.

Lizzie ferma les yeux, voyant le visage de Janessa. Quand elle les rouvrit, Reynolds lui tendait une oreillette.

—Nous serons avec vous tout du long, dit-il doucement.

Elle fixa le minuscule appareil, sentant le poids du gilet, des attentes, de la responsabilité l'écraser. Ils n'allaient pas attendre. Et Janessa ne pouvait pas attendre non plus.

D'une main tremblante, elle prit l'oreillette.

CHAPITRE 27

L e pouce de Lizzie flottait au-dessus du contact de Damen. Elle s'éloigna du chaos, trouvant un coin tranquille pendant que les officiers s'affairaient autour d'elle avec leurs radios et équipements.

Directement sur la messagerie vocale.

Elle tapa rapidement un message : *Ils m'utilisent pour t'attirer hors de la chambre d'hôtel. Ils prévoient de te tirer dessus. Où es-tu ?*

— Lizzie, appela Morris. Nous devons y aller maintenant. Le tireur d'élite est en position.

Un officier lui remit les clés d'une Crown Victoria usée. Ses mains tremblaient tellement qu'elle faillit les laisser tomber.

— Rappelez-vous, dit Reynolds en ajustant son oreillette. Les équipes sont en position. Tenez-vous à l'écart de la porte. S'il tente de vous attraper...

— Je recule, je crie, je cours, récita mécaniquement Lizzie. Je sais.

Les voix se confondaient tandis que Martinez la guidait vers la voiture. « Respirez, ma petite. Nous vous couvrons sous tous les angles. »

Lizzie se glissa derrière le volant, le gilet pare-balles l'obligeant à se tenir anormalement droite. Le moteur démarra avec un grondement qui correspondait aux remous de son estomac.

— Tournez à gauche en sortant du parking, grésilla la voix de Reynolds dans son oreille. À trois pâtés de maisons, il y a un groupe de motels délabrés près de l'eau. Impossible de les rater.

Le trajet parut à la fois interminable et trop court. Elle passa devant des devantures minables, des palmiers morts, des enseignes décolorées par le soleil annonçant des services de caution judiciaire.

L'enseigne au néon du Pelican Hotel bourdonnait dans la chaleur de l'après-midi, la moitié des lettres étant grillées.

Elle s'engagea dans le parking fissuré, positionnant la voiture comme indiqué : face à la sortie, portière conducteur vers le bâtiment.

Lizzie saisit la poignée de porte et sortit. Ses jambes vacillèrent. Son téléphone s'alluma. Numéro inconnu.

Son cœur s'arrêta.

Ils traçaient toujours son téléphone, alors d'une main tremblante, elle retira son oreillette et la déposa soigneusement sur le siège par la fenêtre ouverte. Elle pressa le téléphone contre son oreille.

— Allô ? répondit-elle.

— Lizzie.

— Leland, je suis en route.

— Je vous présente mes excuses, Lizzie. Je vous ai mal renseignée. Le nom de l'hôtel est Sea King. Je me suis confondu en lisant l'enseigne de l'autre côté du parking. Voyez-vous, ils sont juste en face l'un de l'autre.

Lizzie regarda de l'autre côté du parking et vit un ensemble de chambres tout aussi délabrées situées directement au bord de l'eau.

— Oh, regardez Lizzie. Je vous vois. Vous êtes debout dans le parking.

Il avait l'air d'un petit garçon excité. Mais ensuite, son ton changea.

— Vous êtes seule, n'est-ce pas ?

— Oui, répondit-elle, essayant de garder une voix stable.

L'oreillette dans la voiture bourdonnait, le détective Reynolds appelait son nom. Elle s'éloigna de la voiture pour que Leland ne puisse pas entendre le son. S'il observait depuis sa chambre, il l'aurait vue déposer quelque chose dans la voiture.

— Marchez droit vers l'hôtel. Gardez vos mains là où je peux les voir.

— Où est Janessa, Leland ? Est-elle avec toi ?

— Elle est juste ici, Lizzie. C'est ton amie qui a pris ta vie. Fais ce que je te dis, ou je lui ferai du mal.

— Lizzie ! cria une voix en arrière-plan.

Janessa.

Le cœur battant, Lizzie avança prudemment. Elle allait dans la direction opposée à celle que la police attendait d'elle. Mais comme ils traçaient son téléphone, ils pouvaient entendre cette conversation. Ils allaient adapter leurs plans.

Elle l'espérait.

— Maintenant, laisse tomber ton téléphone, Lizzie. Éteins-le et laisse-le tomber là. Tu n'en auras plus besoin.

Damen essuya la sueur de son front pour la centième fois, sa chemise habillée maintenant complètement trempée. Un autre camion rugit en passant, le souffle d'air offrant un répit momentané à la chaleur écrasante avant de le laisser dans un nuage d'échappement.

Cinq kilomètres. Dix minutes en voiture, mais ça semblait trente dans cette chaleur. Les palmiers n'offraient aucune ombre sur l'étroite bande d'accotement de l'US-1, et le soleil se reflétait impitoyablement sur le bitume. Et il n'avait plus sa condition physique de Navy SEAL, quand il pouvait facilement courir cinq kilomètres en moins d'une demi-heure.

— Parfait, marmonna-t-il, vérifiant son téléphone une nouvelle fois.

Une barre de réseau clignotait par intermittence. Il essaya à nouveau le numéro de Lizzie, regardant le message « appel en cours » tourner inutilement avant d'échouer. Vraiment parfait.

Une Mercedes décapotable remplie de touristes ralentit à côté de lui, le conducteur lui criant quelque chose alors qu'ils s'éloignaient.

Jackson aurait eu un plan de secours. Bon sang, Jackson aurait vérifié la roue de secours la semaine dernière comme il avait prévu de le faire. Au lieu de ça, Damen se traînait le long de la Highway 1 pendant que Lizzie devait composer avec un cirque d'agences concurrentes, chacune lui donnant probablement des directives contradictoires.

Fixant l'écran tout en marchant, une notification de message apparut.

Son cœur fit un bond. C'était Jackson. Damen essaya de le lire tout en marchant, accélérant son rythme jusqu'à un petit trot, mais le message ne se chargeait pas.

— Bon sang !

Il remit son téléphone dans sa poche alors qu'un appel vers Jackson échouait également.

Le vieil hôpital devait être proche.

Une goutte de sueur roula dans son œil, le piquant. Il devrait être là-bas avec elle. Lizzie ne connaissait pas les jeux des forces de l'ordre, les batailles de territoire, le désir d'attraper le méchant, peu importe le coût.

Un autre klaxon retentit alors qu'il s'avançait un peu trop sur la route, essayant d'éviter une flaque de quelque chose qui avait pu être un serpent. Damen se rejeta sur l'accotement, ses chaussures en cuir italien crissant sur du verre brisé.

Ces chaussures lui avaient coûté trois cents dollars. Maintenant elles étaient ruinées, comme tout le reste de cette journée. Mais rien de tout cela n'avait d'importance — ni les chaussures, ni la voiture, ni même sa fierté. Il devait simplement rejoindre Lizzie avant que quelque chose ne tourne terriblement mal.

Après une demi-heure, Damen atteignit enfin des rues plus peuplées, si on pouvait les appeler ainsi. Des mobile-homes délabrés bordaient la route secondaire, leurs cadres rouillés à peine visibles derrière la végétation tropicale envahissante. Un panneau peint à la main annonçait « Camping Paradis. Tarifs hebdomadaires », bien que le paradis semblât une plaisanterie cruelle pour cette collection délabrée de caravanes qui se trouvait derrière.

C'était l'endroit parfait pour qu'un kidnappeur se cache.

Il regarda son téléphone — trois barres. Enfin. Le texto de Jackson s'affichait à l'écran : *Appelle-moi URGENT. Infos importantes sur Gates.*

Le pouce de Damen appuya sur la touche d'appel tandis qu'il accélérait le pas devant un motel comptant plus de fenêtres cassées qu'intactes.

— Damen ? répondit immédiatement Jackson. Où diable étais-tu ?

— Longue histoire. Qu'as-tu trouvé ?

— C'est grave. Gates a été interné en psychiatrie pour meurtre,

La voix de Jackson était tendue.

— Il a tué toute sa famille.

Damen s'arrêta net.

— Quoi ?

— Les a tous tués — parents, frères et sœurs. Il leur a tranché la gorge pendant leur sommeil. Murphy a dit qu'il l'avait trouvé le soir des meurtres, jouant tranquillement avec des poupées dans la cave, comme si de rien n'était.

La chaleur de Floride lui parut soudain glaciale.

— Nom de Dieu.

— Il y a plus. Il a dit au détective qu'il les « sauvait ». Tout était dans sa tête. Damen, il croit qu'il va sauver Lizzie.

Un klaxon retentit lorsque Damen trébucha du trottoir.

— Mon Dieu. Je dois la retrouver.

— Tu n'es pas avec elle ?

— Pneu crevé. Longue histoire. Mais elle est avec la police — c'est un putain de chaos.

Damen retrouva son chemin et se mit à courir.

Un long silence se fit entendre à travers le téléphone.

— Je suis désolé de ne pas être là, mec.

— Moi aussi. Je te rappelle.

Damen courut aussi vite qu'il put, ignorant les protestations de ses chaussures de ville et de son corps meurtri et couvert de cicatrices.

À travers les arbres, Damen aperçut ce qui ressemblait à des véhicules de secours. Le poste de commandement, enfin.

Il devait les empêcher d'utiliser Lizzie comme appât.

Il pria pour ne pas arriver trop tard.

CHAPITRE 28

D amen fit irruption dans le centre de commandement, trempé de sueur et essoufflé, au milieu d'une scène de chaos à peine maîtrisé. Repérant le détective à l'autre bout de la pièce, il s'approcha, inspirant goulûment l'air climatisé.

—Comment ça, vous ne surveillez pas ses appels ? Le visage de Reynolds était écarlate tandis qu'il se penchait sur les deux techniciens. Depuis quand ?

—Le système a planté pendant le transfert, balbutia l'un d'eux. Nous avons perdu la connexion quand...

—Je ne veux pas d'excuses ! Retrouvez son signal !

—Où est Lizzie ? s'avança Damen.

Reynolds fit volte-face. —Wisler. Enfin. Il passa une main dans ses cheveux clairsemés. Nous exécutons un plan d'ext raction...

—Où est-elle ?

—En route vers l'emplacement cible. Nos équipes sont en position. Une seconde, dit-il en se tournant pour parler d'un ton urgent à un assistant.

Frustré de n'avoir reçu aucune nouvelle, Damen vérifia son téléphone. Maintenant qu'il avait toutes les barres de réseau, des appels manqués de Jackson, du commissariat et de numéros inconnus remplissaient l'écran. Et là, enfoui sous tout ça—le SMS de Lizzie.

Son sang se glaça en le lisant.

—Vous l'avez déjà envoyée ? Damen s'avança vers Reynolds.

—Nous avons des tireurs d'élite en position. Elle porte un gilet pare-balles.

—Nom de Dieu. Damen attrapa le bras de Reynolds. Connaissez-vous ses intentions envers elle ? Savez-vous ce qu'il a fait à sa famille ?

Un technicien interrompit : —Monsieur, elle ne s'est pas présentée. L'équipe dit qu'elle n'est pas au motel.

—Quoi ? Reynolds se dégagea brusquement.

—Son téléphone est hors ligne maintenant. Le dernier signal venait du parking.

—Remettez-la en ligne ! aboya Reynolds dans sa radio. Toutes les unités, signalez tout contact visuel.

Des grésillements se firent entendre, puis : —Contact visuel négatif.

Damen relut le message de Lizzie. Elle lui avait promis, au début de toute cette histoire, qu'elle suivrait le plan. Ce qui signifiait que quelque chose avait dû se produire pour la faire dévier de sa trajectoire.

—Combien de temps ? exigea-t-il. Depuis combien de temps avez-vous perdu le contact ?

Reynolds consulta sa montre, le visage blêmissant. —Quatre minutes.

—L'équipe se prépare à inspecter le bâtiment, annonça quelqu'un.

Damen l'attrapa par le coude. —Allons-y.

Après une seconde d'hésitation, probablement peu enclin à quitter le centre de commandement, Reynolds céda. Les deux hommes coururent vers la porte.

Quatre minutes. Gates aurait pu faire n'importe quoi en quatre minutes.

Le téléphone tomba sur le bitume avec un bruit sourd qui sembla résonner dans tout le parking. Les doigts de Lizzie tremblaient tandis qu'elle resserrait autour d'elle le pull emprunté, le gilet pare-balles lui semblant soudain aussi fin qu'un mouchoir en papier.

À six mètres devant, une porte grinça en s'ouvrant.

Le visage de Janessa apparut, des ecchymoses sombres contrastant violemment avec sa peau pâle. Ses cheveux habituellement soignés pendaient en mèches emmêlées, et du sang avait séché sur sa tempe. Ses yeux étaient grands ouverts, affolés, passant de Lizzie à quelqu'un à l'intérieur de la pièce.

Fuis, articula silencieusement Janessa, secouant la tête. Ses bras étaient tordus derrière elle dans un angle bizarre, les poignets liés.

Lizzie fit un autre pas lent en avant comme si elle marchait dans de la mélasse. Elle espérait que la police avait modifié leur plan. Elle croyait sentir les viseurs laser des tireurs d'élite, mais ils ne risquaient pas de toucher Janessa.

Un autre pas. L'allée de béton craquelé semblait interminable. Le visage de Janessa se décomposa à mesure que Lizzie s'approchait, des larmes coulant sur ses joues.

L'odeur la frappa d'abord — moisissure, cigarettes et quelque chose de métallique qui lui retournait l'estomac. Janessa trébucha en avant comme si on l'avait poussée, révélant d'autres ecchymoses sur son cou.

À un mètre de la porte maintenant. Soixante centimètres. Trente.

Une main jaillit de derrière la porte, saisissant le bras de Lizzie avec une force écrasante. Elle eut un dernier aperçu de la lumière du soleil avant d'être tirée à l'intérieur avec Janessa, la porte claquant avec une telle force que les murs minces tremblèrent.

La pièce apparut plus clairement : plafond taché d'humidité, moquette élimée, lourds rideaux tirés contre le soleil de l'après-midi. Et Leland, son visage à quelques centimètres du sien, les yeux brillants. Ridiculement heureux.

—Tu es venue, murmura-t-il. Je savais que tu viendrais.

Derrière lui, Janessa sanglotait doucement.

Le cœur de Lizzie martelait contre le gilet pare-balles.

Sa poitrine se serrait à chaque respiration tandis que l'emprise de Leland se resserrait.

—Je devais m'assurer que tu étais en sécurité, dit-il, tendant la main pour toucher son visage. Ses doigts étaient glacés.

—Ils essayaient de t'éloigner de moi. Mais je ne les laisserai pas faire. Pas cette fois.

Lizzie se força à soutenir son regard, luttant contre l'envie de reculer. Dans la lumière tamisée, ses pupilles n'étaient que des points minuscules, perdus dans des mers de blanc.

—Je suis là pour aider, parvint-elle à dire, sa voix à peine un murmure.

Leland sourit. —Je sais. C'est pourquoi je devais te sauver. Prenant ses mains dans les siennes, il les lia derrière son dos.

Derrière lui, Janessa secouait encore la tête, des larmes coulant sur son visage meurtri.

D'un mouvement fluide, Leland sortit un pistolet de sa ceinture et le pointa sur sa tête.

—Marche, ordonna-t-il.

—Avance. Leland enfonça le pistolet dans le dos de Lizzie, la forçant à passer par la porte vitrée coulissante vers le balcon. L'air salin lui frappa le visage tandis que Janessa trébuchait devant eux.

Les marches métalliques de l'escalier de secours résonnaient à chaque pas, la rouille s'effritant sous leurs pieds. Les mains liées de Lizzie déséquilibraient sa descente, les serre-câbles s'enfonçant plus profondément à chaque mouvement.

—Doucement maintenant, fredonna Leland derrière elles. Je ne voudrais pas que quelqu'un tombe.

Dix marches plus bas. Vingt. Le quai s'étendait devant eux, des planches usées menant à un petit bateau qui se balançait contre ses amarres. Quelque part au-dessus, des mouettes criaient.

—S'il vous plaît, gémit Janessa alors qu'ils atteignaient le bas.

—Continuez à avancer ! Le pistolet s'enfonça plus fort.

Le pull emprunté de Lizzie collait à sa peau humide de sueur. Le gilet pare-balles semblait s'alourdir à chaque pas sur le ponton grinçant.

—Dans le bateau. Toutes les deux. Leland fit un geste avec son arme. Asseyez-vous à l'avant.

Lizzie fixait la petite embarcation, l'estomac noué. Un faux mouvement, une vague...

—Maintenant !

Janessa passa la première, manquant presque de tomber en essayant de garder l'équilibre sans ses mains. Lizzie suivit, le bateau tanguant dangereusement sous leurs pieds. Elles se blottirent ensemble sur un banc à la proue tandis que Leland détachait la corde d'une main, gardant l'arme pointée sur elles.

Le moteur toussa avant de démarrer, crachant une fumée bleue. Alors qu'ils s'éloignaient du ponton, Lizzie aperçut une dernière fois le motel à travers les mangroves.

Pas de gyrophares. Pas de sirènes. Aucun signe que quiconque savait où ils se trouvaient.

Puis ils tournèrent au virage, juste hors de vue de leur point de départ, et tout disparut sauf l'eau, le ciel et le pistolet implacable de Leland.

Le petit bateau tanguait sous eux, les vagues léchant la coque tandis qu'ils dérivaient dans la baie.

Dans un crachotement, le moteur lâcha dans un nuage de fumée noire. Le silence soudain semblait assourdissant. Les mains attachées de Lizzie étaient engourdies, les serre-câbles en plastique s'enfonçant dans ses poignets.

—Bon sang ! Leland tira de nouveau sur la corde du moteur. Rien. L'arme ne déviait jamais de sa cible.

Lizzie scrutait désespérément la rive. Le motel avait disparu, masqué par les mangroves. Janessa sanglotait.

—Ils vont nous retrouver, chuchota Lizzie, son épaule pressée contre celle de Janessa. Quelqu'un a forcément vu...

—Taisez-vous ! La voix de Leland claqua comme un fouet. Toutes les deux, juste... taisez-vous et écoutez !

Le bateau tangua sous son agitation, l'eau éclaboussant par-dessus le bord. —Vous ne voyez pas ? J'essaie de vous aider. Comme Missy. Elle ne comprenait pas non plus, pas au début.

—Qui est Missy ? demanda Lizzie, essayant de garder une voix stable. Le faire parler. Donner du temps à Reynolds pour les secourir.

—Ma sœur. Ses yeux prirent à nouveau ce regard lointain. Elle avait peur aussi. Mais après que je l'ai aidée, elle n'avait plus peur. Aucun d'eux n'avait plus peur.

—Il les a tués, murmura-t-elle doucement, sa famille.

L'horreur de la compréhension s'infiltra dans ses entrailles. Son entrée à Bridgewater si jeune, ça devait être la raison.

—Je les ai sauvés ! L'arme tremblait dans sa main. Des voix, du contrôle, des... des choses qu'ils ne pouvaient pas voir. Comme je te sauve, Lizzie. De lui. De cet homme qui veut te piéger.

—Damen m'aime, dit Lizzie, sa voix plus forte maintenant. Il ne me piège pas.

—C'est ce qu'ils veulent te faire croire ! Leland fit tanguer le bateau à nouveau. L'eau éclaboussait autour de ses pieds. Mais je peux vous libérer. Toutes les deux. Comme ma sœur. Comme...

—Les secours arrivent, interrompit Janessa. Je les vois sur la rive.

L'arme pivota vers elle. —J'ai dit silence !

—Leland, dit Lizzie, observant le visage de Leland se transformer en un masque de rage. Son doigt bougeait sur la détente.

En une fraction de seconde, Lizzie se propulsa au-dessus de Janessa. La balle jaillit du pistolet. Frappant Lizzie en pleine poitrine.

Une douleur explosa dans tout son corps. L'élan de son bond et la force de l'impact la propulsèrent par-dessus le bord et dans l'eau froide.

Et tout devint noir.

CHAPITRE 29

Le téléphone de Damen vibra alors qu'ils arrivaient en trombe sur le parking. Le message de Jackson lui fit rater un battement : *Ashley dit que Lizzie est entourée d'eau.*

L'équipe de police venait de terminer la fouille des chambres du motel du côté terre. Après avoir examiné les bâtiments environnants, il tourna son regard vers le bâtiment délabré qui se dressait au bord de l'eau.

— Par ici ! lança-t-il en sprintant derrière le motel pour contourner vers le côté donnant sur l'eau. Reynolds haletait derrière lui.

— Martinez, Peterson, avec des fusils ! aboya Reynolds dans sa radio. Côté est !

Le deuxième bâtiment faisait face à l'eau. Les instincts de Damen s'éveillèrent lorsqu'il aperçut des fragments de rouille fraîche provenant de l'escalier métallique, éparpillés sur le sol près du coin. Des gens étaient passés par là. Récemment.

Ils contournèrent prudemment le bâtiment, armes au poing. Un ponton s'étirait dans la baie, vide à l'exception d'une corde effilochée et...

— Nappe d'huile, indiqua Damen. Des traînées irisées flottaient à la surface de l'eau, se dirigeant vers l'est.

Sans attendre Reynolds, il suivit la piste le long du rivage. Les mangroves leur offraient une couverture tandis qu'ils

246

avançaient, les deux officiers avec leurs fusils se déployant derrière eux.

C'est alors qu'il les vit, à environ cinquante mètres au large. Un petit bateau, tanguant violemment sur l'eau. Leland gesticulait de façon théâtrale, un pistolet à la main. Lizzie et Janessa étaient blotties à la proue, les mains liées dans le dos.

— J'ai un angle de tir, chuchota Peterson en s'installant en position.

— Attendez, souffla Reynolds. Trop risqué avec les mouvements du bateau.

Le cœur de Damen s'arrêta lorsque Leland leva son arme, la pointant directement sur la tête de Janessa.

— Non..., commença-t-il à crier.

— Maintenant, ordonna Reynolds.

Mais Lizzie était déjà en mouvement. D'un geste fluide, elle se jeta sur le côté, devant Janessa.

Le coup de feu claqua sur l'eau.

Un second tir — du fusil de Peterson. La main de Leland fut projetée en l'air, son arme volant dans l'eau, son corps s'effondrant dans le bateau.

Mais Damen ne le vit pas. Il courait déjà, s'éclaboussant dans la baie. L'eau alourdissait ses vêtements tandis qu'il nageait vers l'endroit où Lizzie avait coulé.

Le gilet, hurlait son esprit. Elle portait un gilet.

Mais il avait vu la distance. Vu où Leland visait. À bout portant dans la poitrine. Même avec du Kevlar, la force seule...

Ses poumons brûlaient tandis qu'il plongeait sous la surface, tâtonnant dans l'eau trouble. Ne trouvant rien.

Il remonta à la surface en haletant, entendant Reynolds qui appelait les secours, entendant les cris de Janessa depuis le bateau.

C'est alors qu'il la vit. Une tête brune perçant la surface à trois mètres de là.

Damen se précipita à travers l'eau, priant un Dieu auquel il avait cessé de croire des années auparavant.

S'il vous plaît. S'il vous plaît, faites qu'elle soit vivante.

Des bras puissants s'enroulèrent autour de sa taille et la tirèrent vers le haut. L'eau ruisselait sur le visage de Lizzie quand elle a atteint la surface, mais ses poumons refusaient de fonctionner. Elle avait l'impression qu'un cercle d'acier s'était enroulé autour d'elle, écrasant sa poitrine.

— Respire, bébé. Je t'en prie, respire, dit Damen d'une voix brisée en la remorquant vers la rive.

Elle essaya de lui dire qu'elle allait bien mais ne parvint qu'à esquisser un faible hochement de tête. Son visage était livide, ses yeux fous de peur tandis qu'il la traînait dans les eaux peu profondes.

— Par ici ! cria quelqu'un. Amenez cette civière ici !

Damen la souleva comme si elle ne pesait rien, la déposant doucement sur le brancard qui l'attendait. Ses mains tremblaient alors qu'elles parcouraient son corps, cherchant des blessures.

— Où ? demanda-t-il d'une voix déchirée. Où t'a-t-il touchée ?

Elle parvint à lever une main, touchant son sternum. Le moindre mouvement envoyait des poignards de douleur dans sa poitrine.

— Madame, vous m'entendez ? Le visage d'un ambulancier apparut au-dessus d'elle. Pouvez-vous me dire votre nom ?

Lizzie essaya d'inspirer mais ne parvint qu'à prendre une respiration superficielle.

— Lizzie Legard, répondit Damen à sa place, ses doigts entrelacés avec les siens. Elle a reçu une balle. À bout portant.

— Voyons voir. Des mains efficaces déboutonnèrent son chemisier, révélant le gilet pare-balles. Là, incrusté au centre, se trouvait une balle aplatie.

— Mon Dieu, murmura Damen, s'effondrant contre la civière.

— Le pouls est rapide, mais fort, annonça l'ambulancier. Probablement un traumatisme d'impact à la poitrine avec des contusions ou des fractures possibles des côtes. Nous allons la transporter pour un examen complet.

— Je viens avec elle. Ce n'était pas une question.

Tandis qu'ils la chargeaient dans l'ambulance, Lizzie parvint enfin à prendre une vraie respiration. La douleur était atroce, mais elle serra la main de Damen.

Il se pencha vers elle, son visage toujours marqué par l'inquiétude. L'eau gouttait de ses cheveux sur les joues de Lizzie. — Ne refais jamais... sa voix se brisa. Ne me refais jamais une peur pareille.

Elle essaya de sourire, bien que cela ressemblait probablement plus à une grimace. — Devais... le faire... ce n'était pas sa faute.

— Je sais. Il pressa son front contre le sien. Je sais. Mais je ne peux pas te perdre.

— Janessa ? murmura-t-elle avec effort.

— Elle va bien.

— Et lui ?

Damen secoua la tête. Lizzie ferma les yeux.

Les portes de l'ambulance se refermèrent tandis que Damen grimpait à côté d'elle, sans jamais lâcher sa main. Ses vêtements étaient trempés, ses cheveux dégoulinaient, mais ses yeux ne quittaient pas son visage tandis qu'ils filaient vers l'hôpital, comme s'il craignait qu'elle ne disparaisse s'il détournait le regard.

Le fauteuil roulant glissait doucement sur le sol poli de l'hôpital, les chaussures encore humides de Damen émettant un grincement à chaque pas. Chaque respiration envoyait une douleur lancinante dans la poitrine de Lizzie, mais elle ne pouvait s'empêcher de sourire.

— Tu es sûre que tu te sens capable ? demanda Damen pour la troisième fois, sa main chaude posée sur son épaule.

— Arrête de t'inquiéter, parvint-elle à dire. Je veux la voir.

La chambre d'Ashley était identique à celle de Lizzie—panneaux d'acajou et équipement médical camouflé en mobilier. De toute évidence, l'aile Wisler ne lésinait pas sur les moyens.

— Voilà mon héroïne ! s'exclama Ashley depuis son lit, la main posée sur son ventre légèrement arrondi. Jackson, aide-moi à me redresser.

Pendant que Jackson ajustait ses oreillers, Lizzie surprit un regard échangé entre lui et Damen.

— Donc, s'éclaircit la gorge Damen. À propos d'aujourd'hui—

— J'ai déjà entendu la plupart des détails, l'interrompit Jackson, le visage tendu. Tu aurais dû m'appeler.

—Il n'y avait pas vraiment le temps pour une réunion de comité.

—Les gars, intervint Ashley, vous pourriez aller tenir votre discussion de mâles alpha ailleurs ? J'ai besoin d'un moment entre filles avec Lizzie.

Les deux hommes hésitèrent.

—Allez-y, dit doucement Lizzie en serrant la main de Damen. Je vais bien.

Ils se retirèrent dans un coin, têtes penchées en conversation tandis qu'Ashley tendait la main vers celle de Lizzie.

—Tu nous as fichu une trouille pas possible, chuchota-t-elle. Quand Damen a appelé Jackson pour lui raconter ce qui s'était passé, on était simplement abasourdis. Lizzie, tu aurais pu être tuée.

—Je vais bien. Lizzie grimaça en se repositionnant dans le fauteuil roulant. Je pourrais rentrer, mais le Docteur Damen a insisté pour que je reste en observation pour la nuit.

Les yeux d'Ashley se remplirent de larmes. Je suis tellement désolée, Lizzie. J'aurais dû voir davantage, j'aurais dû—

—Hé, non. Tu as aidé à nous sauver toutes les deux. Lizzie parvint à émettre un petit rire. D'ailleurs, tu ne devrais pas te concentrer sur des choses plus joyeuses ? Comme le bébé ?

Un sourire radieux s'épanouit sur le visage d'Ashley. En fait... les bébés. Au pluriel.

—Quoi ?

—Des jumeaux ! La main d'Ashley décrivait de petits cercles sur son ventre. Nous les avons vus tous les deux ce matin. Jackson a failli s'évanouir pendant l'échographie.

—Ce n'est pas vrai, lança Jackson depuis le coin de la pièce.

—Absolument que si, rétorqua Ashley. Tu étais blanc comme un linge.

Lizzie jeta un coup d'œil aux hommes. Damen gesticulait avec intensité, décrivant quelque chose tandis que Jackson hochait gravement la tête. Elle saisit des bribes : « ...trace d'huile menant directement à eux... » et « ...a tiré juste... »

—Ils vont analyser ça pendant des semaines, dit doucement Ashley. Laisse-les régler ça.

Lizzie acquiesça, puis le regretta immédiatement lorsqu'une douleur lui transperça le sternum.

L'expression d'Ashley devint sérieuse. Tu sais ce que tu as fait aujourd'hui, en te jetant devant Janessa comme ça...

—Je ne pouvais pas le laisser lui faire du mal.

—Je sais. Ashley lui serra la main. Mais la prochaine fois, essaie de ne pas provoquer une crise cardiaque à ton fiancé, d'accord ? Il était, et est toujours, hors de lui à cause de ce geste.

Lizzie observa Damen de l'autre côté de la pièce, remarquant ses épaules encore tendues, et la façon dont ses yeux revenaient constamment vers elle pour s'assurer qu'elle allait bien.

—Je vais essayer, murmura-t-elle. Mais je ne peux rien promettre. Il s'en remettra.

—Bien sûr que non. Ashley sourit. Mais essayons d'avoir moins ou pas du tout de drame dans nos vies à partir de maintenant. Je pense qu'on le mérite.

—Ha ! Une belle vie tranquille, sourit Lizzie. Ça me va parfaitement.

La chambre d'hôpital semblait trop lumineuse, trop stérile. Janessa serra la couverture autour de ses épaules, observant les ombres qui passaient devant sa porte. Chaque bruit de pas dans le couloir la faisait sursauter.

—Max se porte à merveille, disait sa sœur en faisant défiler des photos sur son téléphone. La voisine le gâte terriblement. Regarde comme il est devenu gros.

Janessa essaya de se concentrer sur les images de son chat, mais son esprit revenait sans cesse à la cabane moisie. L'interminable trajet vers le sud. Les chambres de motel sales, et la peur qu'il la tue à tout moment. Les gifles et les coups qui s'intensifiaient à mesure qu'ils approchaient de la Floride. Le balancement du bateau. Le canon du pistolet.

Une infirmière apparut avec des médicaments, et le rythme cardiaque de Janessa s'accéléra jusqu'à ce qu'elle la reconnaisse. Annie. La gentille qui ne posait pas de questions quand Janessa demandait à laisser les lumières allumées.

—Comment allons-nous ? demanda Annie en vérifiant les moniteurs, ses mouvements délibérément lents et prévisibles.

—Bien, réussit à articuler Janessa. Sa gorge était encore irritée d'avoir crié quand Lizzie était tombée à l'eau.

Lizzie.

—Tu as des nouvelles ? demanda-t-elle à Sarah après le départ d'Annie. À propos de Lizzie ?

—Elle va bien, répondit Sarah en posant son téléphone. Le gilet a arrêté la balle. Elle reste en observation cette nuit, deux étages plus haut.

Janessa ferma les yeux, partagée entre le soulagement et la culpabilité. « Elle n'aurait pas dû... elle aurait pu mourir. »

—Mais ce n'est pas le cas. Une nouvelle voix fit rouvrir les yeux à Janessa. Le Dr Matthews se tenait dans l'embrasure de la porte, pas dans sa tenue habituelle de clinique, mais en vêtements de ville. Il était venu du Maine spécialement pour elle. Puis-je entrer ?

Janessa acquiesça, reconnaissante quand Sarah lui serra la main.

—La police a besoin de votre déposition, dit-il doucement, mais ils peuvent attendre que vous soyez prête. Pour l'instant, je suis ici en tant qu'ami, pas en tant qu'employeur ou médecin.

Le Dr Matthews était un homme gentil et séduisant qui avait toujours eu un faible pour elle. Bien qu'il ne fût pas beaucoup plus âgé qu'elle, la clinique étant son premier véritable emploi après son internat au Maine Medical, il restait un médecin.

—J'aurais dû le voir, murmura Janessa. À la clinique. Il était toujours si... mais je n'aurais jamais pensé...

—Aucun de nous ne l'a vu, dit le Dr Matthews en tirant une chaise. La maladie mentale est complexe. Parfois, les signes avant-coureurs ne deviennent évidents qu'avec le recul.

—Il n'arrêtait pas de parler de sauver des gens. Sa voix se brisa. De sa famille. Comment ils allaient mieux après... Elle ne put finir sa phrase.

Sarah resserra son étreinte. « Tu n'es pas obligée d'en parler. »

—En fait, si. Janessa prit une inspiration tremblante. J'ai besoin de comprendre. Besoin que ça ait un sens, d'une façon ou d'une autre.

—Cela pourrait ne jamais avoir de sens, dit doucement le Dr Matthews. Mais parler aide. Quand vous serez prête, je connais d'excellents conseillers spécialisés en traumatisme.

Janessa hocha la tête, touchant les ecchymoses sur ses poignets. Je n'arrête pas de penser que si je m'étais battue plus fort, ou si j'avais été plus intelligente...

—Vous avez survécu, l'interrompit fermement le Dr Matthews. C'est ce qui compte. C'est la seule chose qui importe vraiment.

Les larmes lui montèrent aux yeux, sachant qu'il avait raison. Tant de fois, il aurait pu la tuer et l'abandonner, mais il ne l'avait pas fait. Il croyait que j'avais volé la vie de Lizzie, que je vivais dans sa maison, conduisais sa voiture et travaillais à la clinique. Je ne sais pas si je pourrai y retourner.

—Viens habiter chez moi, dit sa sœur. Reste aussi longtemps que tu veux.

—Et la clinique gardera votre poste, ajouta le Dr Matthews. Prenez tout le temps dont vous avez besoin pour guérir.

Les yeux de Janessa se remplirent de larmes. Mes cours.

—Peuvent être rattrapés. Et je suis sûr que vos professeurs feront preuve de compréhension. Il sourit gentiment. La vie a parfois tendance à faire dérailler nos plans. Cela ne signifie pas qu'on arrête d'avancer. Cela veut simplement dire qu'on ajuste le chemin.

Un bruit dans le couloir la fit sursauter à nouveau. Sarah lui caressa les cheveux, murmurant doucement comme elle le faisait quand elles étaient enfants et que Janessa faisait des cauchemars.

—Est-ce que ça s'arrêtera un jour ? chuchota Janessa. D'avoir peur ?

—La peur change, dit le Dr Matthews après un moment. Elle devient gérable. Mais vous n'avez pas à y faire face seule.

—Et Max a besoin de toi, ajouta Sarah, en montrant une autre photo du chat. Regarde comme il est triste sans sa maman.

Janessa réussit à esquisser un faible sourire, en examinant l'image de son chat étalé dramatiquement sur le canapé de sa sœur. Une chose si normale, si ordinaire. Peut-être qu'un jour, la normalité ne semblerait plus si impossible.

—Un jour à la fois, dit Dr Matthews, comme s'il lisait dans ses pensées. C'est tout ce qu'on peut demander à quiconque.

Janessa hocha la tête, se blottissant dans l'étreinte de sa sœur. Par la fenêtre, elle pouvait voir le ciel qui commençait à s'assombrir. Une autre nuit à traverser. Mais cette fois, elle était en sécurité, entourée de personnes qui tenaient à elle.

—Parle-moi encore de Max, dit-elle doucement. Et Sarah se lança dans une histoire sur les dernières facéties du chat, sa voix stable et familière dans l'obscurité grandissante.

CHAPITRE 30

L a brise marine transportait le parfum du jasmin et l'air salin à travers la terrasse, faisant danser les cristaux suspendus à la pergola fleurie dans des lumières arc-en-ciel.

La famille et les amis attendaient patiemment que la cérémonie commence. Janessa et le reste de l'équipe de la clinique du Maine étaient assis ensemble. Un défi à l'horreur des derniers jours, et un aperçu que la normalité finirait par l'emporter.

Ashley s'ajusta dans son fauteuil roulant, une main posée sur son ventre qui s'arrondissait tandis qu'elle regardait Lizzie prendre le bras de son père.

— Tu es prête, princesse ? chuchota James Legard à sa fille, les yeux brillants.

La réponse de Lizzie était à peine audible, mais son sourire illuminait tout son visage. La dentelle ajustée de sa robe captait le soleil de fin d'après-midi, la faisant briller comme une perle. Si elle souffrait encore de ses blessures, cela ne se voyait pas — bien qu'Ashley remarqua avec quelle attention son père soutenait son bras.

Le quatuor à cordes commença à jouer, et la petite Dani s'engagea dans l'allée, éparpillant des pétales de roses blanches avec une concentration sérieuse. Ses boucles blondes rebondissaient à chaque pas, sa robe bleu pâle lui donnant l'air d'une fée.

Quand Lizzie apparut au bout de l'allée, Ashley entendit l'inspiration brusque de Damen. Il se tenait sous la pergola, semblant presque mal à l'aise dans son smoking parfaitement taillé — jusqu'à ce que ses yeux rencontrent ceux de Lizzie. Puis tout le reste sembla s'estomper.

— Il est plutôt élégant, tu ne trouves pas ? chuchota Jackson derrière le fauteuil roulant d'Ashley, sa main serrant son épaule.

Ashley hocha la tête, tamponnant ses yeux. Fichus hormones de grossesse.

Le soleil couchant peignait tout en or rosé tandis que Lizzie atteignait l'autel. Son père l'embrassa sur la joue avant de placer sa main dans celle de Damen.

— Tu es magnifique, murmura Damen, sa voix portant dans le silence recueilli.

— Tu n'es pas mal non plus, chuchota Lizzie en retour, faisant rire leurs invités.

L'officiant commença à parler, mais Ashley se surprit à observer les petits détails : la façon dont le pouce de Damen traçait des cercles sur la main de Lizzie, comment les vagues de l'océan semblaient faire une pause entre leurs vœux, la manière dont les larmes coulaient silencieusement sur le visage de Maria tandis qu'elle berçait le petit Ethan.

— Les alliances ? demanda l'officiant.

Tandis qu'ils échangeaient les anneaux, une volée d'oiseaux marins tournoyait au-dessus d'eux, leurs cris se mêlant à la musique. Les carillons de cristal tintaient doucement, et les fleurs libéraient leur parfum dans la lumière dorée.

— Je vous déclare maintenant mari et femme.

Leur baiser était doux, tendre — jusqu'à ce que Damen attire Lizzie plus près, la faisant rire contre ses lèvres.

— Hé, doucement avec mes côtes, protesta-t-elle, mais elle rayonnait.

— Désolé, murmura-t-il, n'ayant pas l'air désolé du tout.

Tandis que leurs invités éclataient en acclamations et applaudissements, Ashley sentit Jackson se pencher pour l'embrasser sur la joue.

— Tu crois qu'on sera un jour aussi écœurants de bonheur ? chuchota-t-il.

Ashley observa Damen essuyer une larme sur la joue de Lizzie, vit la façon dont ils se regardaient comme s'ils étaient les deux seules personnes au monde.

— On l'est déjà, répondit-elle doucement, plaçant sa main sur les jumeaux. On l'est déjà.

Ashley se blottit contre la poitrine de Jackson, son cœur battant régulièrement sous son oreille.

— On va avoir besoin de tellement de choses, médita-t-elle, passant sa main sur son ventre. Deux berceaux, deux sièges auto.

— Deux de tout. Les doigts de Jackson dessinaient un motif paresseux sur son épaule. On aura peut-être besoin d'un endroit plus grand que cet appartement.

— J'adore cet endroit.

— Je sais. Mais peut-être, hésita-t-il. J'ai vu une maison à Coral Grove. Quatre chambres, un grand jardin. Assez proche pour que tu puisses toujours gérer la boutique.

Ashley inclina la tête pour le regarder. Tu as cherché des maisons ?

— Peut-être. Il embrassa son front. Tu veux regarder un film ? Je vais faire du pop-corn.

Le bruit familier des grains qui éclatent remplit le petit appartement. Ashley ajusta ses oreillers, essayant de trouver une position confortable.

— Et voilà. Jackson s'installa à côté d'elle avec un bol de pop-corn parfaitement beurré. Qu'est-ce qu'on regarde ?

— Mmm, quelque chose qui ne demande pas de réfléchir. Elle prit une poignée de pop-corn. Je suis trop fatiguée pour penser.

Ils optèrent pour une vieille comédie romantique. Ashley y prêtait à peine attention, plus concentrée sur le pop-corn et la chaleur de Jackson à ses côtés.

Elle mit un autre morceau dans sa bouche... et sentit quelque chose de dur. Ses yeux s'écarquillèrent tandis qu'elle extrayait soigneusement une magnifique bague ornée d'une émeraude.

— Oh mon dieu, rit nerveusement Jackson. Quand tu as pris cette poignée, j'ai failli avoir une crise cardiaque. S'il te plaît, ne t'étouffe pas avec ma demande.

— Jackson, murmura-t-elle, fixant la bague. L'émeraude captait la douce lumière de la lampe, flanquée de deux diamants parfaits.

Il prit la bague de ses doigts tremblants, glissant du lit pour s'agenouiller à côté d'elle.

— Ashley Roberts, sa voix était rauque d'émotion. Je t'aime depuis si longtemps. Je t'ai perdue une fois. Retrouvée ensuite. Et maintenant nous attendons des jumeaux, et je, il déglutit difficilement. Je veux l'éternité avec toi. Tout. Veux-tu m'épouser ?

Des larmes coulaient sur ses joues tandis qu'elle acquiesçait. Oui. Oui, bien sûr, oui.

La bague glissa parfaitement à son doigt. Les mains de Jackson tremblaient autant que les siennes.

— Elle est parfaite, murmura-t-elle, touchant l'émeraude. Comment as-tu su ?

— Parce que je te connais. Il remonta dans le lit, la serrant contre lui.

Elle se blottit contre lui, ses larmes mouillant son t-shirt. On va vraiment faire tout ça ? Tout ?

— Absolument tout. Sa main couvrit la sienne sur les jumeaux. La maison, les bébés, un mariage. Tout.

Ashley leva la main, regardant la bague capter la lumière. Sur la télé, le film oublié continuait, mais elle ne pouvait s'empêcher de sourire. Après tout ce qu'ils avaient traversé, ils étaient là.

— Je t'aime, murmura-t-elle.

Les bras de Jackson se resserrèrent autour d'elle. Je vous aime aussi. Tous les trois.

À PROPOS DE L'AUTEURE

Jeulia Hesse est une auteure de fiction qui écrit des romansde mystère, de suspense et de romance. Elle vient de la Floride ensoleillée, oùelle vit avec son mari pendant les mois d'hiver, échappantà la neige et aufroid de son Vermont natal, où elle passe ses étés entourée de sa famille et deses amis.

Si vous souhaitez être informé(e) des prochaines parutionsde livres et recevoir des avant-premières exclusives, inscrivez-vous à sanewsletter sur Jeulia Hesse Newsletter ou sur jeuliahesse.com

www.ingramcontent.com/pod-product-compliance
Lightning Source LLC
Chambersburg PA
CBHW032023240626
47154CB00003B/769